MIX
Papier aus verantwortungsvollen Quellen
FSC® C083411

4 3
2018 2017

HAYMON tb 202

Originalausgabe

www.haymonverlag.at

ISBN 978-3-7099-7833-7

Umschlag- und Buchgestaltung nach Entwürfen von hœretzeder grafische gestaltung, Scheffau/Tirol
Umschlag: Eisele Grafik · Design, München unter Verwendung folgender Bildelemente: shutterstock.com/TTstudio (Stephansdom), bigstock.com/logoboom (Hintergrund)
Satz: Da-TeX Gerd Blumenstein, Leipzig
Autorenfoto: Rainer Wölzl

Gedruckt auf umweltfreundlichem, chlor- und säurefrei gebleichtem Papier.

Edith Kneifl

Totentanz im Stephansdom

Ein historischer Wien-Krimi

Edith Kneifl

Totentanz im Stephansdom

Für Rosmarie

I

Neunundneunzig Stufen. Er hörte auf zu zählen, schleppte seine hundertzwanzig Kilo weiter die steile Treppe hinauf. Was für eine verrückte Idee, sich in der Silvesternacht auf dem Nordturm des Stephansdoms zu treffen. Es war nicht seine Idee gewesen. Der Mann, mit dem er verabredet war, hatte vorgeschlagen, sich von dort oben aus gemeinsam das Feuerwerk anzusehen. Da es verboten war, den Turm in der Nacht zu besteigen, hatte er ihn gebeten, niemandem von ihrem Vorhaben zu erzählen. Seine Worte hatten versöhnlich geklungen. Erleichtert hatte der Dicke die seltsame Einladung angenommen. Ihr fürchterlicher Streit letztens hatte ihm Alpträume beschert. Es war nicht besonders klug von ihm gewesen, sich diesen Mann zum Feind zu machen. Schließlich war er auf ihn angewiesen.

Auf der Aussichtsplattform angelangt, atmete er erst ein paarmal tief durch, bevor er sich eine Zigarre ansteckte.

Fünfzehn Minuten vor zwölf. Beim Schlag der Halbpummerin ließ er vor Schreck seine brennende Zigarre fallen und hielt sich die Ohren zu.

Als der Glockenschlag ausgeklungen war, holte er die Champagnerflasche aus der Tasche seines schwarzen Capes. Gläser hatte er keine mitgebracht. Er hoffte, der andere würde daran denken.

Die Aussicht war fantastisch. Der Mond tauchte die schneebedeckten Dächer des Häusermeers in einen silbernen Glanz. Tausende Sterne funkelten am Firmament. Und die Gas- und Petroleumlichter hinter den Fenstern verströmten ein warmes goldenes Licht.

Er hielt sich für einen Romantiker. Tatsächlich vermisste er in diesem Moment die zärtlichen Hände eines Mädchens. Der Mann, auf den er wartete, hatte ihm versprochen, dass er seine Geliebte heute noch sehen würde. Vielleicht brachte er sie sogar mit auf den Turm?

Plötzlich vernahm er Schritte. Schwere Schritte. Sie kamen näher.

Kurz vor Mitternacht. Ein Mann, dessen Gesicht unter einer Kapuze verborgen war, trat zu ihm hinaus auf die schmale Plattform.

„Na endlich." Der Dicke machte sich sogleich daran, die Champagnerflasche zu entkorken.

Die verhüllte Gestalt, die dem Kapuzenmann gefolgt war, hatte er nicht bemerkt.

Der erste Schlag traf ihn im Nacken. Er schrie auf vor Schmerz. Der zweite Schlag erwischte ihn an seiner linken Schläfe, streckte ihn zu Boden. Er warf einen letzten Blick auf die flimmernden Sterne am Himmel. Kurz darauf verlor er das Bewusstsein. Als sein Körper auf dem Kopfsteinpflaster vor dem Fiakerstandplatz beim Dom aufprallte, spürte er längst nichts mehr.

1

1. Jänner 1900. Die Pummerin läutete ein neues Jahrhundert ein.

Die Schläge der großen Glocke im Wiener Stephansdom übertönten die lauten Stimmen und die Walzerklänge, die aus den offen stehenden Fenstern der umliegenden Häuser drangen.

„Prosit Neujahr! Ein gutes neues Jahr! Es lebe das 20. Jahrhundert!“ Aus den dunklen Gassen und Straßen strömten jubelnde Menschen auf den Stephansplatz.

Gustav von Karoly und sein Freund, Polizei-Oberkommissär Rudi Kasper, bahnten sich den Weg durch die von Pferden und Automobilen verstopfte Kärntnerstraße. Sie trugen beide Frack und darüber Wintermäntel, obwohl es eine relativ warme Silvesternacht war. Die Temperaturen lagen um die null Grad. Das Straßenpflaster in den weniger belebten Seitengassen war angezuckert. Es musste geschneit haben, während sie im Kursalon das Tanzbein geschwungen hatten.

Die beiden Männer gingen schweigend nebeneinander her. Ihre Laune war nicht die beste. Gustav litt unter Liebeskummer, Rudi unter allgemeinem Weltschmerz.

Der Silvesterball in den prunkvollen Räumen des Kursalons im Wiener Stadtpark hatte Rudi angeödet. Gustav, der nicht nur wegen seiner Tanzkünste bei der Damenwelt sehr begehrt war, wäre normalerweise sicher länger geblieben. Sein Freund hatte jedoch darauf bestanden, sich unter das einfache Volk am Stephansplatz zu mischen und dort den Eintritt ins 20. Jahrhundert zu feiern.

„Pass auf mit deinem blöden Spazierstock! Seit wann brauchst du überhaupt einen Stock? Bist du neuerdings gehbehindert? Oder ist das ein Symbol deines gesellschaftlichen Aufstiegs? Nur, weil du irgendwann einmal einen Grafentitel erben wirst, musst du nicht jetzt schon wie eine dieser erlauchten Herrschaften herumlaufen", schimpfte Rudi.

„Pardon! War keine Absicht."

„Mein Schienbein wird morgen garantiert blau sein."

„Übertreib nicht so! Den Stock habe ich mir zu Weihnachten, als ich mir den Knöchel verstaucht hab, von meinem Vater ausgeborgt. Es ist ein ganz besonderes Exemplar. Schau mal." Gustav hob den Stock und zeigte seinem Freund den vergoldeten Knauf – einen Zähne fletschenden Löwen.

Rudi, der für solche Extravaganzen nichts übrig hatte, schüttelte unwirsch den Kopf.

Der Himmel über Wien erstrahlte in allen Farben. Im Prater waren die Feuerwerker zugange. Mit glänzenden Augen betrachtete Gustav die glitzernden Sternchen und Rosetten. Sein längst verstorbener Großvater, Albert von Karoly, hatte ihn 1873 zur Eröffnung der Weltausstellung in den Prater mitgenommen. Gustav war damals neun Jahre alt gewesen. Seither liebte er Feuerwerke.

„Statt was zum Fressen kriegen die Wiener ein Spektakel serviert", sagte Rudi. „Daran wird sich auch im 20. Jahrhundert nichts ändern."

„Du bist und bleibst ein alter Griesgram."

„Und du bist und bleibst ein unverbesserlicher Illusionist."

„Spürst du denn nicht diese grandiose Aufbruchsstimmung, die in der Luft liegt? Hörst du nicht, wie die Leute singen und lachen?“

„Vor allem diejenigen, die uns für die Jahrhundertwende den Weltuntergang prophezeit haben.“

„Ich rede nicht von den paar Spinnern.“

„Von wegen ‚paar Spinner‘. Hast du keine Zeitungen gelesen? Selbst in den halbwegs seriösen Blättern war von Meteoriten die Rede, die unsere gesamte Zivilisation zerstören, und sogar von apokalyptischen Reitern, die Feuerstürme entfachen und jede Art von Leben auf der Erde auslöschen werden ...“

„Reine Hysterie! Obwohl, gegen so einen kleinen Feuersturm hätte ich momentan nichts einzuwenden. Mir ist kalt“, jammerte Gustav.

„Weil du so dünn bist. Dünne frieren schneller. Ihnen fehlt eben die Speckschicht.“ Neben dem groß gewachsenen, schlanken Gustav wirkte der Polizei-Oberkommissär fast klein und stämmig. Dabei war er nur zehn Zentimeter kleiner als sein Freund und brachte ungefähr das gleiche Gewicht auf die Waage. Bei ihm verteilten sich die Kilos anders. Er hatte breite Schultern, muskulöse Arme und eher kurze Beine.

Schnellen Schrittes gingen sie weiter. Kaum war der letzte Schlag der Pummerin verklungen, erreichten sie den großen Platz vor dem Dom, auf dem sich eine riesige Menschenmenge versammelt hatte.

Plötzlich vernahmen sie laute Schreie.

Beim Fiakerstandplatz, links vom Haupteingang des Doms, war ein Tumult ausgebrochen.

Gustav kämpfte sich zwischen den scheuenden Pferden und aufgeregten Leuten nach vorne durch.

Im Lichtschein einer Gaslaterne erblickte er ein großes Kleiderbündel auf dem Pflaster unter dem Nordturm.

„Rudi, komm her“, schrie er, „hier liegt jemand!“

Der Körper wirkte konturlos. Die Person lag auf dem Bauch. Die Füße waren unter dem Saum eines schwarzen Capes verborgen. Auf der linken Seite ragte eine bleiche, verstümmelt aussehende Hand hervor.

„Womöglich ist er hingefallen und von der hysterischen Menge oder gar von den Rössern zu Tode getrampelt worden“, sagte Gustav. Es klang mehr wie eine Frage.

Rudi drehte den Kopf des Toten zur Seite.

Von dem Gesicht war nicht mehr viel übrig.

Erschüttert wollte Gustav sich abwenden. Da erblickte er einen großen dunklen Fleck auf dem zerschmetterten Schädel. Er beugte sich über den Leichnam und ehe Rudi ihn davon abhalten konnte, berührte er den Toten.

„Das ist Blut. Warum hat er nur am Kopf geblutet? Sieh mal, sein Körper weist keine Blutspuren auf. Ist das nicht merkwürdig?“

„Wahrscheinlich hat es dem armen Mann beim Aufprall das Herz zerrissen. Bestimmt wird der Gerichtsmediziner einen Haufen innere Verletzungen feststellen“, antwortete Rudi.

„Oh mein Gott, das ist ja unser Großmeister, der Dombaumeister Rauensteiner!“, rief Gustav.

„Der Herr Dombaumeister ein Freimaurer? Interessant! Ist die Freimaurerei bei uns nicht strengstens verboten? Wenn der Vatikan das wüsste ...“

„Da Teifi, da Teifi!“, schrie plötzlich jemand.

Ein behinderter Mann mit einem monströsen Kopf auf dem kurzen Hals und einem von Pockennarben entstellten Gesicht humpelte auf Gustav und Rudi, die nun beide neben dem Toten knieten, zu.

„Er hat ihn runter...ge...schmissen“, stotterte er.

„Wer hat ihn wo hinuntergeworfen?“, fragte Gustav.

Der Mann deutete auf den Nordturm. „Da Teifi ... vo... vom Him... Himmel ...“ Er bekreuzigte sich dreimal.

„Wie ist Ihr Name?“

„Co...si...mo. Ich ... ich bin der Glöck... Glöck... ner.“

„Ist der Mann kopfüber hinuntergestürzt?“, fragte Rudi.

Die Antwort des Glöckners ging in einem ohrenbetäubenden Geräusch von Hufen unter. Vier schwarz lackierte Fuhrwerke steuerten in höllischem Tempo auf den Stephansdom zu. Die Menschenmenge stob auseinander. Eines der Fuhrwerke war ein fensterloser Leichenwagen. Aus den anderen sprangen uniformierte Männer. Irgendjemand schien die Polizei verständigt zu haben.

Ein korpulenter Herr mit einem imposanten, an beiden Enden nach oben gezwirbelten Schnurrbart stieg gemächlich aus einer der eleganten Kutschen. Die Menge machte ihm sofort Platz. Zwei Uniformierte geleiteten ihn zu dem Toten.

Obwohl Polizei-Oberkommissär Rudi Kasper nicht im Dienst war, fühlte er sich übergangen. „Verdammter Wichtigtuer“, schimpfte er.

Der Lichtblitz einer Fotokamera verschreckte die Pferde. Nervöses Wiehern, laute Rufe der Kutscher, durcheinanderschreiende Passanten. Panik drohte auszubrechen. Gustav sah sich nach einem möglichen Fluchtweg um.

Der Polizeifotograf schien von der ganzen Aufregung nichts mitzubekommen. Seelenruhig bat er den stellvertretenden Polizeidirektor Hoffinger, dem die sicherheits- und gerichtspolitische Abteilung unterstand, für eine weitere Aufnahme stillzustehen.

Hofrat Hoffinger warf sich in Pose und blickte stolz in die Linse der großen Kamera.

Rudi wartete die langwierige Prozedur nicht ab, sondern schnappte sich den Glöckner und bemühte sich, ihm einen vernünftigen Satz zu entlocken.

Der arme Kerl murmelte unentwegt: „Da Teifi, da Teifi ..."

„Der Tote ist der Dombaumeister Rauensteiner", sagte Gustav zum Vizepolizeidirektor, als dieser sich zu ihnen gesellte.

Der Beamte musterte Gustavs schlanke Gestalt und seinen gut geschnittenen Mantel mit dem Zobelkragen.

Gustav erwiderte seinen Blick mit hochgezogenen Brauen. Daraufhin hielt ihn der Vizepolizeidirektor eines Handschlags für würdig.

„Lassen Sie den Platz sofort räumen", herrschte Hofrat Hoffinger den Polizeiagenten Bröselmeier an, der neben ihm in Habt-Acht-Stellung stand. „Und halten Sie diesen Dummkopf da fest." Er deutete auf den Glöckner.

„Soll ich ihn arretieren?", fragte Polizeiagent Bröselmeier beflissen. „Arretieren ist immer gut."

„Erst wenn ich es Ihnen befehle. – Die sterbliche Hülle des Mannes muss entfernt werden, bevor die Leute darüber hinwegtrampeln", wandte sich Hoffinger an Polizei-Oberkommissär Rudi Kasper.

„Er ist eindeutig vom Nordturm gestürzt oder gestürzt worden. Wir sollten die Leiche besser hier liegen lassen und abwarten, was der Gerichtsmediziner sagt. Ich nehme an, er wird jeden Moment eintreffen."

„Meinetwegen", murmelte der Hofrat.

„Keiner fasst den Toten an, bevor ihn der Gerichtsmediziner nicht untersucht hat", sagte Rudi laut und deutlich. „Es genügt vollkommen, wenn wir den Platz hier unterm Turm absperren."

Die Uniformierten, die in Begleitung des hohen Herrn erschienen waren, sahen sich unschlüssig an, rührten sich aber nicht von der Stelle.

„Worauf warten Sie?", schnauzte der Vizepolizeidirektor sie an.

„Noch ein Foto bitte, Herr Polizeidirektor", bat der Fotograf. „Vor dem Haupttor vielleicht? Dort hätten wir mehr Licht. Möchten der Herr Polizei-Oberkommissär auch aufs Bild?"

„Alter Schleimer", fauchte Rudi leise.

„Du kennst den Fotografen?", fragte Gustav.

„Ja, er ist ein einfacher Polizeiagent. Seit er sich diesen modernen Fotoapparat zugelegt hat, spielt er sich auf, als wäre er ein großer Künstler."

Der Fotograf eilte mit seinem Ungetüm zum Haupttor. Hofrat Hoffinger stapfte hinter ihm her. Rudi und Gustav blieb nichts anderes übrig, als ihnen zu folgen.

Gustav schaute hinauf zur Pummerin, die gerade das neue Jahrhundert eingeläutet hatte.

Eine steinerne, sich im Uhrzeigersinn drehende Wendeltreppe mit dreihundertdreiundvierzig Stufen führte auf den Südturm. Dieser freistehende Turm, der eigentliche Steffl, war das höchste Gebäude der Reichshaupt- und Residenzstadt. Gustav war mit seinem Großvater einmal oben gewesen, hatte sogar die Türmerstube und das Uhrenstüberl besichtigen dürfen.

Nachdenklich schweiften seine Blicke zurück zu dem unfertigen zweiten Turm des Doms. Unwillkürlich fiel ihm die Sage vom Puchsbaum ein, der einen Bund mit dem Teufel geschlossen hatte, um den Nordturm fertigstellen zu können.

Im 15. Jahrhundert verliebte sich der damalige Dombaumeister Hans Puchsbaum in ein hübsches Fräulein namens Maria. Auch sie fand bald Gefallen an dem geschickten Mann. Als er es wagte, um ihre Hand anzuhalten, stellte ihm der Vater seiner zukünftigen Braut eine unerfüllbare Bedingung: Nur wenn er den Nordturm innerhalb eines Jahres vollenden könne und dieser dann ebenso hoch wie der Südturm sei, würde er ihm seine Tochter zur Frau geben. In seiner Verzweiflung bat der Baumeister den Teufel um Hilfe. Der Teufel macht aber bekanntlich nie etwas umsonst. Er versprach, den Turm fristgerecht fertigzustellen, wenn Hans Puchsbaum in dem einen Jahr weder den Namen Gottes noch den der Jungfrau Maria oder den eines Heiligen aussprechen würde. Wenn er es täte, würde er seine Seele holen.

Da der Baumeister die junge Frau aufrichtig liebte, willigte er ein. Der Turm wuchs rasant. Puchsbaum machte sich jedoch bittere Vorwürfe, weil er diesen Pakt mit den dunklen Mächten eingegangen war. Als er eines Tages hoch oben auf dem Gerüst herumkletterte, sah er unten am Domplatz Maria.

Puchsbaum rief ihren Namen. Im selben Moment stand der Teufel hinter ihm und schleuderte ihn unter höhnischem Gelächter in die Tiefe. Sein Körper zerschmetterte direkt vor Marias Augen. Die Bauarbeiten am Turm gingen daraufhin sehr schleppend voran und wurden 1511 eingestellt. Und so blieb der Nordturm bis heute unvollendet.

Dombaumeister Rauensteiner war ebenfalls vom Nordturm gefallen oder vielmehr hinuntergestürzt worden.

Was zum Teufel hatte der Rauensteiner mitten in der Nacht dort oben zu suchen gehabt, fragte sich Gustav.

Nach der umständlichen Prozedur des Fotografierens ließ sich der Vizepolizeidirektor dazu herab, den Glöckner höchstpersönlich zu befragen.

Cosimo behauptete stammelnd, der Rauensteiner sei, so wie der Puchsbaum, mit dem Teufel im Bunde gewesen und beim Erklingen des ersten Schlages der dicken Glocke vom Satan höchstpersönlich hinuntergestoßen worden.

Polizeiagent Bröselmeier versetzte ihm jedes Mal eine Ohrfeige, wenn er ins Stottern geriet. Schließlich brachte Cosimo keinen zusammenhängenden Satz mehr heraus.

Hofrat Hoffinger verlor die Geduld mit ihm und ließ ihn abführen.

„Ich nehme nicht an, dass dieser Krüppel ihn hinuntergestoßen hat. Aber er war nun mal verantwortlich für die Glocke im Nordturm. Er hätte niemanden hinauflassen dürfen. Die Halbpummerin schlägt, soviel ich weiß, jede Viertelstunde. Der enorme Druck, der durch das Bewegen der schweren Glocke entsteht, wird den Dombaumeister zu Fall gebracht haben“, sagte Hoffinger zu Rudi Kasper.

Gustav, der neben den beiden stand und alles mithörte, konnte der Theorie des Herrn Vizepolizeidirektors absolut nichts abgewinnen.

„Es wird sich herausstellen, ob es sich um Fahrlässigkeit gehandelt hat. Man muss dieses Individuum auf jeden Fall zuerst einmal anständig verhören.“ Mit diesen Worten verabschiedete sich der Hofrat von seinem Oberkommissär. Er nickte auch Gustav gnädig zu und stieg in eine der schwarzen Kutschen.

Mit stolzgeschwellter Brust kehrt er nun zurück zu seiner Silvesterfeier und wird die fadisierten hohen Herrschaften mit dieser schauerlichen Geschichte beglücken, dachte Gustav. Er wunderte sich, dass sein bester Freund diesem Idioten nicht widersprochen hatte. Rudi war kein Feigling, im Gegenteil, er hatte sich schon öfters mit seinem Vorgesetzten angelegt. Irgendetwas stimmte momentan nicht mit ihm. Er war in letzter Zeit ständig gereizt, ja richtiggehend streitsüchtig. Warum hatte er sich in diesem Fall nicht mehr exponiert? Warum hatte er dem Hoffinger die übereilte Verhaftung durchgehen lassen?

Als er sich mit Rudi vom Tatort entfernte, fiel ihm allerdings etwas anderes ein. „Warum warst du vorhin so überrascht, als ich erwähnte, dass der Dombaumeister dem Freimaurerbund angehörte? Die Dombauhütten waren bereits im Mittelalter Sitz der Steinmetzbruderschaften. Die Steinmetze waren intelligente und kosmopolitische Leute ...“

„Jaja, ist schon gut. Aber was hat das bitte schön mit diesem toten Baumeister zu tun?“, unterbrach Rudi ihn.

„Das wollte ich dir gerade erklären. Die Dombaumeister bildeten von jeher den harten Kern der Freimaurer. Nachdem mich mein Vater und einer seiner Freunde, dessen Namen er mir nicht verraten wollte, als Anwärter für den Freimaurerbund vorgeschlagen hatten, musste ich in mehreren Aufnahmegesprächen ranghöheren Brüdern meine Beweggründe darlegen und ihre Fragen beantworten. Ich wurde sozusagen auf Herz und Nieren geprüft. Mein erstes Gespräch hatte ich mit dem Rauensteiner. Er war kein sehr angenehmer Zeitgenosse. Ich befürchtete sogar, er würde gegen mich stimmen. Denn er hat mich mehrmals wegen nichts und wieder nichts richtiggehend angebrüllt. Mein Vater meinte jedoch, er sei nur ein großer Brummbär, der nicht beißen würde."

„Trotzdem muss er sich Feinde gemacht haben."

„Neider, ja, aber richtige Feinde?"

„Er hat es weit gebracht, war ein mächtiger Mann. Vielleicht hat er seine Macht missbraucht?"

„Da wäre er nicht der Erste ..." Gustav runzelte die Stirn.

„Oder er hat noch mächtigere Leute ernsthaft vergrämt. Hör dich doch mal in deinem Geheimbund um."

„Meine Brüder bespitzeln? Nein, mein Lieber, das kannst du nicht von mir verlangen."

2

Gustav hatte am Neujahrsmorgen keinen Katzenjammer. Er hatte in der Silvesternacht kaum etwas getrunken. Beim Anblick seiner Tante Vera, die sich angeregt mit ihrer Patentochter Dorothea und deren Verlobten Doktor Carl Jank unterhielt, bekam er jedoch sogleich Kopfschmerzen.

Der Schweizer Seelenarzt war eine imposante Erscheinung, groß gewachsen und kräftig gebaut. Gustav, der über eine eher schwächliche Konstitution verfügte, konnte diesen vor Gesundheit nur so strotzenden blonden Hünen nicht ausstehen. Dorothea hingegen schien ihren Verlobten zu vergöttern. Sie hing buchstäblich an seinen Lippen. Zumindest kam Gustav das so vor.

Was war bloß aus der kleinen fröhlichen Dorothea geworden? Wie herzlich hatte sie als Kind immer über seine Späße gelacht! Gustav hatte öfters auf sie aufgepasst, wenn seine Tante und Dorotheas Mutter Valerie in anregende Gespräche vertieft waren und die Kleine darüber vernachlässigt hatten. Dorotheas Mutter war Veras beste Freundin gewesen und vor einigen Jahren in der k.k. Irrenanstalt auf dem Michelbeuerngrund zu Tode gekommen. Die Behandlung mit eiskalten Wassergüssen mitten im Winter hatte sie nicht überlebt. Sie starb an einer Lungenentzündung. Vera sprach von Mord.

Valerie war keineswegs verrückt gewesen. Sie hatte es nur gewagt, die Ärmsten der Armen kostenlos medizinisch zu behandeln, ohne studiert zu haben. Den Frauen war damals in der gesamten k.u.k. Monarchie der Zugang zu den Universitäten verwehrt gewesen. Deshalb war Dorothea auch in die Schweiz gegangen. Die Universität Zürich hatte als erste Hochschule Europas Frauen zum Medizinstudium zugelassen.

Der selbstbewusste Schweizer Psychiater war um einiges älter als Dorothea und unerhört erfolgreich.

„Sie sehen gar nicht gut aus, mein Freund“, sagte er zu Gustav.

Ich bin nicht dein Freund, hätte dieser ihn am liebsten angeschnauzt. Er schwieg um des lieben Friedens willen und hörte seiner Tante zu, die von dem grandiosen Silvesterkonzert im Musikverein schwärmte, das sie gemeinsam mit dem glücklichen Paar besucht hatte.

„Nachher haben wir mit dem Champagner, den Doktor Jank aus Zürich mitgebracht hat, auf das neue Jahrhundert angestoßen. Mein Gott, wie lange habe ich keinen so guten Champagner mehr getrunken!“

Die Verlobten waren in einem Ringstraßenhotel abgestiegen – in getrennten Zimmern natürlich. Davon hatte sich Gustav gestern überzeugt, als er Dorothea einen kurzen Besuch abstattete. Er hatte es sogar gewagt, sie zu fragen, was sie an diesem Psychiater finden würde.

„Es ist ganz einfach, Frauen mögen Männer, die an ihnen interessiert sind, und Carl interessiert sich nun einmal sehr für mich und meine Arbeit“, hatte Dorothea gesagt.

Gustav bereute es längst, Silvester nicht zu Hause geblieben zu sein. Auf dem Ball hatte er sich im Grunde ebenso gelangweilt wie Rudi, und den Anblick des toten Dombaumeisters hätte er sich auch lieber erspart.

Das neue Jahrhundert beginnt ja großartig, dachte er, als er seinen Kaffee schlürfte und missmutig der regen Unterhaltung am Tisch folgte. Er fragte sich, was das größere Übel war, der Tod des Großmeisters der Österreichischen Freimaurer oder der Anblick der beiden Turteltauben beim Frühstück.

Seit die Karolys das dritte Zimmer in ihrer Wohnung an fremde Leute vermieteten, hatten sie kein Esszimmer mehr und mussten die gemeinsamen Mahlzeiten in der geräumigen Küche einnehmen. Für gewöhnlich machte sich Gustav nichts daraus. Vor diesem wohlhabenden Schweizer genierte er sich für ihre beengten Verhältnisse.

Zum Glück war der momentane Untermieter, ein Student der Rechtswissenschaften, über Weihnachten nach Hause zu seinen Eltern ins Salzkammergut gefahren. Dorothea hatte ihren Verlobten über die katastrophalen finanziellen Umstände der Familie Karoly aber bestimmt nicht im Unklaren gelassen.

Sie war mit ihrem Carl am dreißigsten Dezember nach Wien gekommen, um die Jahrhundertwende hier zu feiern und um ihren Verlobten ihrer geliebten Patentante vorzustellen.

Vera von Karoly schien sehr angetan von dem Arzt zu sein, was Gustav maßlos ärgerte. Seine kluge Tante hatte normalerweise für Männer nicht viel übrig. Sie war eine radikale Frauenrechtlerin. Wie konnte sie nur so freundlich zu diesem präpotenten Schweizer sein?

Gustav warf der alten Josefa, die Vera und ihm den Haushalt führte, einen verzweifelten Blick zu. Seine Verbündete schien jedoch ebenfalls von dem Angeber fasziniert zu sein. „Möchten S' noch ein Stückerl von der Malakofftorte, Herr Doktor?", fragte sie und lächelte bei diesen Worten verschämt.

Josefa lächelte so gut wie nie. Gustav schimpfte sie in Gedanken eine Verräterin. Am liebsten hätte er augenblicklich den Tisch verlassen.

„Nein, vielen Dank. Ich bringe beim besten Willen nichts mehr hinunter." Carl klopfte sich auf seinen nicht übersehbaren Bauchansatz.

Der Herr Doktor wird bald fett werden, dachte Gustav mit einer gewissen Genugtuung und griff nach der verschmähten Malakoff. Er konnte essen, so viel er wollte, er würde nie dick werden. Er hatte die Figur seines Vaters geerbt, der mit sechzig Jahren rank und schlank war wie ein Jüngling.

Alle außer Gustav schienen bester Laune zu sein. Um die Stimmung zu trüben, erzählte er von dem Todessturz des Dombaumeisters. „Auf den ersten Blick sieht es nach einem Selbstmord aus. Höchstwahrscheinlich handelt es sich aber um Mord."

Sogleich unterbrach Carl ihn: „Sagt Ihnen das Ihre Spürnase? Der Dombaumeister war sicher nicht der Einzige, der sich zu Silvester umgebracht hat. Ich habe mich mit dem Phänomen der Massenhysterie näher beschäftigt. Solche Zeitenwenden lösen Untergangsfantasien bei empfindsamen Menschen aus ..."

Wagt er es etwa gar, sich über mich lustig zu machen?, fragte sich Gustav und unterbrach den Herrn Doktor rasch: „Mein Freund, Polizei-Oberkommissär Rudi Kasper, schließt ein Kapitalverbrechen nicht aus. Und der stellvertretende Polizeidirektor hat bereits jemanden wegen fahrlässiger Tötung verhaften lassen. Leider den Falschen." Gustav schaute Dorothea zum ersten Mal an diesem Morgen in die Augen.

„Ist das dieser Trottel? Wie heißt er noch mal?", fragte sie. Vor einem Jahr hatte sie den Herrn Vizepolizeidirektor nicht gerade von seiner besten

Seite kennengelernt. Damals hatte der Frauenmörder von Schönbrunn die Stadt in Angst und Schrecken versetzt. Dorothea hatte ihn mit Gustavs Hilfe überführt. Doch der Hofrat hatte den Täter auf Weisung von ganz oben bald wieder laufen lassen.

„Hoffinger", sagte Gustav. „Der wird's noch zum obersten Polizeidirektor bringen, wenn er sich weiterhin so bei den Mächtigen einschleimt."

„Ich kenne diese schauerliche Geschichte, Liebes." Carl tätschelte Dorotheas Hand. „Lass Karoly weiterreden. Es handelt sich ja offensichtlich um einen neuen Fall für ihn."

Wenn schon, dann ‚von Karoly' bitte, hätte Gustav ihn gerne angefaucht. Da Dorothea allerdings so eine Bemerkung sicherlich nicht goutiert hätte – sie war eine überzeugte Republikanerin –, unterließ er es, den Herrn Doktor zu korrigieren.

„Fahren Sie fort mit Ihrer spannenden Geschichte." Carl lehnte sich auf der unbequemen Küchenbank mit vor dem Bauch verschränkten Händen zurück.

Tu nicht so gönnerhaft, dachte Gustav, begann aber nun der kleinen Runde ausführlich zu schildern, was er in der vergangenen Nacht erlebt hatte.

Weder der Doktor noch die Frauen unterbrachen ihn ein weiteres Mal. Als er geendet hatte, fragte Carl mit kaum verborgenem Grinsen: „Sie sind Freimaurer?"

In Gustavs Ohren klang diese Frage fast abfällig.

„Er hat kurz vor Weihnachten das Aufnahmeritual hinter sich gebracht, ist also erst Lehrling", antwortete Vera an seiner Stelle.

Gustav warf ihr einen bösen Blick zu. Seine Tante hielt nichts von Männerbünden. Als er sich von seinem Vater, Graf Batheny, dazu überreden hatte lassen, den Freimaurern beizutreten, war sie entsetzt gewesen.

„Von diesen geheimnisumwitterten Aufnahmeritualen müssen Sie mir unbedingt berichten“, forderte Carl ihn auf. „Ich beschäftige mich in meinen Forschungsarbeiten mit Riten und Ritualen. Vor allem in der Adoleszenz suchen junge Menschen oft Halt oder, besser gesagt, eine Ersatzfamilie ...“

„Josefa, bring mir bitte ein weißes Hemd!“, unterbrach Gustav ihn und erhob sich. „Bitte entschuldigen Sie mich, ich muss zu einer Besprechung mit Polizei-Oberkommissär Kasper.“

Dieser Mensch hält mich für vollkommen verblödet, ärgerte sich Gustav, glaubt, mich ungestraft vor Dorothea runtermachen, mich als pubertierenden Jüngling hinstellen zu können!

Er hatte keine Verabredung mit Rudi. Aber er wollte lieber ein bisschen spazieren gehen oder einen zweiten starken Mocca im Café Schwarzenberg trinken, als sich weitere überhebliche Bemerkungen dieses Schweizer Seelenarztes anzuhören.

3

Gustav verließ die k.k. Hofstallungen durch das Seitentor an der Mariahilfer Straße und schlug den Weg Richtung Margareten ein. Er hoffte, Rudi am Neujahrstag zu Hause anzutreffen.

In den Morgenstunden hatte es heftig geschneit. Jetzt um die Mittagszeit herrschten Plusgrade. Schluss war mit der weißen Pracht. Am ersten Tag des neuen Jahrhunderts versank die

Reichshaupt- und Residenzstadt in einer bräunlichen Brühe. Nur in den stillen dunklen Seitengässchen Margaretens, in die kaum ein Sonnenstrahl drang, war ein bisschen Schnee liegen geblieben.

Rudi wohnte mit seinem Vater in einer ärmlichen Zweizimmerwohnung über dem Wirtshaus der Familie Kasper in der Schlossgasse. Das Gasthaus „Zum schwarzen Elephanten" war ein beliebter Treffpunkt trinkfester Gesellen.

Gustav vernahm Gelächter und laute Stimmen, als er sich der Wirtschaft näherte. Er warf einen Blick durch die schmutzige Fensterscheibe.

Die Gaststube wurde von flackernden Gaslampen erhellt. Der alte Kasper stocherte in der roten Glut im Kohleofen und fachte das Feuerchen wieder an. Dichte Rauchschwaden umgaben die fröhlichen Zecher wie ein gespenstischer Schleier. Es roch nach Krautsalat und Schweinsbraten. Gustav hasste Kraut, vor allem hasste er den Geruch von Kraut.

Da er sich sicher war, dass sein Freund den Zechkumpanen seines Vaters nicht Gesellschaft leistete, eilte er die steile Stiege hinauf in den ersten Stock.

Im Stiegenhaus belästigte der Gestank von Kohl und Bier seine empfindliche Nase. Wie hält es Rudi hier bloß aus, fragte er sich nicht zum ersten Mal. Der Herr k.k. Polizei-Oberkommissär verdiente genug, um sich eine ordentliche Wohnung leisten zu können. Außerdem stritt er sich ohnehin andauernd mit seinem ewig betrunkenen Vater.

Am Gang vor der Wohnungstür lag allerlei Gerümpel: ein zweibeiniger Stuhl, eine verdreckte

Armeedecke und ein großer Topf voller Küchenabfälle, die ebenfalls einen fürchterlichen Gestank verbreiteten. Hinter der vergitterten Fensterscheibe war ein schwacher Lichtschein zu sehen.

Gustav klopfte an.

„Wer ist da?“ Rudis Tonfall war nicht gerade einladend.

„Na wer schon? Ich bin’s! Mach bitte auf.“

Rudi öffnete, bekleidet in Hemd, Socken und Sockenhaltern. Angesichts der Bartbinde, die hinter seinen Ohren befestigt war, konnte sich Gustav das Lachen beim besten Willen nicht verkneifen.

„Dein Schnauzer bleibt auch ohne dieses Ungetüm in Form. Sieh dir meinen an. Ich verwende nie diese lästigen Binden“, sagte er.

„Nicht jeder hat so viel Ähnlichkeit mit einem Primaten wie du“, erwiderte Rudi, dessen Haarwuchs zu wünschen übrig ließ. Er hatte dünnes, rötlich-blondes Kopfhaar und seine Stirnecken waren bereits kahl. Gustav hingegen war mit einer dichten schwarzen Haarpracht gesegnet, nicht nur am Haupt, sondern auch über der Oberlippe und am Körper.

„Zieh dich an, Herr Oberkommissär. Die Sonne scheint. Wir sollten einen Neujahrs-Spaziergang machen. Ich muss mit dir reden.“

„Nimm dir einen Kaffee. Die Kanne steht am Ofen. Ich bin gleich fertig.“

Angeekelt betrachtete Gustav die schmutzigen Kaffeehäferl auf dem Regal über dem Herd. „Den Kaffee trinken wir im Schwarzenberg.“

Er legte die Bücher, die sich auf dem einzigen Stuhl in der Küche stapelten, auf den Boden und setzte sich. Während sich Rudi fertig ankleidete, betrachtete Gustav neugierig die Buchumschläge: „Der Verbrecher", „Das Weib als Verbrecherin und Prostituierte".

„Was liest du denn da? Cesare Lombroso? Ist das nicht einer dieser italienischen Rassisten?"

„Nein, er ist Darwinist und Jude. Er hat eine neue wissenschaftliche Richtung in der Kriminologie begründet, eine kriminalanthropologische. Hochinteressant, das sag ich dir. Vor allem das Buch über die verbrecherischen Weiber."

„Du bist und bleibst ein Frauenfeind, lieber Freund."

„Sagtest du Frauenfreund? Ja, das bin ich. Hast du nicht Lust, den Beginn des neuen Jahrhunderts mit zwei lieben Mädeln zu feiern? Habe ich dir von der feschen Gretel erzählt? Sie hat eine nicht minder fesche Freundin ..."

„Lass mich mit deinen Weibergeschichten in Frieden. Es klappt sowieso nie, wie du weißt. Ich kann einfach nicht mit käuflichen Frauen."

„Ich rede nicht von Prostituierten. Meine Gretel ist Weißnäherin und ihre Freundin arbeitet in einem Hutgeschäft auf der Mariahilfer Straße. Sie sind beide nicht fad, sondern richtige Frohnaturen. Wir könnten sie auf eine Jause einladen und nachher mit ihnen in ein Kabarett gehen. Ich komme für alles auf, wenn du blank sein solltest."

„Es geht nicht ums Geld. Ich steh nun mal nicht auf diese Art von Frauenzimmern. Das solltest du mittlerweile begriffen haben."

„Ach ja, der Herr Graf kriegt nur Lust bei Frau von und zu. Adelige habe ich nicht zu bieten. Da musst du dich an deinen Herrn Papa und deine Halbschwester halten."

„Ich kann gleich wieder gehen."

„Sei nicht immer so schnell beleidigt. Ich wollte dir ja nur zu ein bisserl Spaß verhelfen. Hast es momentan nicht leicht mit Dorothea und ihrem Verlobten, oder?"

„Er ist ein Parvenü. Ich verstehe nicht, wie sie sich in so einen eitlen Gecken verlieben konnte. Sie hat nur Augen für ihn."

„Frauen können ungemein selbstsüchtig sein. Vor allem, wenn sie verliebt sind. Nichts hat dann mehr für sie Bedeutung, außer dem geliebten Mann."

„Genau."

„Wie sagte der von dir verehrte Doktor Freud? ‚Was will das Weib?'"

„Das hat er, glaube ich, so nicht gesagt. Egal. Frauen sind eben auch für ihn unbekannte Wesen."

„Und deswegen lasse ich mich erst gar nicht auf sie und ihre Spielchen ein, sondern amüsiere mich lieber mit den berechenbaren Mädeln, die wissen, was sie kriegen, und trotzdem bereit sind, ein paar nette Stunden mit mir zu verbringen."

„Und danach gibst du ihnen einen ordentlichen Schmattes. Was ist denn das anderes als Prostitution?"

„Seit wann bist du so ein Moralapostel?"

„Ich würde dieses Thema gern beenden. Lass uns ins Kaffeehaus gehen. Ich möchte mit dir über den neuen Mordfall reden."

„Ich bin nicht im Dienst", sagte Rudi. „Außerdem hat mir der Hoffinger den Fall entzogen. Er will sich höchstpersönlich darum kümmern. Weder die Kirche noch deine Freimaurer haben mit einem Selbstmord viel Freude. Du wirst sehen, der Todessturz wird als Unfall ad acta gelegt werden.

Oder sie machen den Glöckner dafür verantwortlich. Das würde ich ihnen aber nicht raten! – Was hatte der Rauensteiner überhaupt um Mitternacht auf dem Nordturm zu suchen? Kein Mensch begibt sich dort freiwillig hinauf, wenn die Halbpummerin die Viertelstunde verkündet und er noch dazu weiß, dass die Pummerin im Südturm gleich zu schlagen beginnen wird. Der Lärm muss mörderisch gewesen sein."

„Dasselbe habe ich mich auch schon gefragt."

„War der Feuerbeobachter nicht in der Türmerstube? Soviel ich weiß, ist diese Stube immer besetzt. Gerade in der Silvesternacht sollte man meinen, dass erhöhte Brandgefahr in der Stadt besteht ..."

„Eine sehr berechtigte Frage."

„Wir werden das alles heute nicht klären können. Am Neujahrstag schläft jeder vernünftige Mensch seinen Rausch aus. Wo, meintest du, sollen wir beide das neue Jahrhundert begießen?"

„Gehen wir zuerst ins Schwarzenberg."

Als sie an der Sirkecke angelangt waren, setzte leichter Schneefall ein.

Keiner hatte mit diesem erneuten Wetterumschwung gerechnet. Vormittags war noch strahlender Sonnenschein gewesen. Gegen eins hatte sich der Himmel über der Stadt verdüstert und seither schneite es pausenlos. Wien war normalerweise eine hektische und laute Stadt, der Schnee aber dämpfte alle Geräusche. Es war unheimlich still um diese frühe Nachmittagsstunde.

Im Café Schwarzenberg wurden die beiden Herren sehr herzlich empfangen. Während sie mit dem

Chef de Service und dem Zahlkellner Neujahrswünsche austauschten, machte ein Hilfskellner Gustavs Tisch, links vom Eingang, frei.

Das Schwarzenberg war sozusagen Gustavs Büro. Als Privatdetektiv inserierte er regelmäßig in diversen Tageszeitungen und gab als seine Postadresse das elegante Ringstraßencafé an.

Der Piccolo brachte ihm auch sogleich seine Post.

Gustav warf einen flüchtigen Blick auf die Absender der beiden Briefe und steckte sie ungelesen ein. Er hatte auf der mit tabakbraunem Leder überzogenen Sitzbank Platz genommen. Von hier aus überblickte er das ganze Lokal. Rudi saß links neben ihm in einem bequemen ledernen Clubsessel.

Die Luft war von Rauch geschwängert. Die Kerzen in den prächtigen Lüstern an der mit kleinen weißen Kacheln gefliesten Decke spendeten weiches Licht.

Rudi bestellte einen Großen Schwarzen, Gustav einen Einspänner.

„Kommt sofort, Herr Graf“, sagte der Ober beflissen.

Rudi wandte sich grinsend ab.

„Die Kellner haben es alle mit den Titeln. Wenn sie wüssten, wer du bist, würden sie dich garantiert als Herr Polizeidirektor begrüßen.“

„Das würde ich mir verbitten.“

„Ach was. Die wissen eh, dass ich kein echter Graf bin, sonst würden sie mich mit Euer Erlaucht anreden.“

„Trotzdem, die meinen es hier besonders gut mit dir.“ Rudi deutete auf die üppige Schlagobershaube, die Gustavs großen Mocca zierte.

„Bin eben Stammgast."

Gustav berichtete seinem Freund dann von Carls abfälligen Bemerkungen über seine Mitgliedschaft bei den Freimaurern. „Er zeigte außerdem eine völlig unangemessene Neugier, was das Aufnahmeritual betrifft."

„Was hast du von einem Eidgenossen anderes erwartet?", fragte Rudi.

„Eigentlich darf ich nicht darüber reden."

„Worüber?"

„Über das Aufnahmeritual."

„Findest du diese Geheimnistuerei nicht ein bisschen albern?"

„Ja ... nein, es muss so sein. Wie du weißt, hat meine Aufnahme in die Loge Sokrates im Tempel in Pressburg stattgefunden. Mein Vater und ich sind einen Tag früher angereist, damit sich der Aufenthalt mit der langen Fahrt auch auszahlt. Am Vorabend haben wir eine fantastische Vorstellung von Pique Dame im Pressburger Stadttheater besucht. Eindeutig die schönste Oper von Tschaikowski. Einfach großartig! Ich sage dir, die Pressburger können mit uns Wienern durchaus mithalten. Der Hermann, gesungen von einem russischen Tenor, hervorragend. Auch die Pique Dame, die alte Gräfin, sang hinreißend und die Lisa war einfach bezaubernd. Wir sind übrigens im Hotel National abgestiegen. Und im Café Savoy im Erdgeschoss des Hotels hat mir mein Vater an jenem Abend, bevor wir in die Oper gingen, versprochen, mich demnächst als seinen leiblichen Sohn anzuerkennen und mir den Grafentitel zu vererben ..."

„Das hast du mir alles bereits erzählt." Rudi gähnte gelangweilt.

„Ich war sehr nervös, als mich mein Vater am nächsten Tag in den Tempel gebracht hat“, fuhr Gustav ungerührt fort. „Stell dir vor, man hat mir die Augen verbunden, bevor ich hineingeführt wurde. Drinnen hat man mir dann die Augenbinde wieder abgenommen. Es war ziemlich dunkel. Ein Mann, dessen Gesicht zur Hälfte mit einer Kapuze bedeckt war, saß an einem Tisch, auf dem eine brennende Kerze stand. Daneben lagen ein Totenschädel, ein Dreieck und ein Winkelmaß. Und plötzlich sah ich Degenspitzen auf meine nackte Brust gerichtet. Ich hatte einen Maurerschurz um, der mich vor den Degen natürlich nicht geschützt hätte.“

„Hast dich gefürchtet?“, fragte Rudi, plötzlich wieder aufmerksam geworden.

„Nein, es war nur ein eigenartiges Gefühl, ein Gefühl, völlig ausgeliefert zu sein. Genau das gehört wahrscheinlich dazu ...“

„Klingt nicht sehr verlockend.“

„Ach komm! Gerade für dich wäre es unheimlich wichtig, unserem Bund beizutreten.“

„Ich hätte wegen meiner einfachen Herkunft sowieso keine Chance.“

„Das stimmt nicht. Mein Vater würde garantiert ein gutes Wort für dich einlegen. Nicht, weil du mein bester Freund bist, sondern weil er dir für deine Diskretion damals bei der Schönbrunn-Affäre Dank schuldet. Mit deinen Fähigkeiten könntest du es weit bringen, vielleicht sogar eines Tages tatsächlich Polizeidirektor von Wien werden. Bei den Freimaurern gibt es mächtige Leute, die dich protegieren könnten ...“

„Blödsinn. Seine Majestät, der Kaiser, will von euch Freimaurern nichts wissen.“

„Na und? Glaubst du im Ernst, der Alte hat jetzt, zu Beginn des 20. Jahrhunderts, noch wirklich was zu sagen?“

„Wie despektierlich der Herr Oberleutnant der berühmten k.u.k. Armee über seinen Oberbefehlshaber reden ...“, spöttelte Rudi.

„Wenn's wahr ist. Seine Majestät hockt tagein, tagaus an seinem Schreibtisch oder bei der Schratt und bekommt nichts davon mit, was in seinem Reich vor sich geht. Seit Ihre Majestät, Kaiserin Elisabeth, tot ist, interessiert er sich überhaupt nicht mehr für sein Volk.“

„Falls er sich jemals dafür interessiert hat“, warf Rudi ein.

„All diese Lemuren am Hof, ja selbst die Minister und Generäle tanzen ihm auf der Nase herum“, ereiferte sich Gustav. „Die Habsburgermonarchie ist am Ende, steuert mit offenen Augen auf ihren Untergang zu. Das behaupten auch meine Logenbrüder.“

„Und diese hohen Herren müssen es ja wissen.“ Rudi verdrehte die Augen.

„Unserer Bruderschaft gehören bei Gott nicht nur Mitglieder des Adels oder reiche Großbürger an. Gleichzeitig mit mir haben sie zum Beispiel einen vortrefflichen Restaurator aufgenommen. Freimaurern geht es vor allem darum, sich selbst zu erkennen und seinen Charakter zu veredeln, ein besserer Mensch zu werden. ‚Ändere deinen Sinn‘, forderte schon Johannes der Täufer, der übrigens der Schutzpatron der Freimaurer ist.“

„Ich hab gedacht, du bist Atheist?“

„Agnostiker, mein Lieber. Das ist etwas anderes. Ich glaube nicht an die Lehre der katholischen Kirche ...“

„Agnostiker gehen davon aus, dass sie nicht wissen können, ob es einen Gott gibt“, unterbrach Rudi ihn.

„Bei den Freimaurern sind weder religionsfeindliche Fanatiker noch scheinheilige Frömmler willkommen. Und man braucht, wie gesagt, nicht unbedingt vermögend zu sein. Natürlich schadet es nicht, wenn du wohlhabend bist, denn die Aufnahmegebühr und monatlichen Beiträge sind hoch. Aber wenn ich mir das leisten kann oder eben ein Restaurator, dann sollte es in deinem Fall nicht am Geld scheitern, denke ich.“

„Ich nehme an, die Aufnahmegebühr und die monatlichen Beiträge bezahlt dein hochwohlgeborener Herr Papa. – Abgesehen vom Finanziellen habe ich als k.k. Polizeibeamter in solch einem mysteriösen Geheimbund nichts verloren. Außerdem habe ich es ohne jegliche Protektion zum Polizei-Oberkommissär gebracht. Und vor allem bin ich ein rationaler Mensch. Ich kann mit solch archaisch anmutenden Riten und Ritualen, wie du sie mir gerade beschrieben hast, absolut nichts anfangen. Diese Aufnahmezeremonie hat für mich große Ähnlichkeit mit einem mittelalterlichen Mysterienspiel. Für solche Kindereien gebe ich mich nicht her.“

„Das ist zeremonielles Beiwerk. Worum es wirklich geht, ist die brüderliche Liebe, der Zusammenhalt, die gegenseitige Unterstützung. Der Tempel ist sozusagen das Symbol für das harmonische Zusammenleben der Menschen. Während der rohe Stein das Symbol für die eigene Persönlichkeit darstellt. Sollten wir nicht alle an unserer Persönlichkeit arbeiten und unsere Fehler und

Schwächen bekämpfen? Ein Freimaurer sollte jedenfalls ein freier Mann sein, der sich bemüht, seine schlechten Neigungen zu überwinden, seine Begierden zu mäßigen und nach den Gesetzen der Vernunft zu leben. Dieses Gedankengut kommt doch einem Rationalisten wie dir sehr gelegen."

„Merkst du nicht, dass sie dich bereits in ihren Fängen haben? Du predigst wie ein jesuitischer Missionar. Wenn ich wissen will, woher ich komme und warum ich zu dem wurde, der ich heute bin, gehe ich lieber zu diesem neumodischen Seelenarzt Doktor Freud."

„Du sprichst wie Vera und Dorothea."

„Na und? Sind beide kluge Frauen, oder?"

4

Dorothea und Carl reisten am nächsten Tag zurück nach Zürich.

Gustav organisierte einen Fiaker und begleitete, gemeinsam mit seiner Tante, das verliebte Paar am späten Nachmittag zum „Kaiserin Elisabeth Bahnhof".

Vera und Dorothea begannen wie auf Kommando zu weinen, als der Zug einfuhr.

Gustav fühlte sich miserabel. Am liebsten hätte auch er geheult. Er wollte sich jedoch vor dem präpotenten Seelenarzt keine Blöße geben.

Carl klopfte Gustav zum Abschied jovial auf den Rücken und war plötzlich per Du mit ihm: „Leb wohl, alter Freund. Besuch uns mal in Zürich."

Gustav zuckte hilflos mit den Schultern.

„Spätestens zu unserer Hochzeit im Sommer müsst ihr sowieso beide kommen. Ihr seid Dorotheas Familie. Du bist der Bruder, den sie nie gehabt hat, und sollst auch wie ein Bruder für mich sein.“

Gustavs Augen wurden feucht. Es waren keine Tränen der Rührung, sondern Tränen der Wut. Was bildete sich dieser verdammte Eidgenosse eigentlich ein?

Dorothea umarmte ihn fest und küsste ihn auf den Mund. Er wehrte sich gegen ihre Umarmung. Nach Carls Worten empfand er sie als eine rein freundschaftliche oder gar geschwisterliche Geste.

„Schreib mir!“, rief er ihr nach, als sie dann ihren hübschen roten Lockenkopf aus dem Fenster beugte und heftig zu winken begann. Aus ihrem Dutt hatten sich einige Strähnen gelöst. Das Letzte, was er von ihr sah, war ihr Haar, das im Abendlicht golden schimmerte.

Erst als der Zug aus ihrem Blickfeld verschwunden war, verließen Vera und Gustav den Bahnhof und spazierten die matschige Mariahilfer Straße hinunter. Dunkelgraue Wolken bedeckten den Himmel und ein frostiger Wind kam auf.

„Sollen wir nicht lieber einen Fiaker nehmen? Nicht dass du dich erkältest, liebe Tante.“

„Ich hoffe, es wird zu schneien beginnen. Ich mag die frische Schneeluft. Dann wird man endlich ein bisschen freier atmen können. Außerdem sind wir zu Fuß schneller. Schau, es geht fast nichts weiter. Gleich wird alles stehen.“

Bei dem lauten Geklapper der langsam vorbeirollenden, schwer beladenen Fuhrwerke und dem Geschrei der Kutscher, die einander beschimpften und gleichzeitig ihre Gäule antrieben, konnte Gustav kaum verstehen, was sie sagte. Vera hatte zudem ein Taschentuch vor Nase und Mund gepresst. Nicht nur der Lärm war höllisch, sondern auch der Gestank. Es roch nach Pferdeäpfeln, Dieselöl und faulen Eiern.

„Das neue Jahrhundert stinkt verdächtig nach dem alten, findest du nicht auch?“, scherzte Gustav, da ihm das Schweigen seiner Tante nicht geheuer war.

Vera antwortete nicht.

„In den Zeitungen stand, dass sich zum Jahreswechsel allein in Wien fast hundert Leute umgebracht haben. Wohl nicht nur wegen des Weltuntergangs, den uns einige Scharlatane prophezeit haben.“

Vera schien ihm nicht zuzuhören.

Erst als sie kurz vor den Reitstallungen angekommen waren, sagte sie traurig: „Wann werden wir sie wiedersehen? Ich vermisse die Kleine jetzt schon.“

Dorothea war die Tochter, die Vera gern gehabt hätte, aber nie bekommen hatte. Gustav dachte manchmal, dass das Schicksal seiner Mutter mit schuld daran war, dass seine Tante nie geheiratet hatte. An Verehrern hatte es ihr nie gemangelt. Sie war eine äußerst aparte Frau. Sogar im fortgeschrittenen Alter von fünfzig Jahren machte ihr noch so mancher Schwerenöter den Hof. Vera wies alle ab, selbst wenn es sich um gute Partien handelte.

Ihre ältere Schwester Gisela war in jungen Jahren den Verführungskünsten des Grafen Batheny erlegen. Sie war eine stadtbekannte und sehr lebenslustige Operettensängerin gewesen. Gisela hatte auch nach Gustavs Geburt das Leben in vollen Zügen genossen, so als hätte sie gewusst, dass es nur kurz sein würde. Mitte vierzig starb sie an Brustkrebs. Damals war Gustav bei der k.u.k. Armee in Galizien stationiert gewesen. Er hatte, als ihn die schlimme Nachricht erreichte, sofort Abschied von seinem Regiment genommen und war nach Wien zurückgekehrt.

Vera hatte ihre Schwester bis zuletzt mit Josefas Hilfe gepflegt. Nach Giselas Tod war sie sehr verzweifelt. Die Rückkehr ihres geliebten Neffen war eine Art neues Lebenselixier für sie gewesen.

Gustav hatte es zu Hause nicht lange ausgehalten. Einige Monate nach dem Tod seiner Mutter ging er ins Ausland, zuerst nach Paris und dann nach London.

Die Karolys waren früher eine angesehene und durchaus wohlhabende Familie gewesen. Gustavs Großvater hatte als Stallübergeher in den k.k. Hofstallungen gearbeitet und war vom Kaiser geadelt worden. Seiner guten Position hatte er die große Dienstwohnung und ein kleines Vermögen zu verdanken.

Die Arztkosten und vor allem der Verdienstausfall wegen Giselas Krankheit hatten das Erbe rasch schrumpfen lassen. Vera und Gustav wussten heute oft nicht, womit sie die laufenden Rechnungen begleichen sollten. Graf Batheny hatte ihnen zwar öfters finanzielle Unterstützung angeboten, doch sie waren beide zu stolz, um ‚diese Almosen' anzunehmen. Obwohl Gustav die schlechte Meinung, die er jahrelang von seinem Vater gehabt hatte, inzwischen revidieren musste, und sogar Vera heute etwas milder über den Grafen urteilte, waren sie nicht bereit, Geld von ihm zu akzeptieren, solange er Gustav nicht als seinen legitimen Sohn anerkannt hatte.

5

Der befürchtete große Schneefall traf nicht ein. Manchmal tänzelten ein paar Flöckchen vom Himmel, aber es blieb nichts liegen. Der Hausbrand und vor allem der Rauch aus den unzähligen Fabriksschloten hüllte die Reichshaupt- und Residenzstadt in einen dichten Nebel.

Josefas Asthma wurde von Tag zu Tag schlimmer. Keuchend ging sie auf die Terrasse, um die Wäsche abzunehmen, die sie gestern Nachmittag, als sich die Sonne kurz hervorwagte, draußen aufgehängt hatte.

„Alles schwarz", jammerte sie. „Jetzt kann ich das Bettzeug noch einmal waschen."

Es klopfte an der Tür. Josefa schien das Klopfen nicht zu hören, war zu sehr mit der rußigen Wäsche beschäftigt.

Gustav öffnete selbst. Beim Anblick seiner Halbschwester Marie Luise von Batheny zuckte er merklich zusammen. Er hatte nur einen Morgenmantel über sein Nachthemd geworfen.

Marie Luise ignorierte seine unpassende Kleidung, küsste ihn flüchtig auf die Wange und eilte forschen Schrittes in die Küche. „Ich muss dir unbedingt etwas erzählen. Du wirst hocherfreut sein."

„Bitte nimm Platz. Ich ziehe mich rasch an. Josefa wird dir einen Kaffee machen. – Vera, wir haben Besuch!", rief er dann.

Seine Tante war eine Langschläferin. Meistens arbeitete sie in der Nacht, wenn Ruhe in der Stadt eingekehrt war. Vera schrieb Essays und Kolumnen für die Österreichische Illustrierte und andere Zeitschriften oder redigierte Beiträge von Kollegen. Hin und wieder schrieb sie auch Dissertationen für wohlhabende Studenten, die selbst zu faul oder schlichtweg zu dumm waren, um eine Doktorarbeit zu verfassen. Diese Tätigkeit brachte mehr Geld ein als ihre Zeitungsartikel.

Als Gustav in Hose, Hemd und Weste die Küche betrat, hatte Josefa längst aufgedeckt.

Marie Luise hatte eine heiße Schokolade verlangt und kostete den warmen Apfelstrudel, den Josefa ihr vorgesetzt hatte.

Gustavs Halbschwester war eine große, sehr schlanke, fast dünne Frau. Sie besaß eine gewisse Ähnlichkeit mit Kaiserin Elisabeth, hatte ebenfalls lange braune Haare und eine kräftige Nase. Einst war sie die jüngste Hofdame der verstorbenen Kaiserin gewesen. Sie verehrte Ihre Majestät bis heute. Diese Verehrung hatte sie mit ihrem Halbbruder gemeinsam.

Nach der Ermordung der Kaiserin und dem grauenhaften Skandal, in den sie verwickelt gewesen war, hatte sie in ein Kloster gehen wollen. Dieses Vorhaben hatten ihr Gustav und ihr Vater ausreden können. Ihrem Vorsatz, niemals zu heiraten, obwohl sie sich durchaus in heiratsfähigem Alter befand, war sie treu geblieben. Und sie hatte, Gustavs und Veras Meinung nach, die richtige Entscheidung getroffen. Anstatt irgendeinem verarmten Adeligen das Vermögen der Bathenys in den Rachen zu werfen, verprasste sie das Geld ihres Herrn Papa lieber selber und genoss das Leben in vollen Zügen. In letzter Zeit umgab sie sich gern mit jungen Malern, Schauspielern und Opernsängern, spielte deren Gönnerin. Außerdem war sie eine grandiose Reiterin und bestritt erfolgreich diverse Turniere.

Neuerdings pflegte sich Marie Luise extravagant zu kleiden. Heute trug sie ein Kostüm, das sich bei genauerem Hinsehen als eine Art Anzug entpuppte. Denn ihr weiter Rock war im Schritt zusammengenäht.

„Bist du etwa aus der Maxinggasse hierhergeritten?“, fragte Gustav, der die ungewöhnliche Kleidung durchaus praktisch fand, zumindest für eine Reiterin.

„Ja natürlich. Ich reite bei jeder Witterung. Bei uns draußen liegt noch Schnee.“

Marie Luise bevorzugte es, auch im Winter in der Villa ihres Vaters in der Nähe von Schönbrunn zu wohnen, während er in seinem neuen Palais in der Herrengasse residierte.

Gustav setzte sich ihr gegenüber auf die Bank und langte beim frischen Apfelstrudel kräftig zu.

Marie Luise wusste, dass sie mit Josefas Apfelstrudel nicht konkurrieren konnte, und wartete, bis er fertig gegessen hatte. Erst danach erzählte sie ihm von ihrer Freundin Helene Stemann.

„Du kennst die Geschichte von der schönen Helena, die den trojanischen Krieg ausgelöst hat, nehme ich an. Nun haben wir hier eine Helene, die mindestens so schön ist wie die in der Antike. Bisher hat sie alle Kandidaten, die um ihre Hand angehalten haben, abgewiesen. Sie ist mehrere Millionen schwer und genau die Art von Frau, die du begehrenswert findest, wenn ich mich nicht irre. Papa würde diese Verbindung übrigens genauso begrüßen wie ich."

„Halt bitte kurz die Luft an, Marie Luise. Ich entnehme deinen Worten, dass du mich verkuppeln möchtest. Wie kommst du auf so eine Idee? Ich habe, ebenso wie du, weder Lust noch Interesse zu heiraten."

„Denk an deine finanzielle Situation! Ihr lebt buchstäblich von der Hand im Mund. Du bist zwar ein großartiger Detektiv und deine Tante schreibt wunderbare Zeitungsartikel, die auch Ihre Majestät, Kaiserin Elisabeth – Gott hab sie selig –, goutiert hätte, aber ihr nagt praktisch am Hungertuch. Verzeih meine direkten Worte. Du kennst mich, ich bin immer geradeheraus ..."

„Wir kommen zurecht, danke."

„Dein Stolz in Ehren, lieber Gustav. Was spricht gegen eine lukrative Heirat? Noch dazu, wenn die Braut eine wahre Schönheit ist, ein richtiges Juwel?"

„Und unser Vater denkt wie du? Möchte auch er mich an die schöne Helena verschachern?"

„Er vertraut mir. Mischt sich in Herzensangelegenheiten nicht ein. Schau dir Helene einfach mal an. Ihren Vater, Bankier Stemann, kennst du sicherlich. Er ist einer der Hochoberen bei den Freimaurern. Die Familie schwimmt, wie gesagt, in Geld. Dagegen sind wir Bathenys arme Kirchenmäuse."

„Du übertreibst, liebe Marie Luise. – Der Name Stemann sagt mir nichts. Außerdem habe ich momentan anderes im Kopf. Ich war zufällig Zeuge, als der Wiener Dombaumeister vom Nordturm gestürzt ist, oder besser gesagt, gestürzt wurde. Rudi und ich vermuten ..."

„Ach ja, es gab ja wieder einen Mord, das hatte ich fast vergessen. Du wirst diesen Fall schon aufklären", sagte sie ungeduldig. „Ich wollte mich eigentlich nur vergewissern, dass du übermorgen zu unserer Soiree im Palais in der Herrengasse kommst. Du hast meine schriftliche Einladung nicht beantwortet."

Gustav, der erst seit kurzem wusste, dass ihn Graf Batheny demnächst als seinen legitimen Sohn anerkennen würde, hatte sich über die finanziellen Verfügungen des Grafen geärgert und daher völlig auf die Soiree vergessen. Zwar würde er nach dem Ableben des Grafen den Titel erben, Vermögen und Grundbesitz würden jedoch zwischen seinen beiden Töchtern aufgeteilt werden. Gustav sollte, außer dem Titel, ein monatliches Salär bekommen, das ihm ein unbeschwertes Leben ermöglichen, ihn aber nicht zu einem wirklich vermögenden Mann machen würde. Vera fand diese Vereinbarung gerecht, da Graf Batheny einen Großteil seines Vermögens seiner verstorbenen Frau zu verdanken hatte. Gustav fühlte sich weiterhin benachteiligt.

„Geh, sei fesch, Gustav, lass dich nicht so lange bitten", drängte ihn Marie Luise. Sie tätschelte seinen Arm und verzog dabei das schmale Gesicht zu einer Grimasse.

„Gib Ruh", sagte er.

Er mochte seine etwas exzentrische Halbschwester, hatte ihr noch nie einen Wunsch abschlagen können.

„Ich werde kommen", sagte er. „Werde mich mit deiner Freundin Helene unterhalten. Sei dir aber bitte nicht so sicher, dass sie mir auch gefällt."

„Liebst du nach wie vor diese rothaarige Jüdin?"

„Ich möchte nicht über Dorothea reden."

„Ich wollte dir nicht zu nahe treten, Bruderherz. Ich finde sie ja auch hinreißend. Hat sie sich nicht unlängst mit einem Schweizer Psychiater verlobt?"

„Du solltest deinen Apfelstrudel aufessen. Josefa ist sonst beleidigt."

Marie Luise nahm demonstrativ einen zweiten winzigen Bissen von dem Strudel, tauschte dann ihren Teller mit dem ihres Bruders aus und lächelte ihn verschwörerisch an. Sie achtete sehr auf ihre Figur. Auch in dieser Hinsicht eiferte sie ihrem großen Vorbild, der verstorbenen Kaiserin, bis heute nach.

Josefa hustete sich die Seele aus dem Leib und konnte kaum mehr schnaufen, als sie, nachdem das gnädige Fräulein die Karoly'sche Wohnung verlassen hatte, den Tisch abräumte.

Vera schickte sie ins Bett und bat Gustav, von einem Dienstmann den Hausarzt seines Vaters, Doktor Lipschitz, holen zu lassen.

„Ich will keinen von diesen Kurpfuschern sehen. Hab halt einen Katarrh, so wie jeden Winter. Das ist nichts Besonderes. Macht nicht so ein Spektakel", schimpfte Josefa.

„Ich fürchte, sie hat Keuchhusten", sagte Vera leise zu Gustav.

Er ließ es sich daraufhin nicht nehmen, den Arzt seines Vaters persönlich aufzusuchen und ihn zu bitten, am Abend nach Josefa zu sehen.

Vera kümmerte sich einstweilen um die Kranke, kochte ihr eine Hühnersuppe und zwang sie, den bitteren Salbeitee zu trinken, den ihr eine Freundin bei Erkältungskrankheiten empfohlen hatte.

Vera war keine begnadete Köchin. Als sie Gustav nach seiner Rückkehr Suppe anbot, lehnte er dankend ab. „Ich werde später im Kaffeehaus essen. Wir haben heute unser Treffen."

„Darauf hätte ich fast vergessen. Pass gut auf dich auf. Es fehlt uns gerade noch, dass dich die Staatspolizei festnimmt."

„Die wissen längst über unsere geheimen Treffen Bescheid. Solange wir keine offiziellen Freimaurer-Sitzungen abhalten, können sie nichts dagegen unternehmen. Man darf sich wohl noch mit ein paar Freunden in einem Kaffeehaus zusammensetzen. Rudi will übrigens partout nicht unserem Verein beitreten, obwohl ihn mein Vater reinbringen könnte."

„Stolz und Neid sind verbreitete menschliche Schwächen. Auch dein Freund Rudi scheint nicht ganz frei von diesen Eigenschaften zu sein", sagte Vera. „Übrigens haben die Geheimen unseren Frauenverein ebenfalls im Visier. Bertha hat letztens erzählt, dass zwei Beamte bei ihrem Mann im Büro aufgetaucht sind und ihn gefragt haben, ob er wisse, wo sich seine Frau jeden Samstagnachmittag aufhält. Du kennst ja ihren Mann. Der hat den Herren freundlich lächelnd versichert, dass er über die wohltätige Arbeit seiner Gattin hocherfreut sei. Seither denken diese Idioten wirklich, dass wir bei unseren Treffen Wohltätigkeitsveranstaltungen planen."

„Jetzt hältst du die Geheimen für blöder, als die Polizei erlaubt", sagte Gustav grinsend.

„War nur ein Scherz. Wir sind tatsächlich völlig harmlos, zu harmlos in meinen Augen."

„Was eure Harmlosigkeit betrifft, habe ich in England einen völlig anderen Eindruck gewonnen. Die Suffragetten, die ich dank deiner Vermittlung kennengelernt habe, schienen mir ziemlich rebellisch zu sein. Sie sind auch vor Handgreiflichkeiten nicht zurückgeschreckt."

„Ja, unsere Schwestern auf der Insel sind viel radikaler als wir." In Veras Augen trat ein schwärmerischer Ausdruck. „Bei uns haben nach wie vor die alten Matronen das Sagen und die scheuen sich davor, auf die Straße zu gehen und für ihre Rechte zu demonstrieren. Das schickt sich in ihren Augen nicht für eine Frau."

Bevor seine Tante ihm einen Vortrag darüber halten würde, wie wichtig es sei, dass Frauen das Wahlrecht bekämen, sagte er rasch: „Die Freimaurer sind, gesellschaftspolitisch betrachtet, mindestens so harmlos wie dein Frauenverein. Bei uns geht es um höhere Werte, um Freiheit, Gleichheit, Brüderlichkeit, Toleranz und Humanität."

„Ich weiß, ich weiß ... Verzeih, ich muss mich um Josefa kümmern."

Vera schien umgekehrt keine Lust zu haben, sich einen seiner Vorträge über die Freimaurer anzuhören.

Schwere, dunkle Wolken hingen am Himmel. Um vier Uhr nachmittags war es bereits finster. Richtige Weltuntergangsstimmung, dachte Gustav. Er lag auf der Chaiselongue in seinem Zimmer, rauchte und blätterte bei Kerzenlicht die Zeitungen durch.

Der spektakuläre Tod des Dombaumeisters war von den Titelseiten der großen Blätter verschwunden. Nur in der Wiener Zeitung gab es eine kurze Notiz auf Seite sechs in der Chronik. Gustav las, dass das Sicherheitsbüro eine Nachrichtensperre über den Fall verhängt hatte. Weil Rudi und seine Leute im Dunkeln tappen, dachte er und geriet ins Grübeln. All die Grübelei brachte ihn keinen Schritt weiter.

Er versuchte ein Nickerchen zu machen. Plötzlich tauchte Dorotheas frisches sommersprossiges Antlitz vor seinem inneren Auge auf. Sie schenkte ihm einen verliebten Blick und ihre weichen Lippen formten sich zu einem Kuss. Als sich sein Mund ihrem näherte, verwandelten sich Dorotheas Züge in das bleiche faltige Gesicht seines alten Kindermädchens.

6

Gustavs Logenbrüder trafen sich zum wöchentlich stattfindenden gemeinsamen Abendessen um achtzehn Uhr im Café Frauenhuber in der Himmelpfortgasse.

Die Freimaurerei war in Österreich seit 1797 verboten. Kaiser Franz I. hatte Angst vor ihren aufklärerischen Ideen gehabt, die ihn an die Französische Revolution erinnert hatten. Dieses Verbot galt bis 1867 für die gesamte Donaumonarchie, danach nicht mehr im Königreich Ungarn. Die schlauen Wiener Freimaurer gründeten daraufhin sogenannte Grenzlogen in Städten auf ungarischem Boden, nahe der österreichisch-ungarischen Grenze, also in Pressburg, Ödenburg, Neudörfl und anderen Orten. Da sie nicht jede Woche nach Ungarn reisen konnten, trafen sie sich nur ein paar Mal im Jahr in ihren Tempeln dort, um ihre wichtigsten Zeremonien abzuhalten.

Das klerikale Habsburgerregime verfolgte die Freimaurer hauptsächlich wegen ihrer politischen und religiösen Toleranz. Der Einfluss der katholischen Kirche war in der österreichischen Reichshälfte viel größer als in der ungarischen. In Ungarn war zudem die politische Stimmung liberaler. Graf Andrássy, der Freund von Kaiserin Elisabeth, war zum Beispiel ebenfalls Freimaurer.

In Wien hatten die Freimaurer noch einen anderen, höchst gefährlichen Feind, der nicht zu unterschätzen war: Bürgermeister Doktor Karl Lueger. Er verfolgte die Bruderschaft genauso erbittert wie die von ihm verhassten Juden und Magyaren. Deshalb hatte Vera auch so große Angst um ihren geliebten Neffen.

Thema des heutigen Abends war ein Heim für gefallene Mädchen in der Rotenturmstraße. Die Grenzlogen hatten in Wien einige humanitäre Vereine, wie etwa die „Freie Schule", Knabenhorte, Wöchnerinnen- und Findlingsheime und eben ein Heim für gefallene Mädchen, gegründet. Der verstorbene Großmeister war der Vorsitzende dieses Vereins gewesen.

Beim Essen wurde der Todessturz des Großmeisters näher erörtert.

Gustav, der als Einziger am Ort des Geschehens gewesen war, hörte zu, was die anderen zu sagen hatten. Als jüngstes Mitglied wollte er nicht mit seinem Wissen prahlen. Sein Vater hatte sich für den Abend entschuldigen lassen. Mit ihm hätte er sich gern über die näheren Umstände dieses mysteriösen Todesfalls ausgetauscht.

Finanzielle Unregelmäßigkeiten kamen zur Sprache. Jemand gebrauchte sogar das hässliche Wort „Unterschlagung". Da es sich bei einem Heim für gefallene Mädchen nicht um Unsummen handeln konnte, erschien es Gustav eher unwahrscheinlich, dass sich Rauensteiner deswegen umgebracht hatte.

„Er war eben der großen Verantwortung, die mit seiner neuen Position einhergeht, nicht gewachsen, das habe ich schon damals, als ihr alle ihn zum Großmeister gemacht habt, zu bedenken gegeben", sagte Freiherr von Meißen.

Gustav betrachtete fasziniert die Vollglatze des Freiherrn, die sich in dem auf Hochglanz polierten Silbergeschirr mehrfach spiegelte.

Von Meißen war ihm von Anfang an unsympathisch gewesen. Leider war er der Meister vom Stuhl seiner Loge.

„Bei seiner Bestellung zum Dombaumeister soll es auch nicht mit rechten Dingen zugegangen sein. Angeblich hat er irgendeinen hohen kirchlichen Würdenträger bestochen", legte von Meißen ein Schäuferl nach.

Allgemeines Gelächter.

„Bruder Rauensteiner war eben ein Mann von überschäumendem Temperament. Völlig unbeherrscht. Solche Menschen sind jederzeit zu Kurzschlusshandlungen fähig", sagte ein etwas tattrig wirkender Obermedizinalrat.

„Ihm ist alles über den Kopf gewachsen, die Arbeit, seine Schulden, seine Frauengeschichten ...", bemerkte ein anderer Logenbruder, der selbst recht verzweifelt dreinblickte.

„Die Jahrhundertwende hat ja viele Menschen ganz verrückt gemacht. In den Zeitungen war die Rede von fast hundert Verzweifelten, die sich in dieser besonderen Nacht umgebracht haben", warf ein jüngerer Bruder ein.

Im Grunde schienen sich alle einig zu sein, dass es sich um einen Selbstmord gehandelt hatte.

Gustav war nahe daran sich einzumischen, langte stattdessen bei dem köstlichen Schweinsbraten kräftig zu und schenkte sich selbst ein Gläschen Tokajer nach dem anderen ein. Erst als die Sprache darauf kam, dass der Großmeister ein Faible für hübsche junge Mädchen gehabt hatte, wurde Gustav wieder hellhörig.

„Der ... der Dombaumeister hatte ein großes Herz für kleine Dirnen mit Bäl...Bälgern im Bauch", stammelte ein rotwangiger Bruder, der schon einen über den Durst getrunken hatte.

„Wollen Sie damit andeuten, dass der Großmeister die Mädeln, nachdem er sie geschwängert hatte, in dieses Heim abschob und sich auch danach noch ihrer bediente?", fragte Gustav.

„Sie besitzen eine etwas zu lebhafte Fantasie, Herr von Karoly", wies von Meißen ihn zurecht und musterte Gustav durch sein Lorgnon von oben bis unten.

Arroganter Schnösel, dachte Gustav, wahrte aber die Contenance. „Danke für das Kompliment!", sagte er stattdessen ironisch.

Freiherr von Meißen verbeugte sich knapp. In näselndem Ton fuhr er fort: „Lassen Sie mich zusammenfassen: Unser Großmeister war ein sehr sinnenfreudiger Mensch, der Ausschweifungen verschiedener Art nicht abgeneigt war. Und er war schwer in der Bredouille. Offenbar hat er keinen anderen Ausweg mehr gesehen als den Freitod. Ehrenhafter wäre es gewesen, sich zu erschießen. Aber er war kein Militär. Zivilisten neigen eben zu weniger würdevollen Abgängen. Mehr habe ich dazu nicht zu sagen."

„Interessant, sehr interessant", murmelte Gustav. „Siehst du das auch so?", wandte er sich an seinen anderen Tischnachbarn, den Restaurator, der zeitgleich mit ihm als Lehrling in die Loge aufgenommen worden war.

Der neue Bruder hatte es bisher nicht gewagt, den Mund aufzumachen, obwohl er in der Dombauhütte arbeitete und den Dombaumeister höchstwahrscheinlich besser gekannt hatte als alle anderen.

Der Restaurator sah nicht einmal auf, blickte stur in sein Weinglas, tat so, als hätte er Gustavs Frage nicht gehört.

Einige Minuten später – die Tischgesellschaft diskutierte mittlerweile darüber, ob man die finanzielle Unterstützung des Heims für gefallene Mädchen nicht besser einstellen sollte – hörte Gustav den Restaurator vor sich hin murmeln: „Der Dombaumeister hat sich nicht selber umgebracht."

Er wollte nachfragen, warum er sich dessen so sicher sei, doch in diesem Moment spürte er eine Hand auf seiner Schulter.

Als er sich umdrehte, blickte er in die müden Augen eines alten Mannes.

Sogleich sprang er auf und verbeugte sich ehrerbietig.

Gustav hatte ihn während des Essens beobachtet. Ihm war vorgekommen, dass er mit halbgeschlossenen Augen ein Nickerchen gehalten hatte. Seinen Teller hatte er jedenfalls nicht angerührt.

Das zittrige Männchen nahm Gustavs Arm und sagte mit leiser Stimme: „Begleite mich hinaus."

Gustav tat, wie ihm geheißen. Verwundert registrierte er die eifersüchtigen oder zumindest erstaunten Blicke der anderen. Die Runde am Tisch erhob sich und blieb in tiefer Verneigung stehen, bis die Tür hinter Gustav und dem alten Herrn ins Schloss fiel.

Vor dem Café Frauenhuber wartete eine noble Kutsche. Gustav erkannte das Wappen an der Wagentür und erschrak.

Er hatte Fürst Schaumburg, den Schwiegervater von Graf Batheny, nicht erkannt. Seine Durchlaucht hatte sich in den letzten zehn Jahren kaum mehr in der Öffentlichkeit blicken lassen. Und plötzlich fiel Gustav auch ein, dass sein Vater irgendwann einmal erwähnt hatte, dass der Fürst ein hohes Tier bei den österreichischen Freimaurern war.

Natürlich fragte er sich sogleich, warum der ehrwürdige Herr heute Abend ausgerechnet seine Loge mit seinem Besuch beehrt hatte.

Fürst Schaumburg beantwortete ihm die unausgesprochene Frage: „Ich wollt sehen, wie du dich gemausert hast. Schließlich hat mich dein Vater, dieser alte Schlawiner, dazu überredet, mich für deine Aufnahme einzusetzen. Meine Tochter, Gott hab sie selig, war ja nicht imstande, mir einen Enkel zu schenken."

Gustav wurde schwarz vor Augen. Er konnte es kaum fassen, dass der Fürst sein zweiter Fürsprecher gewesen war. Hatte doch seine Mutter der Tochter des Fürsten den Mann ausgespannt.

„Bist ein schlaues Bürschchen, hab dich beobachtet. Du weißt, wann es klüger ist, den Mund zu halten. Dir ist nichts entgangen, stimmt's? Den Meißen kannst du nicht ausstehen, das hab ich dir angesehen. Nimm dich vor diesem Preußen in Acht. Er ist ein Ehrgeizling, ein Streber, und geht über Leichen, wenn's seiner Karriere dienlich ist “, fuhr Seine Fürstliche Gnaden fort und klopfte Gustav auf die Schulter. „Ich lege den Fall vertrauensvoll in deine Hände, junger Mann. Du wirst unsere Bruderschaft vor großer Schande zu bewahren wissen. Das Wichtigste ist Diskretion, merk dir das. Schwöre, dass du uns die Treue halten wirst.“

Gustav erhob sofort die Rechte zum Treueschwur.

„Ist schon gut.“ Die Stimme Seiner Durchlaucht wurde leiser. Gustav verstand ihn kaum mehr. Als ihm der alte Herr die Höhe seines Honorars nannte, glaubte er, seinen Ohren nicht zu trauen, wagte aber nicht nachzufragen.

Er wollte dem gebrechlichen Fürsten in die Kutsche helfen. Der Diener, der neben der offenen Wagentür wartete, kam ihm zuvor. Er hob das dünne Männchen hoch, als wäre es ein Kind, und setzte es hinein.

Nachdem der Fürst die illustre Runde verlassen hatte, ging es im Extrazimmer des Café Frauenhuber plötzlich sehr lebhaft zu. Es wurde heftig debattiert, alle redeten durcheinander. Gustav erfuhr, dass einige seiner neuen Brüder unlängst eine Art Putsch gegen den amtierenden Großmeister

Rauensteiner geplant hatten. Vorzeitige Neuwahlen für den Vorsitz waren bereits bei ihrem letzten Treffen angedacht worden. Nicht nur in der Pressburger Loge, auch in den Logen in Neudörfl und Ödenburg rumorte es unter den Mitgliedern. Rauensteiners unehrenhaftes Verhalten war vielen nicht länger tragbar erschienen.

Einer der Kandidaten für das nun frei gewordene Amt war Freiherr von Meißen. Bei seinem Rivalen handelte es sich um den Meister vom Stuhl der Neudörfler Loge, einen stadtbekannten Bankier, dessen Namen Gustav nicht richtig verstanden hatte.

Gustav beschloss, Herrn von Meißen im Auge zu behalten und über diesen Bankier demnächst bei seinem Vater Erkundigungen einzuziehen. Der kurz in ihm aufkeimende Verdacht, dass einer seiner Logenbrüder beim Tod des Dombaumeisters seine Hände im Spiel gehabt haben könnte, erschien ihm auf den zweiten Blick eher absurd. Nach allem, was er beim heutigen Treffen gehört hatte, war jedoch zumindest die Brüderlichkeit in diesem edlen Bunde stark verbesserungswürdig.

Als er spät abends heimkehrte, saß seine Tante noch an ihrem Schreibtisch. Das Klappern ihrer Schreibmaschine drang bis in den Vorraum.

Gustav klopfte an die Tapetentür, die sein Zimmer mit ihrem verband.

„Komm rein."

„Magst du eine Tasse Tee mit mir trinken?"

„Ja, gerne, aber nicht in der Küche. Ich möchte Josefa nicht wecken, bin froh, dass sie endlich schläft."

Gustav ging in die Küche, um Wasser aufzusetzen. Leise schloss er die Tür zu Josefas Kabinett.

Er hatte seinem geliebten Kindermädchen zu Weihnachten einen Holzofen für ihre Kammer geschenkt. Früher hatten sie im Winter immer die Tür zwischen Küche und Dienstbotenkammer offen gelassen und Josefas Kabinett mit dem Ofen in der Küche mitgeheizt. Trotzdem schlief Josefa nach wie vor meist bei offener Tür. Die brennenden Holzscheite verbreiteten einen unerträglich beißenden Geruch.

Die Wohnung der Karolys hatte drei geräumige Zimmer, zwei kleine Ankleideräume, zwei Kabinette und einen riesigen Vorraum, in dem zwei große Kästen standen, in denen sie die kümmerlichen Reste ihres einstigen Wohlstandes aufbewahrten. Viel war nicht mehr übrig aus Großmamas Zeiten. Ein bisschen kostbares Linnen und hübsches Augarten-Porzellan, einige Pelzmäntel und -jacken, die Vera selten trug und längst ins Dorotheum bringen wollte – was Gustav bisher jedes Mal in letzter Minute verhindern hatte können. Der zweite Kasten war angefüllt mit Decken, Pölstern und sonstiger Kramuri.

Vera von Karoly besaß jede Menge Qualitäten, Sinn für Ordnung gehörte nicht dazu. Sie war eine Sammlerin, hob jedes Buch, jedes beschriebene Blatt Papier und sonst allen möglichen Kram auf. Ihr dreißig Quadratmeter großes Zimmer war dermaßen angeräumt, dass man kaum einen Sitzplatz fand. Auf dem Kanapee, den Stühlen, dem Tischchen und vor allem auf ihrem Schreibtisch stapelten sich Bücher und diverse Kleidungsstücke. Deshalb schlug Gustav auch vor, den Tee in seinem Zimmer zu trinken. Er wusste aus Erfahrung, dass Vera weiter auf ihrer Schreibmaschine tippen und ihm nicht richtig zuhören würde, wenn er sich neben sie setzte.

Er heizte den großen braunen Kachelofen ein, stellte das Augarten-Teeservice seiner Großmutter, das sie normalerweise nur an Feiertagen benutzten, auf den ovalen Tisch vor dem Sofa und holte dann seine Tante.

„Ich habe nicht viel Zeit", sagte Vera, als sie sich auf seine Chaiselongue fallen ließ und nach der Teekanne griff, um Gustav und sich selbst einzuschenken.

„Ich hätte besser auf dich hören sollen."

„Was ist passiert?"

„Nichts Schlimmes. Ich habe nur Zweifel, ob meine Entscheidung, diesem Geheimbund beizutreten, richtig war. Bei den Aufnahmegesprächen ging es um die vier Meistertugenden, die man als sogenannter Lehrling anstreben solle: Verschwiegenheit, Mäßigkeit, Vorsichtigkeit und Barmherzigkeit. Das klang in meinen Ohren recht vernünftig und erstrebenswert. Heute Abend war bei meinen neuen Brüdern nicht viel von diesen Tugenden bemerkbar. Natürlich waren sie alle über den Tod des Großmeisters entsetzt. Aber danach begann eine Diskussion, die meines Erachtens Freimaurern nicht würdig ist. In den Statuten heißt es, dass Zank und Streit sowie Lästerungen und üble Nachreden vermieden werden sollen. Und was musste ich mir heute anhören? Nichts als Verleumdungen und bösen Tratsch. Der Rauensteiner sei angeblich ein zügelloser Mensch gewesen, aufbrausend, jähzornig und dem Alkohol nicht abgeneigt. Ein richtiger Lebemann eben. Dass er ein Choleriker war, habe ich bei meinem Aufnahmegespräch mit ihm am eigenen Leib zu spüren bekommen. Freiherr von Meißen – verdammt, ich sollte keine Namen nennen –, na jedenfalls hat er indirekt bestätigt, dass der Rauensteiner eine Vorliebe für blutjunge Geschöpfe gehabt hatte ...“

„Das wundert mich überhaupt nicht“, unterbrach Vera ihn. „Hast du im Ernst erwartet, dass deine Logenbrüder bessere Menschen sind? So naiv kannst nicht einmal du sein, lieber Gustav.“

„Du hältst mich für geistig minderbemittelt, ich weiß.“

„Ich halte dich für gutgläubig, mein Lieber.“

„Verzeih, Tante, ich bin etwas verwirrt. Habe ein, zwei Tokajer zu viel erwischt. Da reden sie andauernd von innerer Einkehr, denn nur, wer sich in Stille übt, kann die innere Stimme wahrnehmen. Und dann schreien sie alle wild durcheinander.“

„So sind Männer halt.“

„Danke, deine zynischen Bemerkungen helfen mir echt weiter.“

„Denk an deine Profession. Ich nehme an, du wirst Rudi Kasper helfen, den Mord an eurem Großmeister aufzuklären. Alles, was deine neuen Brüder von sich geben, kann ungeheuer wichtig für die Aufklärung dieses Falles sein. Versuch, ihre Äußerungen aus diesem Blickwinkel zu betrachten, dann wird es dir gleich besser gehen.“

„Kannst du dir vorstellen, dass der Rauensteiner eine Vorliebe für kleine Mädeln hatte? Er war ein richtig gestandenes Mannsbild, nicht sehr groß, aber mindestens fünfzig Kilo schwerer als ich. Was wollte so ein Fettwanst von halb verhungerten Kindern?“

„Gustav, ich bitte dich!“

„Er war Freimaurer, Vera!“

„Na und?“

„Mir hat man beigebracht, dass Mäßigkeit eine der obersten Tugenden der Freimaurer sei. Nur wer seine Neigungen kennt, kann sie beherrschen und frei in seinen Entscheidungen werden! Wenn es stimmt, was sie heute Abend über ihn gesagt haben, dann hat er keine einzige der Meistertugenden erreicht. Denn er war auch nicht vorsichtig oder gar barmherzig. Denn aus dem Mitfühlenden spricht die Stimme des Gewissens“, sagte er in pathetischem Ton.

„Was willst du jetzt machen?“

„Ich weiß es nicht. Rudi ist, wie gesagt, der Meinung, dass es Mord war. Aber der Fall wurde ihm entzogen. Sein Chef hat inzwischen einen Unschuldigen festnehmen lassen ...“

„Und dagegen hat Rudi nicht protestiert?“ Vera war ihre Empörung anzusehen.

„Er wollte sich halt vor Publikum nicht mit seinem Vorgesetzten streiten. Ich nehme an, er wird den armen Kerl bald wieder auf freien Fuß setzen. – Übrigens war heute Abend ein hochrangiger Freimaurer, ich glaube, er hat einen der höchsten Grade inne, bei uns zu Gast. Er hat mich gebeten, den mysteriösen Todesfall des Großmeisters aufzuklären, ohne groß Staub aufzuwirbeln. Und er hat mir ein fürstliches Honorar angeboten: fünfhundert Gulden, also zweihundertfünfzig Kronen – wir sollten uns an die neue Währung gewöhnen ...“

„Das ist ja wunderbar! Ich hoffe, du hast zugesagt. Mit fünfhundert Gulden hätten wir eine Weile unser Auskommen."

Gustav verschwieg seiner Tante wohlweislich, dass es sich bei seinem Auftraggeber um den Schwiegervater von Graf Batheny handelte. Er befürchtete, sie könnte ihn sonst womöglich zwingen, das großzügige Angebot abzulehnen. Gegen Veras moralische Prinzipien war er seit jeher machtlos.

7

Am Dreikönigstag besuchte Gustav gemeinsam mit Rudi die Messe im Stephansdom.

„Hast du den riesigen Phallus links neben dem Haupttor und die Vulva rechts davon gesehen?", flüsterte Rudi seinem Freund ins Ohr.

„Das sind möglicherweise Fruchtbarkeitssymbole aus der Keltenzeit", sagte Gustav und verkniff sich ein Grinsen. Typisch, dass diese Symbole seinem Freund sofort aufgefallen waren. Er selbst war viele Male im Steffl gewesen, ohne sie bemerkt zu haben. Rudi war eben ein Erotomane. „Vielleicht sind sie auch eine Art Hinweisschilder? Im Mittelalter durften ja nur die Adeligen und der hohe Klerus den Stephansdom durch das Riesentor betreten. Die Frauen mussten rechts durch den Seiteneingang hineingehen und die Männer links."

„Das Schiff der Frauen befindet sich aber auf der linken und das der Männer auf der rechten Seite."

„Was weiß ich. Jedenfalls sitzen wir bis heute getrennt von den Frauen", sagte Gustav.

„Was vor allem wir beide aufrichtig bedauern."
Mühsam unterdrückten sie ihr Gelächter.

Gustav war genauso wenig wie Rudi ein Kirchengeher, begleitete seine Tante jedoch manchmal zu Orgelkonzerten.

Er drehte sich um, blickte hinauf zur Westempore, auf der sich die Riesenorgel von Sankt Stephan befand, und hoffte, sie würde während des Gottesdienstes erklingen. Der Domorganist war in Gustavs Augen ein wahres Genie.

Sie hatten etwa in der Mitte des dreischiffigen gotischen Langhauses Platz gefunden. Gustav deutete auf den Albertinischen Chor vor ihnen, der den Geistlichen für ihre Gebete vorbehalten war. „So ein Geistlicher hat ganz schön viel zu tun, muss Messen zelebrieren, Pontifikalämter abhalten, hunderte Rosenkränze beten, dazu kommen Votivämter, Predigten, Bittgänge, Prozessionen und Litaneien", flüsterte er seinem Freund ins Ohr.

„Pst", zischte ein älterer Herr neben ihnen.

Die römisch-katholische Kirche hatte im Laufe der Jahrhunderte gelernt, Feierlichkeiten aller Art mit dem entsprechenden Pomp zu inszenieren und zu zelebrieren. Gustav und Rudi bekamen jedoch von der heiligen Messe nicht viel mit, weil sie andauernd miteinander tuschelten.

„Hast du den Fenstergucker unter der Kanzel gesehen?", fragte Gustav leise.

„Ja. Das ist der Baumeister Anton Pilgram. Haben sie uns jedenfalls in der Schule erzählt."

„Nein, das ist der Puchsbaum, den der Teufel vom Nordturm gestoßen hat. Das weiß jedes Kind ..."

„Ruhe!", ertönte eine tiefe Stimme hinter ihnen.

Die wiederholten Ermahnungen stifteten die beiden Freunde erst recht dazu an, sich wie ungezogene Halbwüchsige zu benehmen. Sie kommentierten das Geschehen vorne am Altar und verfielen immer wieder in kindisches Gekicher.

Als sich der Gottesdienst dem Ende zuneigte und der Wiener Erzbischof den Gläubigen den Segen erteilte, sagte Gustav: „Lass uns gehen, bevor sie uns einräuchern. Mir wird vom Weihrauch schlecht. – Oder möchtest du noch einen Blick in die Krypta werfen?"

„Muss nicht sein. Ich war schon mal unten. Lass uns lieber hinauf auf den Nordturm gehen. Ich will versuchen nachzuvollziehen, was sich dort oben in der Silvesternacht abgespielt haben könnte."

Rudi zeigte dem Kuttenträger, der vor der Tür, die zum Stiegenaufgang führte, Wache hielt, seinen Polizeiausweis. Der fromme Bruder ließ sie anstandslos passieren.

Der Aufstieg brachte beide Männer außer Atem. Die gewundene Stiege war steil, die Stufen hoch. Rudi, der eine wesentlich bessere Kondition als sein Freund besaß, erreichte die schmale Plattform im Freien als Erster.

„Wie lange kommen einem drei Sekunden vor, wenn man in die Tiefe stürzt?", fragte Gustav schwer schnaufend, als er ins Freie trat. „Um Himmels willen!" Sein Schrei war bis unten am Domplatz zu hören.

Gustav war nicht schwindelfrei. Seine Hände krampften sich um das Geländer.

„Der Boden hat ja lauter Löcher", stöhnte er.

„Nicht hinunterschauen", empfahl ihm Rudi.

„Wo soll ich denn hinschauen? – Mir ist schwindlig."

„Reiß dich zusammen!"

„Vielleicht ist der Rauensteiner auch nicht schwindelfrei gewesen?"

„Red keinen Stuss, Gustl. Das Geländer ist viel zu hoch. Da stürzt keiner einfach drüber. Gut, dass wir uns hier umgesehen haben. Jetzt können wir wenigstens einen Unfall ausschließen. Entweder hat er sich hinuntergestürzt oder jemand hat ein bisschen nachgeholfen. Es müssten schon mehrere Hände gewesen sein, denn der Dombaumeister war ein kräftiger Mann."

Rudi kletterte allein die Stufen hinauf zur halben Pummerin. Gustav zog sich einstweilen ins Stiegenhaus zurück.

„Was für eine fantastische Aussicht", bemerkte Rudi, als er wieder herunterkam. Er hatte sich kaum vom Anblick der Kaiserstadt zu seinen Füßen trennen können. „Hast du gewusst, dass der Stephansplatz 1137, als sie mit dem Bau des heutigen Doms begonnen haben, außerhalb der Stadt lag? Das muss man sich einmal vorstellen. Heute haben wir zwei Millionen Menschen in Wien und noch mal so viele auf den Friedhöfen ..."

„Könntest du deine historischen Betrachtungen bitte unten fortsetzen. Ich möchte schleunigst weg von hier."

„Wie befehlen, Herr Graf."

Rudi schien bester Laune zu sein. Er redete ununterbrochen, während sie die vielen Stufen hinuntergingen. „Ich hab gestern Nacht alles gelesen, was ich über den Steffl gefunden habe. Der eigentliche Steffl ist ja der Südturm. Mit 136,44 Metern ist er der zweithöchste Kirchturm Europas, nur der Kölner Dom ist höher."

„Nicht der in Ulm?"

„Was weiß ich, so stand es halt in dem Buch. Jedenfalls war es auch nach dem Ausgleich mit Ungarn verboten, in Österreich-Ungarn eine Kirche höher zu bauen als den Südturm des Stephansdoms. Der Turm ist komplett freistehend, ist nie mit dem Hauptkorpus der Kirche verbunden worden. Sein Fundament ist weniger als vier Meter tief – eine Meisterleistung mittelalterlicher Baukunst."

„... der Steinmetze und ersten Freimaurer", warf Gustav ein.

„Geh hör auf! Die Freimaurer gibt es noch nicht so lange. Hast du mir nicht letztens erzählt, dass sich erst Anfang des 18. Jahrhunderts in London und Westminster vier alte Werkmaurerlogen zur ersten Großloge zusammengeschlossen haben?"

„Die Steinmetze waren schon im Mittelalter gut organisiert ..."

„Lass es gut sein, Gustl. Du wirst es nicht schaffen, mich für deinen Geheimbund zu begeistern. An dem mickrigen Nordturm haben deine verehrten Steinmetze übrigens vierundvierzig Jahre lang herumgepfuscht. Komisch, dass er nie fertiggestellt worden ist."

„Du hast in der Schule nicht aufgepasst, sonst wüsstest du, dass der Teufel schuld daran war."

„Eher die herannahenden Türken, würde ich sagen. Ich war ja nie besonders fromm, nicht einmal als Kind, aber diese Geschichten, die ich gestern über den Dom gelesen habe, fand ich echt spannend. Viel blutrünstiges Zeug und jede Menge

Heidnisches. Wusstest du zum Beispiel, dass der heilige Stephanus, den sie als Patron des Doms gewählt haben, der erste christliche Märtyrer war? Er ist vor den Mauern Jerusalems gesteinigt worden. Auch die Überreste eines anderen wichtigen Märtyrers liegen hier. Über der Prinz-Eugen-Kapelle, in der ‚der Retter von Wien' seine letzte Ruhestätte gefunden hat, befindet sich die Reliquienkammer, oder Valentinskapelle genannt, weil hier die Gebeine des heiligen Valentin aufbewahrt werden. Acht andere Kirchen behaupten ebenfalls, dass sie Valentinsreliquien beherbergen. Der Mann muss verdammt viele Knochen gehabt haben."

„Rudi, hör auf! Was ist denn bloß mit dir los? Wenn dich Kirchen so heiter stimmen, solltest du öfter mal eine aufsuchen."

„Der heilige Valentin hat im dritten Jahrhundert, obwohl es strengstens verboten war, Liebespaare christlich getraut und ihnen zur Hochzeit Blumen aus dem eigenen Garten geschenkt."

„Ah, daher stammt der Brauch, unsere Liebsten am Valentinstag mit Blumen zu beglücken."

„Ist nicht verbürgt. Im antiken Rom hat man am 14. Februar der Göttin Juno, der Beschützerin von Ehe und Familie, gedacht. Und schon die alten Römer haben den Frauen an diesem Tag Blumen geschenkt."

Während sie durch das fast menschenleere Kirchenschiff schlenderten, erzählte Rudi seinem Freund einige Legenden und Sagen, die sich um die steinernen und unsichtbaren Bewohner des Doms rankten.

Gustav hörte ihm nicht zu. Der Sturz des Großmeisters aus dieser schwindelerregenden Höhe ging ihm nicht aus dem Sinn. Erst als Rudi Grinzing erwähnte, schenkte er ihm wieder seine Aufmerksamkeit.

„Von den Grinzinger Weinbergen aus sieht man hin und wieder eine ‚Weiße Frau' am Stephansplatz umherwandeln", sagte Rudi. „Sie wird auch Jausenfee genannt, ist mit Schleier und Umhang bekleidet und spaziert von der Stirnseite des Doms an der linken Seite entlang nach hinten. Da sie nur im Sommer um vier Uhr nachmittags dort herumschleicht, wissen die meist uhrenlosen Winzer immer genau, wann es Zeit für die Jause ist."

„Jetzt zum Beispiel. Ich krieg schön langsam Hunger." Gustav grinste und stieß seinen Freund an.

„Es ist erst elf. Hättest ruhig frühstücken können, bist ja eh nicht zur Kommunion gegangen."

„Ohne Beichte darf man den Leib Christi nicht empfangen. Weißt du, wann ich das letzte Mal gebeichtet hab? Vor meiner Firmung, die hier im Steffl stattfand. Damals war mir speiübel. Ich hab schon als Kind keinen Weihrauch vertragen."

Sie verließen den Dom durch einen der Seitenausgänge. Als sie am ‚Zahnwehherrgott' in der ‚Armenseelennische' vorbeikamen, legte Rudi einen Schritt zu.

„Warum rennst denn auf einmal so?"

„Der Kerl erinnert mich an meinen hinigen Weisheitszahn."

„Hast ihn dir noch immer nicht reißen lassen?"

„Ich fürchte diese Quacksalber wie die Pest. Das sind richtige Berserker."

„Musst halt zu einem anständigen Arzt gehen."

„Hast du gewusst, dass der Steffl, so wie auch viele andere Kirchen, zum Großteil aus Ablassgeldern erbaut und ausgestattet worden ist“, wechselte Rudi das Thema. „Unsere Vorfahren müssen große Sünder gewesen sein, wenn man sich all diese Pracht hier ansieht.“

„Mich fasziniert mehr die Zahlensymbolik, die dem Bau zugrunde liegt“, warf Gustav ein. „Mein Großvater hat mir das einmal erklärt. Die Drei und die Vier ziehen sich durch den ganzen Dom, betreffen das Treppengeländer, die Anzahl der Stufen hinauf zur Türmerstube und den Südturm selbst. Die Fenster im Langhaus bestehen aus je vier, die Chorfenster im Priesterbereich aus je drei Teilen. Rund um die Domkanzel findet man die vier Heiligen, Ambrosius, Hieronymus, Gregor und Augustinus. Ihre Züge veranschaulichen recht gut die vier griechischen Temperamente: Choleriker, Sanguiniker, Melancholiker und Phlegmatiker. Gleichzeitig symbolisieren sie die vier Lebensalter. Und jetzt kommt's ... hör mir zu, Rudi, ich hab mir auch deine Geschichten angehört. Diese Zahlen weisen auf die geheime Symbolik der Steinmetzbruderschaft hin und viele von diesen Symbolen wurden von den Freimaurern übernommen. Die Drei kommt im Dreieck mit dem magischen Auge vor, das als Erkennungszeichen der Wissenden unter den Freimaurern gilt. Auch die Rituale der Freimaurerlogen sind grundlegend durch die Dreiheit bestimmt. Während die Vier ein wichtiger Bestandteil beim Aufnahmeritual eines Lehrlings ist. Sie verkörpert die materielle Welt, aus welcher der Suchende kommt.“

„Könnten wir bitte über etwas anderes reden? Wie wär's mit einem dampfenden Schalerl Kaffee? Ich bin völlig durchgefroren.“

„Gehen wir ins Central oder möchtest du lieber ins Café Frauenhuber? Es ist näher, aber voller Freimaurer“, scherzte Gustav.

Mittlerweile waren sie beim Riesentor angelangt. Gustav stieß mit einem Mann zusammen. Er hatte ihn nicht kommen gesehen. Der Mann war aus der Kirche gestürzt und buchstäblich in ihn hineingerannt.

„Cosimo!“, rief Gustav, als er das pockennarbige Gesicht erblickte.

„Ich hab ... hab auf eu...er Gnad... Gnaden ge... gewartet“, stotterte der Glöckner. „Sie waren in der Mess’ ...“

„Schön, dass sie den armen Kerl so bald wieder auf freien Fuß gesetzt haben. Hast du der Gerechtigkeit ein bisschen nachgeholfen?“, fragte Gustav seinen Freund.

„Man tut, was man kann“, antwortete Rudi.

Cosimo schaute sich mehrmals ängstlich um. Sein riesiger Kopf wackelte unentwegt hin und her. Gustav versuchte seinen Blicken zu folgen.

Dick eingepackte Gestalten huschten über den großen Platz. Der Stephansplatz war der windigste Ort in Wien und im Winter saukalt. Einer der Passanten blieb stehen und starrte die drei Männer beim Eingang neugierig an.

Cosimo zupfte Gustav am Ärmel und zog ihn mehr oder weniger in den Eingangsbereich des Doms.

Da er fast taub war, sprach er sehr laut: „Ich hab ... hab s...s...sie gesehen. S...S...Sie sind nach ihm rau...rauf auf den T...T...Turm. Ha...haben ihn nie...niederge... geschlagen und run...run...runtergeschmis...sen.“

Rudi fragte den Stotternden mit betont sanfter Stimme, ob er ihm die Männer näher beschreiben könne.

Während der Glöckner etwas vom Teufel und einem Dämon stammelte, blickte sich Gustav um. Er hatte plötzlich das Gefühl, dass sie beobachtet wurden. „Schrei nicht so, sprich leiser", forderte er Cosimo auf.

Ein Schatten legte sich auf das Glasfenster der Tür, die in das Innere des Doms führte.

Gustav stieß die Schwingtür auf und blickte in das Gesicht eines Mönchs. Er hielt eine Kerze in der Hand. Der Schein der Flamme beleuchtete seine glatten, ebenmäßigen Gesichtszüge. Unter seiner Kapuze schauten blonde Locken hervor.

Der Glöckner konnte den Mönch nicht sehen, da er mit dem Rücken zu ihm stand. Aufgeregt sprach er weiter, beteuerte, dass der eine der Männer unheimlich groß gewesen sei und über unmenschliche Kräfte verfügt habe. Cosimo schwor bei allen Heiligen, dass es sich um den Teufel und einen gefallenen Engel gehandelt habe, denn gleich nachdem sie den Dombaumeister hinuntergeworfen hatten, hätten sie sich in Luft aufgelöst. Schwarzer Rauch sei in den Himmel aufgestiegen und überall habe es geblitzt.

Gustav musste sofort an das Feuerwerk denken. Er wollte den verwirrten Kerl weiter befragen, doch Rudi verabschiedete sich nun ziemlich überstürzt von ihm, schickte ihn förmlich nach Hause. Von einem gemeinsamen Kaffee war keine Rede mehr.

„Ich will kurz allein mit Cosimo reden und dann einige kirchliche Würdenträger aufsuchen", sagte er. „Du bist kein Polizeibeamter. Ich muss mit diesen hohen Herren einzeln und höchst offiziell sprechen. Wenn du dabei bist, kommt es bestenfalls zu einer netten Plauderei. – Sagt dir der Name von Meißen etwas?"

„Er ist der Vorsitzende unserer Loge und wird für das frei gewordene Amt des Großmeisters aller österreichischen Logen kandidieren. Was ist mit ihm?"

„Er hat in der Polizeidirektion vorgesprochen. Habe mit ihm geredet. War recht aufschlussreich, was dieser Herr so von sich gegeben hat."

Gustav erinnerte sich allzu gut an diesen Schnösel. Ehe er seinen Freund fragen konnte, was er und Freiherr von Meißen miteinander besprochen hatten, ließ Rudi ihn stehen, packte den Glöckner am Arm und zog ihn hinter sich her in den Dom.

8

Leicht verstimmt zog Gustav von dannen. Er hatte keine Lust nach Hause zu gehen, schlenderte durch die engen Gassen der Altstadt hinter dem Steffl.

Im Grunde musste er seinem Freund Recht geben. Die Kirchenfürsten würden einem Mann wie ihm niemals Rede und Antwort stehen. Privatdetektive wurden in Wien nach wie vor nicht ernst genommen, vor allem nicht in höheren Kreisen.

Im Blutgassenviertel, einem der ältesten Stadtteile Wiens, das die Singerstraße mit der Domgasse verbindet, kam er an einer Suppenküche vorbei.

Mit einem mitleidigen Lächeln betrachtete er die armseligen Gestalten, die sich vor dem Souterrain-Lokal anstellten.

Alte Weiblein, von Kopf bis Fuß in Lumpen gehüllt, schimpften mit einem Einarmigen, der sich vordrängen wollte. Auch junge Burschen, ja sogar Kinder in völlig zerschlissener Kleidung, befanden sich unter den Bedürftigen. Am Ende der Schlange lag ein undefinierbares Bündel am Boden. Es bewegte sich extrem langsam vorwärts. Als Gustav bemerkte, dass es sich um einen komplett vermummten Mann ohne Beine handelte, zuckte er zusammen.

Er fragte sich, warum ihm diese Stätte des Elends heute zum ersten Mal auffiel.

Als er wieder zurückging, fühlte er sich äußerst unbehaglich. Wahrscheinlich lag es an den Blicken der hungrigen Kinder, die ihm folgten. Er machte größere Schritte, begann fast zu laufen. Einmal drehte er sich um. Die Kinder verfolgten ihn tatsächlich. Beinahe lautlos. Einige waren barfuß, andere hatten Fetzen um ihre schmutzigen Füßchen gewickelt.

Gustav kramte in seiner Hosentasche, fand ein paar Münzen und warf sie ihnen über die Schulter zu. Während sie sich um die Heller balgten, eilte er weiter.

Auf einmal stand er vor Mozarts Sterbehaus. Wolfgang Amadeus Mozart war aus heutiger Sicht der berühmteste Freimaurer aller Zeiten gewesen. „Die Zauberflöte" galt als eine Verherrlichung der Ideale des Freimaurerbundes. Vermutlich hatte er diese großartige Oper hier in seiner damaligen Wohnung in der Rauensteingasse Nummer 8, im ehemaligen „Kleinen Kaiserhaus“, geschaffen. Auf jeden Fall war er in dieser Wohnung gestorben, in Armut und viel zu früh.

Gustav, in Gedanken an Mozarts wunderbare Musik versunken, hörte sie nicht kommen. Erst als er einen heftigen Schmerz in seinem Rücken verspürte und sich zusammenkrümmte, nahm er die beiden Burschen hinter sich wahr.

Der eine mit der Eisenstange in der Hand kam ihm nochmals gefährlich nahe. Gustav versetzte ihm einen Tritt zwischen die Beine. Das magere Bürschchen schrie auf.

Der Zweite, fast ein Kind, duckte sich, so als hätte er ihn getroffen. Der mit der Stange ging erneut auf ihn los.

Gustav wich geschickt dem Schlag aus. Stellte sich breitbeinig hin und erhob die Linke. Seine Faust prallte in den Magen seines Gegners. Der klappte zusammen wie ein Taschenfeitl und taumelte nach rückwärts, landete auf dem Hintern.

Gustav hatte bei der Armee Boxen gelernt und war als Linkshänder sehr gefürchtet gewesen.

Plötzlich spürte er abermals einen Schmerz im Kreuz. Der Kleinere war auf seinen Rücken gesprungen und hatte die Arme um seinen Hals geschlungen.

Gustav versuchte ihn abzuschütteln. Vergeblich. Das Bürschchen klammerte sich an ihn wie ein Äffchen. Der Druck auf seine Kehle wurde stärker. Er bekam kaum mehr Luft. Mit letzter Kraft gelang es ihm, den festen Griff um seinen Hals zu lockern. Er bildete sich ein, das Knacken von Fingerknöchelchen zu hören. Wie ein Mehlsack plumpste der Kleine zu Boden.

Gustav beugte sich über ihn. „Was wollt ihr von mir?“, fauchte er ihn an.

Der Junge zuckte zusammen, machte aber den Mund nicht auf. Entweder hatte es ihm die Sprache verschlagen, oder er verstand kein Deutsch.

Der Größere hatte sich mittlerweile wieder aufgerappelt. Gustav sah den Schlag nicht kommen. Die Faust traf ihn unterm Kinn. Sein Kiefer war in Sekundenschnelle taub. Wutentbrannt schmetterte Gustav ihm seine Linke ins Gesicht. Der Bursche kippte um und rührte sich nicht mehr.

Sofort bekam Gustav ein schlechtes Gewissen. Er hatte diese armen Schweine nicht ernsthaft verletzen wollen. Sanft tätschelte er die eingefallenen Wangen des großen Buben. Als das nichts half, griff er nach einem schmutzigen Schneerest und rieb damit das bleiche Gesicht ein.

Endlich öffnete der Bursche die Augen. Gustav schätzte ihn auf keinen Tag älter als fünfzehn, obwohl er groß gewachsen war. Der angstvolle Blick und die zerrissenen dünnen Kleider des Jungen stimmten ihn milde. Er half ihm auf.

Kaum stand das Bürschchen wieder auf den Beinen, riss es sich von ihm los und rannte davon. Der Kleinere hatte ebenfalls die Flucht ergriffen.

Gustav machte sich nicht die Mühe, hinter den beiden herzulaufen. Ihm tat sein Kreuz weh. Er schleppte sich vor zur Kärntnerstraße und nahm einen Fiaker nach Hause.

Der Überfall beschäftigte ihn noch eine Weile. Als er bei den k.k. Hofstallungen ankam, hatte er ihn fast schon wieder vergessen.

Seiner Tante und Josefa gegenüber erwähnte er den Zwischenfall nicht. Sie hätten sich Sorgen um ihn gemacht und ihm womöglich Vorträge darüber gehalten, wie gefährlich es war, allein durch die Straßen der Stadt zu streifen. Manchmal behandelten ihn die beiden wie ein Kind.

Da seine Kreuzschmerzen nicht nachließen, zog er sich bald auf seine Chaiselongue zurück und las die Kriminalgeschichten von Auguste Groner. Vera, die mit dieser Schriftstellerin befreundet war, hatte ihm den Band zu Weihnachten geschenkt.

Gustav fand, dass zwei der Novellen durchaus ansprechende Titel hatten: „Das Geheimnis der Silvesternacht" und „Wie ich ermordet wurde".

9

Vera blieb nach dem Mittagessen, einem köstlichen Kalbsnierenbraten mit Reis, am Küchentisch sitzen und schlug die Sonntagsausgabe des Neuen Wiener Tagblatts auf.

Dieses Blatt war die auflagenstärkste Zeitung Wiens und neben der Neuen Freien Presse die führende Tageszeitung in der Habsburgermonarchie. Normalerweise verschmähte seine Tante dieses Organ des Wiener Kleinbürgertums. Es war ihr zu konservativ und zu deutschnational. Doch das Sonntagsfeuilleton des bekannten Journalisten Eduard Pützl ließ sie sich selten entgehen.

Pützls spitze Feder machte in der heutigen Ausgabe vor dem Tod des Dombaumeisters nicht Halt.

„Der Pützl deutet eine politische Intrige gegen den Rauensteiner an, dem er korrupte Geschäfte nachsagt. Angeblich konnte man ihm nie etwas beweisen. Dein verehrter Großmeister dürfte sich auf krumme Geschichten eingelassen haben, wenn man dem Pützl Glauben schenken will. Er erwähnt auch Rauensteiners Zugehörigkeit zu den Freimaurern. Anscheinend weiß mittlerweile jeder über eure angeblich so geheimen Treffen Bescheid", sagte sie zu Gustav.

„Der Pützl hört überall das Gras wachsen."

„Und meistens hat er Recht."

„Er ist ein braver Diener seines Herrn, Seiner Majestät, des Kaisers, und der würde uns Freimaurer eben am liebsten hinter Schloss und Riegel sehen."

„Ach Gustav, wenn du dich jetzt vom Verfolgungswahn deiner Logenbrüder anstecken lässt, weiß ich nicht, ob ich überhaupt noch irgendein gesellschaftlich relevantes Problem mit dir besprechen kann, ohne dass du gleich Unbill gegen die Freimaurerei witterst."

„Du bist ungerecht, liebe Tante. Du weißt genau, dass wir verfolgt werden und uns verstecken müssen ..."

„Jaja, bei euren Gelagen in Pressburg und Ödenburg oder wo auch immer – ihr tut mir wahnsinnig leid."

Gustav lag eine scharfe Erwiderung auf der Zunge.

Er beherrschte sich und zog sich wortlos in sein Zimmer zurück. Setzte sich in den großen Ohrensessel seines Großvaters, zündete sich ein Zigarillo an und schenkte sich einen Cognac ein.

Vor den Reitstallungen ging es munter zu. Ganz Wien schien an diesem sonnigen Wintersonntag auszufahren. Gustav warf einen Blick aus seinem Fenster.

Dutzende Gespanne bewegten sich Richtung Ringstraße. Die Sonnenstrahlen tauchten das voluminöse Denkmal von Kaiserin Maria Theresia zwischen den beiden neuen Museen in goldenes Licht.

Er überlegte, ebenfalls eine Spazierfahrt zu machen, dachte an die Soiree heute Abend im Haus seines Vaters und zog es vor, ein Mittagsschläfchen zu halten.

Das Palais des Grafen Batheny in der Herrengasse erstrahlte in vollem Glanz. Die Vorlieben des Grafen waren ausgesprochen moderner Art. Sein neues Zuhause hatte er sogar mit Elektrizität ausstatten lassen.

Seine Gäste zeigten sich beeindruckt von den hellerleuchteten und extravagant eingerichteten Räumen.

Mit Gustavs Hilfe hatte der Graf in den letzten Monaten modernes und extravagantes Mobiliar erstanden. An den Wänden hingen Bilder von Gustav Klimt und erotische Zeichnungen von unbekannten Künstlern, die Marie Luise ausgesucht hatte.

Von einer kleinen Abendgesellschaft konnte nicht die Rede sein. Gustav hatte den Eindruck, dass sich die Jeunesse dorée Wiens, mitsamt ihrer modischen Claqueure, hier in der Herrengasse die Ehre gab.

Die noble Gesellschaft unterhielt sich prächtig. Marie Luise von Batheny war eine hervorragende Gastgeberin. Sie behielt den Überblick und kümmerte sich vor allem um einige jüngere Künstler, die sich mit abweisenden Mienen, die Unsicherheit verrieten, an ihre vollen Gläser klammerten.

Mit Nonchalance und einer nicht übersehbaren Genugtuung beobachtete der Hausherr seine ausgelassenen Gäste. Graf Batheny war, trotz seiner sechzig Jahre, ein gutaussehender Mann mit einer eindrucksvollen dunkelgrauen Mähne, die ihn eher wie einen Künstler als wie einen Grafen aussehen ließ. Gustav spielte ebenfalls den stillen Spektator. Er hatte sich mit dem Rücken zum Saal neben den offenen Kamin gesetzt und betrachtete all den Glanz und die Herrlichkeit im großen Spiegel über dem Kamin.

Fast alle Männer, außer Marie Luises armen Künstlern, trugen Frack, die Damen exklusive Abendkleider. Die meisten hatten ihre Haare hochgesteckt und stellten ihre mehr oder weniger graziösen, mit glitzernden Juwelen geschmückten Hälse zur Schau.

Gustav lauschte dem charmanten Geplauder der Herren, dem perlenden Lachen der Damen und dem Klirren der kostbaren Gläser. Auch als das Orchester wechselte, eine Damenkapelle zu spielen begann, blieb Gustav still in seiner Ecke sitzen und sah der Wiener Hautevolee dabei zu, wie sie sich amüsierte.

Lächelnde Rosenmünder, strahlende Augen, halb entblößte Brüste und ausladende Hüften huschten vor ihm hin und her. Er tanzte nicht, obwohl er als ausgezeichneter Tänzer galt, sondern sprach heftig dem formidablen französischen Cognac zu und wurde von Minute zu Minute melancholischer. Er vermisste Dorothea, vermisste ihr spitzbübisches Lachen, ihre scharfe Zunge, ihre Wärme und ihre Zärtlichkeit.

Als sich Graf Batheny mit einem dicklichen Mann an seiner Seite, der seinen Bart à la Kaiser Franz Joseph trug, ihm näherte, verzog Gustav verächtlich das Gesicht.

Wieder so ein Bürgerlicher, der seine Habsburger-Verehrung betonen muss, indem er sich genau so einen unappetitlichen Backenbart wachsen lässt wie der Kaiser, dachte er.

„Ich möchte dich gern mit meinem Sohn, Gustav von Karoly, bekannt machen“, sagte Graf Batheny.

„Stemann. Freut mich sehr!“, sagte der Dicke.

Gustav erhob sich betont langsam und ergriff die ihm dargebotene Hand.

Die Art, wie der Mann ihm die Hand reichte, verriet ihm, dass Stemann bei den Freimaurern war.

Gustav reagierte etwas zu spät, berührte mit seinem Daumen nur kurz den Knöchel des anderen, als sich ihre Hände bereits wieder voneinander lösten.

Den Handschlag muss ich üben, dachte er. Aus dem amüsierten Blick seines Gegenübers las er, dass dieser begriffen hatte, einen Logenbruder vor sich zu haben.

Gustavs verschlossene Miene erhellte sich eine Spur.

„Sie sehen Ihrem Herrn Papa wie aus dem Gesicht geschnitten ähnlich“, sagte der Bankier schmunzelnd.

Am liebsten hätte Gustav gesagt: „Ich weiß.“

Er hatte die dunklen feurigen Augen, die leicht gebogene Nase und die schmalen, perfekt geschwungenen Lippen seines Vaters geerbt. Auch sein dichtes schwarzes Haar und seine Figur hatte er von seinem Vater. Seine Mutter war dunkelblond und eher mollig gewesen.

„Schön, Sie jetzt auch in unserer Mitte zu haben.“ Bankier Stemann zwinkerte Gustav zu.

Gustav verstand nicht sogleich, wovon der Herr sprach.

„Bankier Stemann ist der Meister vom Stuhl der Neudörfler Loge. Er wird demnächst bei der Wahl um den Vorsitz in der Großloge von Österreich gegen Freiherrn von Meißen antreten“, klärte sein Vater ihn auf.

„Es wird ein harter Kampf werden. Darf ich auf Ihre Stimme hoffen, Herr von Karoly?“

Gustav blieb eine Antwort erspart, denn in diesem Augenblick kam Marie Luise Arm in Arm mit einer großen, vollbusigen Schönheit auf ihn zu und stellte ihn der Dame vor.

Gustav stand wieder auf der Leitung, begriff nicht sogleich, dass es sich um die Tochter von Bankier Stemann handelte. Als es ihm klar wurde, errötete er vor Scham. Da er sein Gesicht gerade über ihre Hand, die sie ihm zum Kuss gereicht hatte, beugte, hoffte er, dass weder sie noch Marie Luise seine Verlegenheit bemerkten.

Mit dieser Frau wollten ihn also seine Halbschwester und sein Vater verkuppeln. Er taxierte die Bankierstochter mit halb geschlossenen Lidern.

Helene Stemann bedachte ihn ebenfalls mit einem kritischen Blick.

Gustav rang sich ein Lächeln ab.

Sogleich erhellte sich ihre verdrossene Miene.

Er erinnerte sich, was Marie Luise ihm letztens über diese millionenschwere Erbin mitgeteilt hatte. Angeblich hatte sie bisher jeden Heiratskandidaten abgewiesen, obwohl sie, wie auch seine Halbschwester, über fünfundzwanzig war. Ihr Vater hingegen wollte sie, laut Marie Luise, möglichst bald unter der Haube sehen.

Da Graf Batheny unlängst bei einem Souper mit seinem Bankier erwähnt hatte, dass er seinen illegitimen Sohn demnächst anerkennen würde, und dadurch feststand, dass Gustav eines Tages den Grafentitel erbte, hatte der bürgerliche Bankier, der ein prachtvolles Palais in der Himmelpfortgasse, gegenüber dem Stadtpark, sein eigen nannte, nichts gegen eine Verbindung seiner Tochter mit dem feschen Bastard einzuwenden.

Stemann und Graf Batheny ließen die jungen Leute bald allein. Marie Luise entschwand kurz danach ebenfalls am Arm eines eher unscheinbaren, nachlässig gekleideten Mannes. Gustav vermutete, dass es sich um einen ihrer talentierten Dichter oder Maler handelte.

Helene war von der Aussicht, Gräfin zu werden, durchaus angetan. Sie hatte sich beinahe schon damit abgefunden, nur einen Baron abzubekommen. Als sie Gustav nun zum ersten Mal von Angesicht zu Angesicht sah, hatte sie erst recht nichts gegen die Pläne ihres Herrn Papa einzuwenden. Ihr Vater war mehrfacher Millionär. Sie war seine einzige Tochter und hatte sich nie für Geld interessieren müssen. Geld hatte man einfach! Und wenn dieser fesche zukünftige Graf keines hatte, war ihr das egal. Sie würde Gräfin werden. Allein der Titel zählte in ihren Augen.

Helene Stemann trug an diesem Abend ein purpurrotes Kleid aus Crêpe de Chine. Rot war ihre Farbe. Sie wusste, dass die meisten Männer die Farbe Rot mochten. Das tiefe Dekolletee wirkte allerdings fast anzüglich bei einer vollbusigen Frau wie ihr.

Gustav konnte seine Augen nicht von diesem famosen alabasterfarbenen Busen wenden.

Seit Dorotheas Verlobung war er wild entschlossen, sich neu zu verlieben. Die Bankierstochter kam ihm deshalb durchaus gelegen. Er trank sein Glas aus und bat Helene um den nächsten Tanz.

Sie lehnte sich in seinen Armen zurück, schloss die Augen und ließ sich von ihm führen.

Gustav genoss die neidischen und zugleich bewundernden Blicke der anderen Gäste. Er war sich bewusst, dass sie das schönste Paar auf der Tanzfläche waren.

Als die ersten, zu fest geschnürten jungen Damen in Ohnmacht fielen und die älteren Matronen in ihren Retikülen nach Riechsalz kramten, befahl Graf Batheny dem Orchester, eine Pause einzulegen, und forderte seine Gäste auf, sich am Buffet zu laben.

Im Salon wurden alle Fenster geöffnet. Die frische Luft ließ die leicht bekleidete Damenwelt in den Speisesaal flüchten.

Das Buffet spielte alle Finessen. Austern, Hummer, Wachteln und Fasane fanden großen Anklang. Der französische Champagner floss in Strömen. Auf einem Podium an der linken Seite des Speisesaals spielte ein kleines Streichorchester leise italienische Barockstücke.

Gustav hatte keine Lust auf die große Schlacht am Buffet. Er entführte Helene in das Frühstückszimmer seiner Halbschwester und bat einen Dienstboten, ihnen eine Flasche Champagner, ein paar Austern und als Dessert einige Naschereien zu bringen.

„Ich hoffe, Sie mögen Austern."

„Mögen ist nicht das richtige Wort. Ich liebe sie", beteuerte Helene. „Und hole er für seinen Herrn auch eines dieser köstlich aussehenden Fasanbrüstchen", befahl sie dem Diener, als wäre sie die Dame des Hauses.

Gustav wollte sagen: Lass gut sein, Max, ich habe keinen großen Hunger, als er gerade rechtzeitig begriff, dass Helene Lust auf Fasan hatte.

Als sie den alten Diener noch dreimal hin und her schickte, weil ihr der Champagner zu warm und der Fasan zu kalt war und sie ein Glas Wasser wollte, verdrehte Gustav die Augen zur Decke. Ihre exaltierte Art ging ihm auf die Nerven.

Nachdem sie ihren ersten Appetit gestillt hatte, begann sie jedoch auf Teufel komm raus mit ihm zu flirten.

Da er einem Liebesabenteuer mit einer attraktiven Frau nie abgeneigt war, lockte er sie, unter dem Vorwand, ihr das Haus seines Vaters zeigen zu wollen, in die Bibliothek im zweiten Stock. Die halb volle Champagnerflasche nahm er mit und setzte sie unterwegs mehrmals an die Lippen.

Sie zeigte nicht das geringste Interesse für die tausend Meisterwerke, die in bis zur Decke ragenden Regalen alle vier Wände der Bibliothek zierten, sondern ließ sich sofort in einen bequemen Fauteuil fallen und lagerte ihre Beine auf einem gepolsterten Hocker. Geschickt zog sie den Rocksaum etwas höher, sodass ihre Fesseln und die Spitzen ihres Unterrocks zu sehen waren.

„Was fällt Ihnen ein, mich durch das ganze Haus zu jagen. Ich bin völlig erschöpft", seufzte sie und klimperte mit ihren langen Wimpern.

„Verzeihen Sie, Gnädigste", sagte Gustav und beugte sich von hinten über sie, berührte mit seinen Händen zärtlich ihre nackten Schultern.

Sie protestierte nicht. Auch als er sich auf die Lehne des Fauteuils setzte und sein Gesicht sich ihrem näherte, rührte sie sich nicht, sondern schloss die Augen. Gustav betrachtete dies als Erlaubnis, sie zu küssen.

Ihre Lippen waren kalt. Sie erwiderte seinen Kuss nicht. Ließ ihn jedoch gewähren.

Gustav merkte plötzlich, dass er zu viel getrunken hatte. Er wusste ihre Hingabe nicht zu schätzen. Beim zweiten Kuss wurde ihm übel. In seinem Kopf drehte sich alles. Er stammelte eine Entschuldigung, ließ sie in der Bibliothek sitzen und eilte in das moderne Badezimmer seines Vaters.

Ein Blick in den Spiegel beruhigte ihn keineswegs. Sein Gesicht war kreidebleich. Zuviel Cognac und Champagner auf fast nüchternen Magen. Er beschloss, einen uneleganten Abgang durch die Hintertür zu machen oder genauer gesagt, durch die Tür, die zu den Räumlichkeiten der Dienstboten führte.

Hilflos irrte er dort herum. Pierre, der französische Koch seines Vaters, erbarmte sich schließlich seiner und brachte ihn zu einem Fiakerstand vor dem Café Central, das schräg gegenüber lag.

Als er im Fiaker saß, warf er einen Blick zurück auf das hell erleuchtete Palais und bildete sich ein, hinter einem der Fenster im zweiten Stock das wutverzerrte Gesicht der schönen Helene zu erblicken.

10

Rudi holte Gustav am frühen Morgen aus dem Bett.

Josefas Gesundheitszustand hatte sich gebessert. Sie werkte wieder in der Küche und kochte Rudi widerwillig einen Kaffee.

Josefa konnte Rudi nicht leiden. Sie hatte die Freundschaft ihres Lieblings mit diesem dahergelaufenen Buben aus Margareten von Anfang an unpassend gefunden. Rudi war in ihren Augen ein Gassenjunge und nicht der geeignete Umgang für ihren zart besaiteten Gustav. Als sich die beiden Buben damals im Gymnasium miteinander angefreundet hatten, warnte sie Gustavs Mutter und sogar seine Großeltern vor der schlechten Gesellschaft. Sie war bei den Karolys auf taube Ohren gestoßen. Selbst Vera schien einen Narren an dem Polizei-Oberkommissär gefressen zu haben. Josefa fand, dass sie immer viel zu laut und viel zu oft in seiner Gegenwart lachte.

Rudis Verehrung für Vera war unübersehbar. Er betete diese kluge, um zwölf Jahre ältere Frau buchstäblich an. Hatte auch heute nur Augen für sie, während er Gustav berichtete, was er gestern über den toten Dombaumeister herausgefunden hatte.

„Ermittelst du jetzt inoffiziell weiter?"

„Nein. Der Polizeidirektor höchstpersönlich hat mich beauftragt, den Fall wieder zu übernehmen. Er dürfte diesen Schaumschläger Hoffinger endlich durchschaut haben."

„Das ist ja großartig!" Gustav freute sich ehrlich für seinen Freund.

„Zuerst habe ich den Türmer befragt. Er hat gestanden, das Türmerstüberl kurz verlassen zu haben, als die Pummerin zu schlagen begonnen hat. Bei dem Lärm wäre ihm fast das Trommelfell geplatzt, meinte er zu seiner Entschuldigung."

„Befindet sich die Türmerstube oberhalb der Uhr?", fragte Vera.

„Nein, gnädige Frau. Über der Uhr befindet sich das Uhrenstüberl. Die Türmerstube liegt darunter. Dort ist in einer Höhe von zweiundsiebzig Metern die Feuerwache untergebracht, die Tag und Nacht nach Feuersbrünsten Ausschau hält."

„Aha", murmelte Vera.

Gustav konnte sich ein Lächeln nicht verkneifen. Er wusste, dass sich seine Tante weder für Türmer noch für Feuersbrünste interessierte.

„Das Läuten der Pummerin ist ja extrem laut. Ich kann gut verstehen, dass dieser Mann verzweifelt die Flucht ergriffen hat", sagte Vera.

„Ja, vollkommen verständlich, gnädige Frau. Obwohl er seinen Platz natürlich nicht verlassen hätte dürfen. Seine Majestät, Kaiser Joseph II., nannte die dicke Glocke übrigens ‚Artillerie der Kirche', da ihr Geläut schon damals den Südturm zum Erzittern gebracht hat."

„Mein Gott, muss die schwer sein", murmelte Vera.

„Es bedarf der Kraft von sechzehn Männern und auch dann dauert es eine Viertelstunde, bis der Klöppel das erste Mal anschlägt, habe ich mir sagen lassen."

Vera schien dem Oberkommissär nach wie vor aufmerksam zuzuhören.

„Und was war mit dem Türmer?", brachte Gustav seinen Freund zu ihrem eigentlichen Thema zurück.

„Er wollte hinüber zum Nordturm, um seinem Freund Cosimo ein gutes neues Jahr zu wünschen. Als er die unzähligen Stufen hinunter und hinüber zum Stiegenaufgang des Nordturms eilte, sind ihm zwei Mönche begegnet, die es sehr eilig zu haben schienen. Er ist auf dem ersten Treppenabsatz im Nordturm fast mit ihnen zusammengestoßen ..."

„Konnte er sie genauer beschreiben?"

„Nein. Er glaubt, es waren Franziskaner. Die tragen eine braune Kutte mit Kapuze, oder?"

Gustav und Vera nickten.

„Leider hatten sie ihre Kapuzen tief ins Gesicht gezogen."

„Wir müssen sie finden. Selbst wenn sie mit dem Tod vom Rauensteiner nichts zu tun haben sollten, vielleicht haben sie irgendetwas Verdächtiges bemerkt", sagte Gustav.

„Willst du mir erklären, wie ich meine Arbeit zu machen habe?" Rudi klang leicht gereizt.

„Nein, natürlich nicht. Sprich weiter."

„Es haben sich also in der Silvesternacht jede Menge Leute da oben am Steffl und am Nordturm herumgetrieben", warf Vera ein.

„Ja, Gnädigste, und das ist mein Problem. Ich habe mit einigen hohen Herren gesprochen, nicht nur mit Kirchenmännern, sondern auch mit einigen von Gustavs Logenbrüdern. Die meisten waren sehr zurückhaltend. Einer von ihnen ist mit der Sprache herausgerückt. Der Dombaumeister dürfte eine Affäre mit einer Prostituierten, die in einem Heim für gefallene Mädchen gelandet war, gehabt haben. Anscheinend hatte dieser Mensch eine Vorliebe für blutjunge Schwangere ..."

„Wie grauenvoll!", rief Vera aus.

„Das ist das passende Wort", sagte Rudi und ergriff Veras Hand.

Weder Gustav noch Josefa entging, dass Vera bei dieser Berührung zusammenzuckte.

„Ich werde diesem mysteriösen Heim einen Besuch abstatten. Kommst du mit, Gustl?"

„Selbstverständlich. Was für eine Frage!"

Das Heim für gefallene Mädchen befand sich in einem Gebäude schräg gegenüber dem Erzbischöflichen Palais in der Rotenturmstraße. Das Haus gehörte ebenfalls der Diözese. Franziskanerinnen kümmerten sich um die bedauernswerten jungen Mädchen. Soviel hatte Rudi inzwischen in Erfahrung bringen können.

Gustav berichtete seinem Freund auf dem Weg durch die Innenstadt vom letzten Treffen mit seinen Logenbrüdern und von den Gerüchten über die finanziellen Probleme des toten Dombaumeisters.

Rudi schien wenig überrascht.

Als Gustav ihm von der Attacke der beiden Jugendlichen nach ihrem gemeinsamen Besuch des Steffl erzählte, wurde sein Freund nachdenklich.

„Und du bist dir sicher, dass sie nur hinter deiner Marie her waren?"

„Was denn sonst? Die beiden Burschen waren völlig verdreckt und in Lumpen gehüllt. Sie haben mir irgendwie leidgetan. Fast habe ich es bereut, sie zusammengeschlagen zu haben."

„Ich fürchte, du bist etwas naiv, lieber Freund."

Gustav wollte protestieren. Rudi brachte ihn mit einer energischen Handbewegung zum Schweigen.

„Hör mir zu. Während unserer Besichtigung hatte ich andauernd das Gefühl, dass uns jemand folgt. Als uns der Glöckner dann seine Geschichte anvertraute, habe ich erst recht gespürt, dass wir beobachtet werden. Aber ich konnte niemanden ausmachen. Es wäre durchaus möglich, dass uns jemand belauscht und danach die beiden Burschen beauftragt hat, dich unschädlich zu machen. Mich konnten sie schlecht angreifen, ich bin ja zuerst mit Cosimo in den Dom und danach direkt in das Erzbischöfliche Palais gegangen. Auch als ich mit dem Türmer gesprochen habe, war ich umgeben von Priestern und anderen Leuten. Außerdem bin ich Polizeibeamter. Dass Polizisten tabu sind, weiß jedermann. Dich hätten sie, ohne großes Aufsehen zu erregen, ausschalten können. Ein Raubüberfall des Lumpenproletariats auf einen zukünftigen Grafen – ein kleiner Skandal, nicht mehr als eine Schlagzeile wert. Keiner wäre auf die Idee gekommen, einen Zusammenhang zwischen deinem Ableben und dem Tod des Dombaumeisters herzustellen."

„Jetzt geht aber deine Fantasie mit dir durch, lieber Freund."

„Wenn der Rauensteiner tatsächlich ermordet wurde, haben wir es mit sehr mächtigen Tätern zu tun. Und den Mächtigen traue ich durchaus zu, einen lästigen Privatdetektiv wie dich so mir nichts, dir nichts zu beseitigen. Mich kann man über beste Beziehungen zu meinen Vorgesetzten unschädlich machen, einen privaten Schnüffler muss man mit Brachialgewalt mundtot machen."

„Hör auf, sonst krieg ich es wirklich mit der Angst zu tun", sagte Gustav.

„Das solltest du auch. Pass gut auf dich auf, mein Freund. Am liebsten würde ich dich unter Polizeischutz stellen."

11

Als sie bei dem Heim für gefallene Mädchen in der Rotenturmstraße angelangt waren, betätigte Rudi mehrmals den Türklopfer.

Nach einigen Minuten öffnete ihnen eine Nonne. Rudi zeigte ihr seinen Dienstausweis und verlangte in energischem Ton die Schwester Oberin zu sprechen.

Die Nonne blickte die Männer ängstlich an, ließ sie aber eintreten und bat sie, im Innenhof zu warten, während sie Schwester Mathilde verständigen würde. Mit wehenden Rockschößen eilte sie die Außentreppe hinauf in den ersten Stock.

Gustav sah sich im Stiegenhaus um.

Die Portierloge links vom Eingang war unbesetzt. Das Gebäude wirkte verwaist. Keine hellen Kinderstimmen, keine trappelnden Füßchen, keine schreienden Säuglinge ... Eine merkwürdige Stille herrschte seiner Meinung nach in diesem Haus.

Sie warteten unter den Arkaden, da es leicht zu nieseln begonnen hatte.

Die Sträucher und das Gras im Innenhof sahen verwahrlost aus. In der Mitte stand ein Brunnen mit einer barocken Marienstatue. Im Winter wirkt eben alles ein bisschen trostlos, dachte Gustav. Er stellte sich vor, wie hübsch und friedvoll es in diesem Arkadenhof im Frühjahr und im Sommer aussehen musste, schloss die Augen und malte sich aus, wie zarte elfenhafte Wesen in weißen Kleidern zwischen blühenden Rosenbüschen und üppigen Hortensiensträuchern umherwandelten.

Eine tiefe weibliche Stimme riss ihn aus seinen Tagträumen. „Was kann ich für Sie tun, Herr Wachtmeister?“

Auf dem obersten Treppenabsatz stand eine imposante Gestalt in Nonnentracht. Missbilligend schaute sie auf die Männer herab.

„Polizei-Oberkommissär Kasper“, stellte Rudi sich vor. „Ich habe einige Fragen an Sie wegen des Todes von Dombaumeister Rauensteiner.“

„Schreien Sie nicht so. – Kommen Sie herauf.“

Mit gesenkten Köpfen stiegen Rudi und Gustav die Treppe hoch.

Schwester Mathilde reichte ihnen nicht die Hand, sondern winkte sie weiter in ihr Büro, das sich gleich gegenüber der Treppe befand.

Der Raum hatte nur ein winziges Fenster und war völlig schmucklos. Ein schwerer altdeutscher Schreibtisch, dahinter ein wuchtiger dunkelbrauner Ledersessel. An den Wänden Bücherregale, die zum Teil mit Akten bestückt waren, und zwei filigran aussehende Stühle vor dem Schreibtisch.

„Nehmen Sie Platz“, sagte die Schwester Oberin in scharfem Ton und ließ sich selbst in den Ledersessel fallen. „Was wollen Sie von mir wissen?“

Rudi hielt sich nicht lange mit Erklärungen auf, sondern fragte sie direkt: „Kannten Sie den Herrn Dombaumeister persönlich?“

„Ja.“

„Wie gut kannten Sie ihn?“

„Ich habe ihn ein paar Mal gesehen. Er war ein gläubiger und wohltätiger Mann, hat unser Heim mit großzügigen Spenden unterstützt. Gott sei seiner armen Seele gnädig ...“

„Wer finanziert dieses Heim?“

„Ein Verein. Und der Vorsitzende dieses Vereins war eben der verstorbene Dombaumeister.“

„Die meisten Mädchen in Ihrer Obhut sind schwanger?“ Es war mehr eine Feststellung als eine Frage.

Schwester Mathilde schenkte Rudi einen abschätzigen Blick.

„Es handelt sich um ein Heim für gefallene Mädchen und nicht um ein Gebärhaus“, sagte sie spitz.

„Und wie kommen diese Schwangeren zu Ihnen? Werden sie von jemandem geschickt oder kommen sie von selbst?“, fragte Gustav.

„Wer ist er?“ Schwester Mathilde zeigte mit dem Finger auf Gustav.

„Der Sohn von Graf Batheny“, sagte Rudi.

Gustav entkam ein Grinsen. Rasch stellte er sich selbst vor: „Gustav von Karoly. Ich bin Privatdetektiv und beauftragt, den Mord an Dombaumeister Rauensteiner aufzuklären.“

„Nicht so schnell, junger Mann!“ Schwester Mathilde musterte ihn streng. „Soviel ich gehört habe, steht nicht fest, dass es sich um ein Gewaltverbrechen handelt. Der Dombaumeister könnte unvorsichtig gewesen sein, sich zu weit über die Brüstung gebeugt haben und hinuntergestürzt sein."

„Wie auch immer", erwiderte Gustav. Er hielt ihrem Blick stand. „Was ist nun mit Ihren Zöglingen?"

„Sie werden meist von Seelsorgern aufgelesen und hierhergebracht. Wenige finden allein ihren Weg zu uns. Wir nehmen alle Sünderinnen auf, die an unsere Tür klopfen, egal, woher sie kommen."

„Das ist sehr christlich von Ihnen, ehrwürdige Schwester", sagte Rudi.

Gustav musste sich ein Lachen verkneifen. Rudi hatte weder für Priester noch für Nonnen viel übrig.

„Wissen Sie, wer diese Mädchen in ihre missliche Lage gebracht hat, ich meine, wer für ihren Zustand verantwortlich ist, verehrte Schwester Oberin?", fragte der Oberkommissär weiter.

Sein ehrerbietiger Ton brachte Gustav beinahe wieder zum Lachen.

„Das interessiert uns nicht. Es sind Geschöpfe Gottes, auch wenn sie gesündigt haben. Wir haben die Pflicht, ihnen zu helfen."

„Es gibt Gerüchte, dass öfters Mädchen aus diesem Heim verschwinden", warf Gustav ein.

„Manche dieser unseligen jungen Dinger haben eben keine Disziplin. Sie halten sich nicht an die Hausordnung ..."

„Lassen Sie mich etwas deutlicher werden", unterbrach Gustav sie. „Wir wissen, dass einige Ihrer Schutzbefohlenen nach wie vor dem horizontalen Gewerbe nachgehen – sicher nicht freiwillig ..."

„Was erlauben Sie sich! Wer so etwas behauptet, ist ein, ein ..." Die Nonnentracht der Schwester

Oberin hob und senkte sich unter der Gewalt ihres massigen Vorbaus. Schweiß glänzte auf ihrer Stirn.

Gustav bekam es mit der Angst zu tun, fürchtete, dass sie gleich einen Herzinfarkt bekommen würde.

„Verzeihen Sie, ehrwürdige Mutter, unsere Quelle dürfen wir nicht preisgeben. Sie ist absolut vertrauenswürdig", sagte Rudi.

„Was für eine Unverschämtheit! Verlassen Sie sofort mein Haus!"

Schwester Mathilde erhob sich schwer atmend von ihrem Sessel und scheuchte Rudi und Gustav mit heftigen Handbewegungen aus ihrem Büro.

Den beiden blieb nichts anderes übrig als zu gehen.

Vor der Tür stießen sie fast mit einer jungen Frau zusammen. Sie schien gehorcht zu haben, denn sie errötete bei ihrem Anblick.

„Wir haben Sie hoffentlich nicht erschreckt." Gustav lächelte sie freundlich an.

Die Frau war etwa Anfang oder Mitte zwanzig, sie trug keine Nonnentracht, sondern eine weiße hochgeschlossene Seidenbluse, die ihren schlanken Hals betonte, und einen dunkelblauen Rock. Sie erwiderte sein Lächeln nicht, sondern legte den Zeigefinger auf ihre Lippen und deutete ihnen, ihr zu folgen.

Dann nahm sie einen Paletot aus weißem Kaninchenfell von einem Garderobenständer am Gang, schlüpfte so schnell hinein, dass keiner der beiden Herren ihr behilflich sein konnte, und lief die Treppe hinunter.

Rudi sah seinen Freund fragend an.

„Ihr nach, worauf wartest du.“ Gustav eilte hinter der jungen Frau her und stolperte über den Saum seines fast bodenlangen Mantels. Wenn nicht gerade ein großer Mann in einem Arztkittel die Stiege heraufgekommen wäre und ihn aufgefangen hätte, wäre er kopfüber hinuntergestürzt.

Der Mann war fast so groß wie Gustav, aber kräftiger gebaut als dieser.

Gustav bedankte sich überschwänglich.

„Gustav von Karoly und Polizei-Oberkommissär Kasper“, stellte er sich selbst und seinen Freund kurz vor.

„Doktor Maierberg.“

Der Arzt war ein gutaussehender Mann mit auffallend hellblauen Augen und vollem dunkelblondem Haar, das er in der Mitte gescheitelt trug. Gustav schätzte ihn auf knapp vierzig.

„Haben Sie die Dame gesehen, die soeben das Haus verlassen hat?“

„Sie meinen Fräulein Bernhard?“

„Ja. Haben Sie zufällig mitbekommen, wohin sie gegangen ist? Wir möchten mit ihr sprechen.“

„Tut mir leid, ich habe nicht darauf geachtet. Worum geht es? Kann ich ihr etwas ausrichten? Ich sehe sie heute Nachmittag.“

„Nein, nein, vielen Dank. Auf Wiedersehen!“

Als Gustav und Rudi in der Rotenturmstraße ankamen, war die junge Frau bereits am Stephansplatz angelangt. Sie stand beim Standplatz der Fiaker und winkte ihnen zu.

„Gustav von Karoly, und das ist mein Freund, Polizei-Oberkommissär Rudi Kasper“, übernahm Gustav erneut die Vorstellung.

„Freut mich, Sie kennenzulernen, meine Herren. Mein Name ist Clara Bernhard.“ Sie reichte beiden Männern die Hand.

Die schlanke, fast zarte Brünette war keine auffallende Schönheit, dafür waren ihre Gesichtszüge zu unregelmäßig. Ihre Nase war kräftig, erinnerte Gustav an die Nase Ihrer verstorbenen Majestät, Kaiserin Elisabeth. Das Schönste an ihr waren ihre großen braunen Augen und ihr volles, kaum zu bändigendes krauses Haar. Gustav gefiel vor allem ihre resolute und unprätentiöse Art.

Die beiden Freunde nahmen Clara Bernhard in ihre Mitte, als sie zu dritt über den Domplatz und dann die Kärntnerstraße entlangspazierten.

Clara erzählte ihnen, dass sie in dem Heim als Erzieherin arbeitete. „Ich unterrichte die Kinder auch, bringe ihnen Schreiben und Lesen bei. Die meisten sprechen nur gebrochen deutsch. Und vor allem haben sie keine Ahnung von Hygiene und körperlichen Vorgängen. Oft wissen sie nicht, warum sie schwanger geworden sind. Sie können sich nicht vorstellen, in welchem Elend diese Mädchen aufgewachsen sind. Viele kommen aus den Kronländern im Osten und Südosten, aus Rumänien und Galizien. Sie wurden mit Versprechungen auf ein besseres Leben in die Reichshaupt- und Residenzstadt gelockt. Wussten Sie, dass tausende Kinder jährlich nach Wien verschleppt werden und hier hungrig und frierend auf der Straße landen? Es bleibt ihnen nichts anderes übrig, als ihre Körper für ein Stück Brot oder eine heiße Suppe zu verkaufen. Doch das interessiert die Christenmenschen in unserer Stadt nicht.“

Sie sah Gustav und Rudi vorwurfsvoll an, so als wären sie schuld an diesen schrecklichen Zuständen.

„Die Polizei wird den Zuwanderermassen nicht Herr. Täglich strömen mehr Menschen nach Wien. Wir haben keine Kontrolle über sie“, warf Rudi zaghaft ein.

„Haben Sie einmal die Behausungen der Ärmsten in dieser Stadt gesehen, Herr Oberkommissär? Kakerlaken, Wanzen, Küchenschaben, Läuse ... Kinder, die umgeben von Ratten und Mäusen am Boden ohne Decke schlafen. Man sollte glauben, dass solches Elend keine Steigerung mehr zulässt. Es gibt sie: Tausende Obdachlose, die bei Minusgraden auf der Straße leben.“

Clara richtete ihre Worte an den Polizei-Oberkommissär. Gustav ignorierte sie.

„Die Kleinen, die bei uns im Heim landen, sind einige wenige von all diesen Unglücklichen, die in Wiens Straßen herumirren. Es sind Kinder, die jetzt Kinder kriegen. Kinder, die von brutalen, rücksichtslosen Männern geschwängert wurden. Die meisten waren erst zwölf oder dreizehn Jahre alt, als sie diesen Monstern in die Hände fielen.“

Gustav spürte, wie die Gulaschsuppe, die ihm Josefa heute zum Frühstück serviert hatte, hochkam. Er täuschte einen Hustenanfall vor und spuckte in sein blütenweißes, gebügeltes Taschentuch, das die Initialen seines Großvaters trug.

Clara schien seine heftige Reaktion auf ihre offenen Worte nicht entgangen zu sein.

In freundlicherem Ton fragte sie ihn: „Geht es Ihnen nicht gut, Herr von Karoly?“

„Ich rauche zu ... zu viel“, stammelte er.

Rudi war zwar auch bleich im Gesicht, vermochte sich aber besser zu beherrschen als sein Freund.

„Was sollen wir, Ihrer Meinung nach, tun? Soll ich die Insassinnen Ihres Heims einzeln befragen, fragen, wer sie geschwängert hat?“

„Nein. Das würde nicht viel bringen. Sie kennen nicht die richtigen Namen ihrer Schänder. Es gibt Dutzende von Mädchenhändlern in Wien. Brave österreichische Katholiken, galizische Juden, muslimische Bosnier und was weiß ich ... Die Männer sind auf der ganzen Welt gleich, egal welcher Nationalität oder Religion sie angehören ...“

Rudi räusperte sich lautstark.

„Pardon, meine Herren, überall gibt es Schweine, die sich an Kindern vergehen. Die Polizei sollte endlich damit beginnen, diese Menschenschmugglerringe auszuheben.“

„Das würden wir ja gerne, aber es fehlt uns an Beweisen. Solange die Opfer nicht bereit sind, mit uns zusammenzuarbeiten, können wir nichts tun. Ich würde gern einmal mit einem dieser Mädchen sprechen, wenn sich das einrichten ließe ...“

„Sie haben Angst vor der Polizei, mindestens so viel Angst wie vor ihren Zuhältern. Verstehen Sie mich nicht falsch, Polizisten sind auch nur Männer ...“ Clara Bernhard hielt inne.

„Wir haben Sie schon richtig verstanden“, sagte Gustav. „Glauben Sie mir, ich werde nichts unversucht lassen, diesen Verbrechern auf die Spur zu kommen.“

Zum ersten Mal sah Clara ihm in die Augen.

Er hielt ihrem forschenden Blick stand und wiederholte: „Ich werde mich darum kümmern, das verspreche ich Ihnen, Fräulein Bernhard."

„Hier auf der Straße können wir nicht ernsthaft reden. Besuchen Sie mich in den nächsten Tagen einmal in meiner Wohnung, dann werde ich Ihnen alles erzählen, was ich weiß."

„Ich nehme Ihre Einladung gerne an", sagte Gustav und verbeugte sich vor der ungewöhnlichen Frau.

Rudi musterte die beiden amüsiert.

Clara teilte Gustav ihre Adresse mit und verabschiedete sich bei der Sirkecke. „Ich muss zurück. Um Punkt zwölf Uhr gibt es Mittagessen und um dreizehn Uhr beginnt mein Deutschunterricht. Sie können mich täglich ab vier Uhr Nachmittag zu Hause antreffen. Dienstags habe ich meinen freien Tag."

Als Gustav abends nach Hause kam, erwähnte er seiner Tante gegenüber seine Begegnung mit Clara Bernhard.

Vera war überrascht, dass er die Bekanntschaft dieser jungen Dame gemacht hatte, die in den Kreisen der Frauenrechtlerinnen sehr geschätzt wurde.

„Clara kommt aus gutem Haus. Ihr Vater ist ein berühmter Schriftsteller. Paul Bernhard. – Hast du noch nie von ihm gehört? Er hat vor etwa fünf Jahren einen Roman veröffentlicht, der in viele Sprachen übersetzt wurde und in dem er das Ende der k.u.k Monarchie voraussagt. ‚Der Untergang', ein Achthundert-Seiten-Epos. Du solltest es lesen! Ich fand es großartig. Er scheint ein sehr kluger, gebildeter Mensch zu sein und ein großer Humorist obendrein. Mir gefiel vor allem sein schwarzer Humor."

„Gib es mir bitte, ich fange gleich heute Abend damit an. Was weißt du sonst noch über diese Familie?"

„Er hat nach dem Tod seiner Frau nichts Bemerkenswertes mehr veröffentlicht. Angeblich wohnt er seither fast im Kaffeehaus. Das Central ist sein erweitertes Wohnzimmer, wie einer seiner Dichterfreunde es ausdrückte. Seine Tochter soll sein Ein und Alles sein. Er hat sie sehr libertär, im Sinne von Jean-Jacques Rousseau, erzogen, behaupten zumindest meine Damen vom Frauenverein."

„Das glaube ich sofort. Nicht einmal Dorothea hat jemals so offen mit mir gesprochen wie dieses Fräulein."

„Ich kenne Clara Bernhard flüchtig von einigen unserer Veranstaltungen. Sie scheint von ernstem Temperament zu sein, wirkt weder unbekümmert noch naiv auf mich, sondern redet und benimmt sich wie eine ältere und erfahrene Frau."

„Genau diesen Eindruck hatte ich auch von ihr."

„Im heutigen Wien haben intelligente, selbstständige Frauen wenige Möglichkeiten. Die meisten geben ihre Träume und ihren Ehrgeiz, sobald sie erwachsen sind, auf, stürzen sich in Ehe und Mutterschaft. Wenn sie nicht aufgeben, sondern für ihre Rechte kämpfen, werden sie als Hysterikerinnen abgestempelt ..."

„Ich weiß, liebe Tante, aber dieses Fräulein Clara scheint mir Manns genug zu sein, um mit solchen Vorurteilen fertigzuwerden, oder besser gesagt, sie zu widerlegen."

12

Trotz heftigen Schneegestöbers besuchte Gustav am nächsten Tag, einem Dienstag, Clara Bernhard nach dem Mittagessen in ihrer Wohnung in der Vorlaufstraße im ersten Bezirk.

Das neobarocke Gebäude und den Zwillingsbau gegenüber, den Marc-Aurel-Hof, kannte er von seinen Streifzügen durch die Innenstadt. Beide schmuckreichen Wohnhäuser waren von dem berühmten Architekten Arnold Lotz errichtet worden.

Die dichten Schneeflocken verwandelten sich auf der Straße in Matsch. Gustav warf einen Blick auf seine Schuhe, bevor er das Haus betrat. Sie waren völlig verdreckt.

Die Wohnung der Bernhards befand sich im zweiten Stock, der eigentlich der vierte war, da es zwei Mezzanine gab. Zum Glück war in jedem Stockwerk eine Bassena. Er labte sich mit einem Schluck Wasser und verschnaufte kurz vor der Tür der Familie Bernhard.

Clara selbst öffnete ihm nach dem ersten Klopfen.

„Oh, Sie sind es", sagte sie.

Gustav registrierte, dass sie ihr langes, lockiges Haar heute offen trug und sehr leger gekleidet war.

„Komme ich ungelegen? Sie sagten, ich solle ..."

„Nein, nein. Herein mit Ihnen. Was für ein Sauwetter. Sie sind ja völlig durchnässt. Geben Sie mir Ihren Mantel. – Nein! Lassen Sie um Himmels willen Ihre Schuhe an."

„Sie sind sehr schmutzig."

„Erwarten Sie nicht von mir, dass ich sie putze."

Gustav entkam ein Grinsen.

Dicke Rauchschwaden hingen im Vorzimmer. Laute Stimmen und Gelächter drangen zu ihnen heraus. Der süßliche Duft von Zimt und Nelken mischte sich mit dem kräftigen Geruch von Kaffee und Zigarren. Die Girlandentapeten an den Wänden waren vergilbt und zum Teil zerrissen. Eine Schranktür, in der ein Spiegel eingelassen war, stand halb offen und gewährte Gustav den Blick auf Damen- und Herrenschuhe. Feuchte Mäntel, die über zwei Thonetsesseln lagen, verströmten einen muffigen Geruch.

„Ich möchte Sie nicht inkommodieren ... Sie haben Besuch."

„Kommen Sie weiter." Clara legte Gustavs Mantel über die anderen und führte ihn durch einen großen Raum. Die Vorhänge an den hohen Fenstern waren zugezogen. Gustav nahm an, dass es sich um das Zimmer ihres Vaters handelte. Es herrschte eine fürchterliche Unordnung. Er fühlte sich gleich wie zu Hause. Auch seine Tante pflegte ihre gemeinsame Wohnung mit ihren Sachen vollzuräumen.

Auf dem abgetretenen Perserteppich in Paul Bernhards Privatgemach lagen Bücher und Kleidungsstücke wild durcheinander. Eine einzelne Petroleumlampe auf dem runden Tisch in der Mitte erhellte einen Teil des Raumes. Die Schlafstatt, Kommoden, Kästen und Bücherschränke verschwanden im Dunkeln.

„Mein Vater ist nicht sehr ordnungsliebend", sagte Clara und sah Gustav von der Seite her an.

Ihr schelmisches Lächeln gefiel ihm ausnehmend gut. „Meine Tante ist mindestens ebenso chaotisch", beteuerte er.

Clara bat ihn weiter in einen runden Salon.

Beißender Geruch, eine Mischung aus Schweiß, kaltem Rauch und regennasser Kleidung schlug ihnen entgegen.

Der Raum wurde von einem großen ovalen Tisch mit einem üppigen Blumenarrangement in der Mitte dominiert. Um den Tisch saßen einige Männer. Sie blickten kurz auf, als Clara und Gustav eintraten.

Im Sommer ist dieser Raum bestimmt mit Licht durchflutet, dachte Gustav und nickte den Männern zu, die sich Branntwein einschenkten und frisch abgeknipste Zigarren anzündeten.

Auf einmal entdeckte er eine Frau in dieser Männerrunde. Sie trug ein knapp geschnittenes schwarzes Kostüm, das auf den ersten Blick wie ein Herrenanzug aussah. Ihr Haar hatte sie hochgesteckt und unter einer Kappe verborgen.

Sie musterte Gustav mit ihren stark geschminkten dunklen Augen, griff nach einem Päckchen Streichhölzer und steckte sich ein Zigarillo in eine elfenbeinfarbene Zigarettenspitze. Ihr Alter schätzte Gustav auf vierzig. Vielleicht sah sie auch wegen ihrer schwarzen Kleidung und der Schminke nur älter aus.

„Das ist Gustav von Karoly, Papa. Ich habe dir von ihm erzählt“, sagte Clara.

Paul Bernhard erhob sich und streckte Gustav seine große Pranke hin.

Gustav unterdrückte einen Schmerzensschrei. Mein Gott, hat dieser Mann Kraft, dachte er. Die riesigen Hände passten seiner Meinung nach so gar nicht zu einem Schriftsteller, sondern viel eher zu einem Schmied oder einem anderen Handwerker.

Paul Bernhard war ein stattlicher Mann mit langem, grau meliertem Haar, das sich an der Stirn etwas lichtete. Sein schmales Gesicht war scharf geschnitten. Er hatte eine große kräftige Nase und einen sinnlichen Mund. Beides schien seine Tochter von ihm geerbt zu haben.

Der Herr Schriftsteller war unrasiert, trug einen silbernen Stoppelbart. Seine ausdrucksvollen Züge verrieten Intelligenz und Scharfsinn. Die vielen Lachfältchen um seine Augen deuteten darauf hin, dass er auch eine gehörige Portion Humor besaß. Er schien in vieler Hinsicht ein ungewöhnlicher und faszinierender Mann zu sein.

Der Salon war sehr geräumig, hatte hohe französische Fenster und eine Tür, die auf einen Balkon hinausführte. Die Einrichtung war eher modern. Die Möbel wirkten wie kunterbunt durcheinandergewürfelt. Neben einem schwarzen Jugendstil-Schreibtisch stand ein Biedermeierschränkchen und daneben erhoben sich deckenhohe, überquellende Bücherregale. Auf den wenigen freien Flecken an den Wänden hingen Aktzeichnungen. Der Teppich bestand aus lauter graublauen quadratischen Ornamenten. Schwarze Thonetstühle und zwei Fauteuils, die mit einem einfach gemusterten dunkelblauen Stoff überzogen waren, umgaben einen mit Filz bezogenen Kartentisch, auf dem jede Menge schmutzige Kristallgläser und eine Karaffe mit Weinbrand standen. Im offenen Kamin brannte ein Feuer.

Die lautstark diskutierenden und heftig gestikulierenden Männer hatten kaum aufgesehen, als Clara ihnen Gustav vorgestellt hatte. Nur die schwarz gekleidete Dame warf ihm leicht belustigte Blicke zu.

Paul Bernhard setzte sich wieder in einen der Fauteuils, forderte Gustav und Clara auf, Platz zu nehmen und bot dem neuen Gast ein Glas Weinbrand an.

„Nein danke, Papa, Herr von Karoly und ich müssen etwas besprechen“, sagte Clara und ergriff Gustavs Hand.

„Papa schart gerne seine Jünger um sich und doziert dann stundenlang“, sagte sie laut, als sie zusammen den Salon verließen.

Allgemein zustimmendes Gelächter folgte ihren Worten.

Gustav verabschiedete sich etwas widerwillig von der fröhlichen Runde. Er hätte diese interessanten Männer und vor allem die faszinierende Frau gern näher kennengelernt. Die Männer kannte er fast alle vom Sehen. Es handelte sich um die literarische Crème de la Crème der Stadt. Sowohl der junge Hugo von Hofmannsthal als auch die beiden berühmten Schriftsteller Hermann Broch und Arthur Schnitzler zählten zu Paul Bernhards Gästen. Aber die Aussicht, mit Clara ein paar Stunden allein verbringen zu dürfen, tröstete ihn schnell über die Enttäuschung hinweg.

Verlegen und leicht beklommen betrat er das Reich seiner neuen Bekanntschaft, das sich gleich neben dem Salon befand.

Er konnte sich nicht verkneifen, Clara zu fragen, wer die Dame in der Männerrunde nebenan sei.

„Ach, das ist Clementine von Heuerbach, eine begabte Malerin. Anfangs befürchtete ich, sie hätte es auf Papa abgesehen. Mittlerweile weiß ich, dass sie nur an Frauen interessiert ist. Papa meinte, ich solle mich vor ihr in Acht nehmen.“ Züchtig schlug sie die Augenlider nieder.

Gustav war der Schalk, der in ihren Augen aufgeblitzt war, nicht entgangen.

Er schmunzelte. In diesem Bohemien-Haushalt konnte ihn so leicht nichts mehr überraschen. Normalerweise gab es zumindest Dienstboten, die für eine gewisse Distanz sorgten. In der Familie Bernhard schien es durchaus üblich zu sein, dass sich eine unverheiratete Frau mit einem Mann allein in ihrem Zimmer aufhielt.

„Machen Sie es sich kommod, Herr von Karoly“, sagte Clara.

Er hatte auf der vorderen Kante eines Stuhls Platz genommen und saß so aufrecht da, als hätte er einen Stock im Kreuz.

Clara trug zu Hause kein Korsett – das war Gustav sofort aufgefallen. Da auch seine Tante in ihrer Wohnung meist ohne Korsett oder Mieder herumlief, war er an den Anblick sich unter der Kleidung abmalender Weiblichkeit gewöhnt. Clara war jedoch nicht seine Tante.

Dass sie keinen besonderen Wert auf modische Kleidung legte, war ihm schon bei ihrem ersten Treffen aufgefallen. Heute trug sie ein weites, hellgrünes Kleid, das perfekt mit ihrer rötlich braunen Haarfarbe und ihren bernsteinfarbenen Augen harmonierte.

Ihr Wohnzimmer war ähnlich eingerichtet wie das ihres Vaters. Zwei bequem aussehende dunkelblaue Lederfauteuils, die etwas Patina angesetzt hatten, und ein quadratischer Tisch standen in der Mitte des Raumes. Die Tür zu ihrem Schlafzimmer war offen. Hinter einem dezenten, grauweiß gemusterten Paravent lugte das schmucklose Kopfende eines Bettes hervor. Auf einem runden Marmortischchen standen Familienfotografien in Silberrahmen. Auf einigen Bildern war eine rothaarige Frau zu sehen, die eine gewisse Ähnlichkeit mit Clara besaß.

Eine mit kunstvollen Schnitzereien verzierte rote Kommode erregte Gustavs Interesse.

„Was für ein edles Stück“, sagte er.

„Sie stammt aus Südostasien“, erklärte Clara. „Meine Mutter hatte ein Faible für exotische Möbel.“

Es war schummrig geworden. Clara zündete ein Gaslicht an.

Vor dem großen Fenster stand ein Klavier. Anscheinend spielte sie öfters, denn der Deckel war aufgeschlagen und auf dem Ständer am Klavier lag ein aufgeblättertes Notenheft.

„Clara Schumann? Die Ehefrau von Robert Schumann?“, fragte Gustav, nachdem er einen Blick darauf geworfen hatte.

„Ja. Meine Eltern haben mich nach ihr benannt. Typisch, dass Sie sie sogleich als Ehefrau von Robert Schumann bezeichnen. Wussten Sie, dass Clara Schumann nicht nur eine Klaviervirtuosin, sondern auch eine hervorragende Komponistin war? Ich übe gerade ihren Liederzyklus Opus 13. Sie hat Gedichte von Heinrich Heine und Werke von anderen großen Dichtern vertont.“

„Meine Tante hat das mal erwähnt. Kennen Sie meine Tante, Vera von Karoly?“

„Ich lese regelmäßig ihre Artikel in der Österreichischen Illustrierten und ich hatte einige Male das Vergnügen, ihren interessanten Vorträgen im Österreichischen Frauenverein zu lauschen. Ich wusste nicht, dass sie Ihre Tante ist, hielt sie für Ihre ältere Schwester."

Gustav strahlte sie an.

„Was darf ich Ihnen anbieten? Kaffee, Weinbrand, Bier oder Wasser?"

„Kaffee und Wasser bitte."

Clara ging in die Küche.

Gustav erhob sich und sah sich in ihrem Zimmer um.

Auf dem Schreibtisch entdeckte er ein hübsches goldenes Medaillon. Er öffnete es. Eine dunkelbraune Haarlocke quoll heraus. Als er Schritte auf dem Gang hörte, stopfte er die Haare zurück in das Medaillon. Er war nicht schnell genug.

„Das ist eine Locke meiner verstorbenen Mutter. Ich brauchte wohl ein Stück von ihr nach ihrem Tod, eine Art Fetisch", sagte Clara.

Gustav starrte in das Feuer des offenen Kamins. Starrte auf die züngelnden Flammen. In Gedanken war er mit der peinlichen Lockengeschichte beschäftigt, als Clara zu erzählen begann.

Sie beschrieb ihm ihre längst verstorbene Mutter mit großer Zuneigung. „Mama war Jüdin, aber nicht gläubig. Deswegen hatte sie nichts dagegen, bei ihrer Verehelichung zum katholischen Glauben zu konvertieren und mich katholisch taufen zu lassen. Mein Vater wäre auch zum Judentum übergetreten. Er ist sowieso Atheist. Beide hielten es wegen des zunehmenden Antisemitismus in unserem Land für vernünftiger, sich anzupassen, zumindest auf dem Papier."

„Eine kluge Entscheidung", murmelte Gustav.

„Mein Vater findet übrigens, dass Frauen dieselben Möglichkeiten und Rechte haben sollten wie Männer, und hat mir deshalb eine ebenso gute Erziehung ermöglicht wie er sie einem Sohn geboten hätte. Wir diskutieren auf Augenhöhe miteinander, wenn Sie verstehen, was ich meine."

Gustav verstand sehr wohl. Hielt doch auch er unerhört viel von der Intelligenz des weiblichen Geschlechts. Er war überzeugt, dass seine Tante klüger war als er, und befürchtete, dass sogar Dorothea ihm geistig überlegen war.

Clara fuhr fort, von ihrem Vater zu erzählen.

Gustav fand ihre tiefe Stimme erregend.

„Papa hat vor fünf Jahren einen großartigen Roman veröffentlicht und viel Geld damit verdient. Seither hat er keine Zeile mehr geschrieben. Ich habe Angst, dass er nie mehr etwas Anständiges zusammenbringt, denn er trinkt zu viel und raucht seit kurzem sogar Opium."

Da Gustav die intimen Äußerungen über ihren Vater unangenehm waren, bat er sie, ihm mehr über sie selbst zu erzählen.

„Ich habe eine Lehrerinnenausbildung gemacht. An meiner ehemaligen Schule habe ich keine Stelle bekommen. Fast wäre mir nichts anderes übrig geblieben, als mich als Gouvernante oder Privatlehrerin mit den verzogenen Bälgern adeliger oder großbürgerlicher Herrschaften abzuplagen. Dann hab ich zufällig erfahren, dass in dem Heim für gefallene Mädchen eine Lehrerin und Erzieherin gesucht wird. Ich hab mich beworben und diese schlechtbezahlte Stelle bekommen, obwohl ich jüdischer Abstammung bin. Was ich den frommen Schwestern natürlich verschwiegen habe. Denn ich bin, wie gesagt, katholisch getauft."

Obwohl ihr Äußeres nicht nach Gustavs Geschmack war, beeindruckte Clara ihn ungemein. Sie erinnerte ihn an Dorothea. Sie war, ebenso wie seine große Liebe, eine Frau mit vielen Talenten, musikalisch, überaus gebildet und vor allem sozial, sonst würde sie nicht für wenig Lohn an diesem Zufluchtsort der Unglückseligen arbeiten.

„Die Mädchen, die bei uns landen, sind, wie gesagt, meist vollkommen verwahrlost", fuhr sie fort.

„Ich habe gehört, dass Ihre Schützlinge manchmal ihr früheres Leben wieder aufnehmen, sich mit Männern einlassen ..."

„Ja, leider. Und ich verstehe es nicht. Sie sind bei uns viel besser aufgehoben als all die anderen, die ihre Kinder auf der Straße zur Welt bringen und irgendwo ablegen, um sich ihren Lebensunterhalt weiterhin als Prostituierte verdienen zu können. Viele Säuglinge sterben ohnehin bald nach der Geburt. Auch in unserem Heim kommt es oft zu Totgeburten, obwohl wir einen hervorragenden Arzt haben, der sich hingebungsvoll um die Gebärenden kümmert."

„Doktor Maierberg?"

„Sie kennen ihn?"

„Kennen ist zu viel gesagt. Mein Freund und ich haben nur mit der Schwester Oberin kurz gesprochen. Sie scheint mir keine sehr mitfühlende Frau zu sein."

„Sie ist eine religiöse Fanatikerin und ausgesprochen hart, legt großen Wert auf Zucht und Ordnung. In diesem Heim herrscht ein Drill, der beim Militär nicht schlimmer sein kann. Im Grunde verabscheut Schwester Mathilde unsere Zöglinge und behandelt sie nicht gerade gut. Ich will damit nicht behaupten, dass sie eine böse Frau ist. Vielleicht verbirgt sich ja unter ihrer rauen Schale ein weicher Kern, wie es so schön heißt."

Gustav fragte sich, ob Clara mit ihrer Einschätzung der Schwester Oberin richtig lag.

„Mein Leben bekam erst einen Sinn, als ich in diesem Heim zu arbeiten anfing", fuhr Clara fort. „Das klingt absurd, vor allem wenn man weiß, dass mir jede Art von Zwang verhasst ist. Früher habe ich mich mit den Freunden meines Vaters herumgetrieben, die Nacht zum Tag gemacht. Wir haben oft bis zum Morgengrauen über Kunst, Religion und die sterbende Monarchie diskutiert. Eines Tages bin ich, eher aus Jux und Tollerei, der Sozialistischen Partei beigetreten, das hat mein Leben verändert. Ich hörte zum ersten Mal von den miserablen Lebensumständen der böhmischen Ziegelarbeiter, befasste mich näher mit den Wohnverhältnissen der Arbeiterfamilien. Ja, ich habe sogar die düsteren Elendsquartiere in den Vorstädten besucht, die genauso trostlos und armselig sind wie die Menschen, die in ihnen hausen. Wenn Sie mal Tristesse pur erleben möchten, gehen Sie in so ein Massenquartier am Stadtrand. Die Fabrikarbeiterinnen vegetieren in unserer Reichshaupt- und Residenzstadt Wien als Sklavinnen dahin. Ihre unzähligen Kinder leiden an Unterernährung, Rachitis und Asthma."

Gustav glaubte, Dorothea oder seine Tante reden zu hören. Er besann sich auf den wahren Grund seines Besuches und sagte: „Angeblich hat der verstorbene Dombaumeister ein Verhältnis mit einer Ihrer Insassinnen gehabt. Wissen Sie, welches der Mädchen mit ihm zusammen war? Ich habe gehört, dass sie womöglich von ihm schwanger war."

„Ich habe keine Ahnung. Einige unserer Zöglinge sind im Laufe des letzten Jahres, besser gesagt, seit ich dort arbeite, spurlos verschwunden. Dabei handelte es sich immer um Mädchen, die gerade ihre Kinder verloren hatten. Unter den Heiminsassinnen kursieren Gerüchte, dass die Schwangeren von irgendjemandem dazu gezwungen wurden, bei einer Engelmacherin abzutreiben, und danach in den Orient, also nach Nordafrika oder in den Nahen Osten verschleppt worden sind."

„Wieso in den Orient?"

„Weil die Männer dort bereit sind, viel Geld für junges weißes Fleisch zu bezahlen. Für die Orientalen werden sie wieder zusammengeflickt. Hauptsache, sie sind jungfräulich, rund und blond. Mehr interessiert diese Araber angeblich nicht."

Gustav hoffte, Clara würde ihm nicht anmerken, wie schockiert er über ihre Worte war.

Clara schien sein Entsetzen sehr wohl bemerkt zu haben. „Ich habe Ihnen gesagt, dass unzählige Menschenschmugglerringe in der k.u.k. Monarchie ihr Unwesen treiben. Magdalena, eine der Schwangeren, hat mir ein bisschen mehr über die Machenschaften dieser Verbrecher erzählt. Sie konnte mir keine Namen nennen. Aber sie hat mir den Mann beschrieben, der sie mit falschen Versprechungen nach Wien gelockt hat. Es handelt sich um einen hübschen Burschen, der sich als Priester ausgab. Er hatte diese unschuldigen, oft elternlosen Kinder aus Galizien überredet, mit ihm in die Kaiserstadt zu kommen und hier in ein Kloster einzutreten. Als sie in Wien ankamen, wurden ein oder zwei von ihnen, die besonders fromm oder weniger hübsch waren, in ein Kloster gebracht, die anderen wurden an Bordelle oder reiche alte Männer verkauft."

„Nein!"

„So war es! Sobald die Mädchen schwanger wurden, brachte man sie in unser Heim. Auch bei uns werden sie nicht in Ruhe gelassen. Einige von ihnen werden abends aus ihren Betten geholt und in Privatwohnungen gebracht, müssen irgendwelchen begüterten Männern zu Diensten sein. Wahrscheinlich war der verstorbene Dombaumeister einer dieser feinen Herren. Sie werden mir verzeihen, ich habe kein Mitleid mit ihm. Bin froh, dass er tot ist."

Gustav stützte den Kopf in seine Hände. Er hatte plötzlich unerträgliche Kopfschmerzen.

„Hören Sie mir zu, Herr von Karoly?", fragte Clara unwirsch.

Er nickte.

„Die Schwangeren verlieren ihre Kinder oft mitten in der Nacht. Die Fehl- oder Totgeburten werden in der gleichen Nacht entfernt. Ich weiß nicht, wer diese Leichen wegbringt und wo sie begraben werden. Ich weiß nur, dass es viel zu viele tote Kinder und viel zu viele Aborte in unserem Heim gibt. Die Mädchen schweigen und die Nonnen beten, sobald wieder einmal ein Kind tot geboren wird. Und die jungen Mütter verschwinden, wie gesagt, meist kurze Zeit später."

Gustav fühlte sich nicht mehr imstande, einen vernünftigen Gedanken zu fassen. In seinem Kopf drehte sich alles.

„Wer schert sich denn ernsthaft um diese kleinen Mädchen aus den Kronländern?", fuhr Clara fort. „In den Augen der braven Bürger sind sie Dirnen. Und eine Dirne bleibt eben immer eine Dirne. Und ihr Bankert interessiert natürlich erst recht niemanden.“ Claras Wangen glühten und ihre Augen funkelten wütend.

Sie sieht wunderschön und gleichzeitig furchterregend aus, fand Gustav.

„Obwohl ich Magdalena versprochen habe, mit niemandem über diese kriminellen Vorfälle zu reden, überlege ich, zumindest Doktor Maierberg einzuweihen. Er ist ein sehr engagierter Arzt, kommt zweimal in der Woche auf Visite. Ich fürchte, dass er von den Vorfällen bisher nichts mitbekommen hat. Letztens machte er allerdings eine Bemerkung über die zahlreichen Fehl- und Totgeburten. Er meinte, dass es in Zukunft medizinisch möglich sein wird, Frauen davor zu bewahren, ungewollt schwanger zu werden. Stellen Sie sich das vor – das wäre eine echte Revolution!“

„Ich fürchte, ich verstehe nicht …“, warf Gustav ein.

„Reden Sie mit ihm. Er wird Ihnen das besser erklären können als ich.“

„Sie sollten das alles meinem Freund, dem Polizei…, dem Oberkommissär mitteilen“, stammelte Gustav. „Rudi Kasper ist ein aufrechter Mann.“

„Ich vertraue prinzipiell keinem Beamten und schon gar keinem Polizeibeamten. Deshalb wollte ich ja mit Ihnen alleine sprechen.“

„Rudi ist anders. Er ist im Grunde seines Herzens ein Sozialist, so wie Sie. Wir müssen mit ihm reden.“

„Ich habe gedacht, Sie sind ein Detektiv.“

„Das bin ich. Aber so eine internationale Verbrecherbande aufzuspüren, überfordert meine

Kapazitäten. Gehen Sie mit mir morgen zur Polizeidirektion. Bitte!“

„Und wer sagt mir, dass die Polizei nicht in diese schmutzigen Geschäfte involviert ist? Wie kommen denn die Kinder ohne Papiere über die Grenzen? Da muss jemand von den Herren Beamten beide Augen zudrücken, oder?“ Clara schenkte ihm einen verächtlichen Blick. „Ich hätte nicht gedacht, dass Sie so ein Feigling sind, Herr von Karoly! Wenn Sie sich nicht um diese armen Geschöpfe kümmern, wird es keiner tun.“

Gustav reichte es. Den Feigling konnte er nicht auf sich sitzen lassen.

Ehe er zu Wort kam, fuhr Clara fort: „Ich kann Sie bezahlen. Ich habe fünfzig Gulden gespart. Die gebe ich Ihnen gerne, wenn Sie die furchtbaren Geschehnisse in unserem Heim aufklären.“

„Behalten Sie Ihr Geld. Ich werde Ihnen helfen, diese Mädchenhändler zu finden und zu überführen.“

Seine Worte schienen sie nicht zu überzeugen. Sie blickte ihn skeptisch an.

„Ich muss mich jetzt leider empfehlen. Auf Wiedersehen und danke für den Kaffee, Fräulein Bernhard.“

Gustav erhob sich und verließ die Wohnung, ohne sich von Claras Vater und dessen Freunden zu verabschieden.

Clara traf keine Anstalten, ihn zur Tür zu begleiten.

Als er sich noch einmal nach ihr umdrehte, erschrak er über ihren erzürnten Gesichtsausdruck.

13

Gustav wollte zu Fuß nach Hause gehen, um seine wirren Gedanken zu ordnen. Claras Geschichten hatten ihn ziemlich aus der Fassung gebracht. Kurz war ihm sogar die verrückte Idee gekommen, dass sie selbst den Dombaumeister auf dem Gewissen haben könnte.

Kaum war er am Graben angelangt, begann es heftig zu schütten.

Er sah einen Fiaker im strömenden Regen vom Graben her zum Petersplatz einbiegen und lief auf ihn zu. Der Kutscher kauerte unter einer Pelerine. Gustav fürchtete, er würde ihn nicht bemerken. Er machte ein paar Schritte auf die Straße und winkte mit beiden Armen.

„Was fällt Ihnen ein, ich hätt Sie fast überfahren!“, rief der Kutscher, nachdem er seine Pferde knapp vor Gustav zum Stehen gebracht hatte.

„Zu den k.k. Hofstallungen“, sagte Gustav.

Sofort wurde der Kutscher eine Spur freundlicher.

Die schwarze Lederpolsterung ächzte, als Gustav sich niederließ. Kaum waren sie losgefahren, öffnete er das Fenster und rief dem Kutscher zu: „Nein, bringen Sie mich zum Sicherheitsbüro am Schottenring!“

Der Fiaker rumpelte über das Kopfsteinpflaster und Gustavs Kopf schlug im selben Rhythmus gegen die hölzerne Seitenwand.

Rudis Büro in der Polizeidirektion war einfach möbliert: ein Schreibtisch, zwei Stühle und ein paar

Regale. An der Wand das unvermeidliche Porträt Seiner Majestät, Kaiser Franz Joseph I.

Der Raum war total überheizt. Selbst der ständig frierende Gustav geriet ins Schwitzen.

Er berichtete seinem Freund fast wörtlich, was ihm Clara erzählt hatte. Zuletzt erwähnte er sogar ihre verletzenden Worte.

Rudi unterbrach ihn kein einziges Mal, brachte die Aussage seines Freundes Wort für Wort zu Papier.

Die kahlen Stellen auf seinem schweißbedeckten Kopf glänzten unter der elektrischen Lampe. Seit er Geheimratsecken und fast eine Halbglatze hatte, scherte er sich seine Haare millimeterkurz. Der helle Haarkranz war kaum zu sehen. Ein sorgfältig gestutzter rotblonder Bart bedeckte sein fliehendes Kinn.

Als Rudi mit dem Protokoll fertig war, holte er eine Flasche Cognac aus seiner untersten Schreibtischlade und schenkte zwei Gläser ein.

„Ich werde demnächst noch einmal mit der Schwester Oberin reden müssen und auch mit dem einen oder anderen deiner verehrten Logenbrüder“, sagte er und prostete seinem Freund zu.

„Warum willst du meine Brüder weiter belästigen?“

„Na, weil ihnen das Heim gehört. Vielleicht lassen sich mehrere dieser ehrenwerten Herren von den Mädeln, denen sie so großzügig Obdach gewähren, bedienen.“

„Du bist wohl nicht ganz dicht! Hast du von hoch oben eine Order bekommen? Oder verdächtigst du aus lauter vorauseilendem Gehorsam jetzt unsere gesamte Bruderschaft solch schändlicher Taten?“

„Reg dich ab, mein Freund, ich habe gescherzt. Ich werde mich aber sehr wohl in deiner Loge umhören müssen. Bisher haben wir nur die Aussage des schwachsinnigen Glöckners, laut der zwei Kapuzenmänner den Rauensteiner auf dem Gewissen haben könnten."

„Der Teufel und ein Dämon", warf Gustav ein.

„Ich tippe eher auf die Mönche, die auch der Türmer gesehen hat. Mönchskutten lassen sich in jedem Kostümverleih besorgen. Und wir haben Fasching, falls dir das entgangen sein sollte. Der Rauensteiner scheint in deinem Verein nicht nur Freunde gehabt zu haben. Werde also nicht immer gleich so ungehalten, wenn ich Nachforschungen in den Reihen deiner Templer anstelle."

„Wir sind keine Templer ..."

„Ich weiß. Lass uns diese leidige Diskussion beenden. Ich habe Hunger."

Gustav war zwar nach wie vor verstimmt, begleitete aber Rudi hinüber in den zweiten Bezirk.

Der Regen war in Schnee übergegangen. Ihre Kutsche kam nur langsam voran.

„Verflucht", schimpfte Rudi. „Ich hasse Schnee. Er verwischt alle Spuren."

Gustav fragte sich, an welche Spuren sein Freund dachte.

Die Stimmung in Rudis Lieblingsbeisl in der Praterstraße war kolossal. Rudi taute richtiggehend auf, sprach gehörig dem selbstgebrauten Bier zu und verschlang ein riesiges Schnitzel mit Erdäpfelsalat.

Gustav bestellte ein Backhendl, nahm ein paar Bissen davon und ließ den Rest stehen. Der penetrante Geruch nach billigem Schnaps hatte ihm den Appetit verdorben.

Als Rudi nach dem Essen mit den leicht bekleideten Weibern an der Theke zu schäkern begann, drängte Gustav zum Aufbruch. Er hatte für die ordinären Bierhäuslmenscher, die in diesem Wirtshaus in der Nähe des Wurstelpraters auf Kundschaft lauerten, nichts übrig.

Rudi hingegen schien sich in Gesellschaft dieser billigen Frauenzimmer sehr wohlzufühlen. Er küsste ihre rot beschmierten Münder, betatschte ihre Brüste und tätschelte ihre ausladenden Hinterteile. Als er mit einer vollbusigen Blonden, die nicht mehr die Jüngste war, ernsthaft anbandelte, konnte es sich Gustav nicht verkneifen, zu bemerken: „Du bist und bleibst ein Sklave deiner Leidenschaften, obwohl du so ein intelligenter Mensch bist."

„Der Verstand hat der Leidenschaft nichts entgegenzusetzen", sagte Rudi lachend. Demonstrativ streichelte er weiter vor Gustavs Augen die ausladenden Brüste der betrunkenen laut kichernden Blonden.

Eine zierliche Dunkelhaarige, die keinen Tag älter als sechzehn aussah, machte sich an Gustav heran. Ihr unsicheres Lächeln rührte ihn an. Er lud sie auf ein Glas Wein ein und fragte sie nach ihrem Namen.

„Marika", sagte sie leise.

„Bist du Ungarin?"

„Ja, Herr."

„Wie alt bist du?"

„Einundzwanzig."

„Niemals. Warum machst du dich älter, als du bist?"

„Sind Sie ein Polizeiagent?"

„Nein. Wie kommst du auf diese Idee?"

„Ihr Freund ist von der Polizei. Ich kenne ihn. Er war schon öfters hier. Hat mich nie haben wollen, steht mehr auf die Dicken, die mit den großen Brüsten."

Sie nippte an ihrem Weinglas und schaute Gustav mit ihren großen hungrigen Augen vertrauensvoll an. „Willst mit mir hinaufgehen?"

Gustav schüttelte den Kopf, kramte in seiner Hosentasche und gab ihr ein paar Münzen. Dann rief er: „Zahlen!"

„Der Herr Oberkommissär hat bereits alles bezahlt", sagte der Wirt.

Gustav sah sich nach Rudi um. Sein Freund war längst mit der üppigen Blonden ins obere Stockwerk entschwunden.

„Ich mache alles, was du willst, schöner Mann", flüsterte Marika in sein Ohr und klammerte sich mit ihren dünnen Ärmchen an ihn, als er sich zu ihr hinunterbeugte, um sich von ihr zu verabschieden.

Gustav bemühte sich, ihr nicht wehzutun, als er sie wegstieß und fluchtartig das zwielichtige Etablissement verließ.

Die schmächtige Ungarin rannte ihm auf die Straße hinaus nach. „Ist alles bezahlt!", rief sie.

Er hatte nun einmal für Bierhäuslmenscher nichts übrig. Abgesehen davon, dass er sich vor einer Ansteckung mit der tödlichen Syphilis fürchtete, fand er nur Frauen attraktiv, die erobert werden wollten.

II

Ohne eine Jacke oder einen Mantel überzuziehen rannte sie, so schnell sie mit ihrem dicken Bauch konnte, zum Kanal hinunter.

Ein ängstlicher Blick zurück. Keiner war hinter ihr her. Die Straße war menschenleer.

Der Schnee bedeckte Straßen und Gehsteige und hatte die Umgebung verändert, wohin das Auge reichte. Die Gaslaternen spendeten spärliches Licht.

Sie verlor einen Schlapfen, bemerkte es nicht, lief blindlings weiter. Als sie die Böschung beim Donaukanal hinunterrutschte, blieb ihr zweiter Schlapfen im Schnee stecken. Auf Strümpfen taumelte sie durch die Schneewechten, versank immer wieder knöcheltief in der pulvrigen Masse. Rappelte sich jedes Mal auf und stürzte weiter.

Es war bitterkalt. Sie keuchte und zitterte am ganzen Körper. Im kniehohen Schnee kam sie nicht schnell voran. Bald spürte sie ihre Füße nicht mehr.

Die Stahltraversen der Aspernbrücke, die den ersten mit dem zweiten Bezirk verband, taten sich vor ihr auf. Aus den Augenwinkeln nahm sie eine Bewegung auf der Brücke wahr. Eine schwarze, sich klar abzeichnende Silhouette.

Als sich die dunkle Gestalt über das Geländer beugte, beleuchtete der Schein einer Gaslaterne ihr Gesicht.

Sie erkannte den schönen Mann und geriet in Panik. Wie eine Betrunkene torkelte sie auf die im Mondlicht milchig schimmernde glatte Fläche zu.

Der Donaukanal war zugefroren. Im Dunkeln sah sie den brüchigen Rand erst, als das Eis bereits nachgab.

Der Schock des kalten Wassers ließ ihren Atem stocken. Sie konnte nicht schwimmen. Das Wasser war in der Nähe des Ufers nicht sehr tief. Reichte ihr nur bis zum Hals. Mit den Beinen strampelnd und heftig mit den Armen rudernd versuchte sie, zurück an Land zu kommen. Sie schaffte es fast bis zum ersten Brückenpfeiler.

Er wartete unter der Brücke auf sie. Hielt ihr einen dicken Ast hin. Obwohl sie wusste, dass es ein Fehler war, griff sie danach.

Der Ast traf sie mit voller Wucht an der linken Schläfe. Sie schrie auf vor Schmerz. Eine Welle erstickte ihren Schrei. Ihr Kopf tauchte unter. Sie schluckte eine Menge Wasser. Hustend und spuckend kam sie wieder hoch.

Sie hatte keine Chance. Eine kräftige Hand drückte ihr Haupt hinunter in die Tiefe.

Die Kälte sickerte in ihre Knochen. Ihre Gliedmaßen verweigerten den Dienst. Sekunden später füllten sich ihre Lungen mit eiskaltem Wasser.

14

Obwohl Gustav fest entschlossen war, das Versprechen, das er Clara gegeben hatte, zu halten, schickte er Helene am nächsten Tag ein Telegramm. Entschuldigte sich für seine Unpässlichkeit bei ihrem ersten Treffen und lud sie ein, mit ihm nachmittags im tief verschneiten Stadtpark spazieren zu gehen. Er hoffte, die gefallenen Mädchen und den Todessturz des Dombaumeisters für ein paar Stündchen vergessen zu können, wollte ein bisschen schäkern, ein wenig konversieren, auf andere Gedanken kommen. Da sich der Stadtpark unweit des Palais Stemann in der Himmelpfortgasse befand, dachte er, dieser Spaziergang würde für Helene nicht zu beschwerlich sein.

Er wartete auf sie beim Eingang zum Stadtpark. Frierend stapfte er hin und her.

Hübsche Schneehäubchen zierten die immergrünen Büsche im Park. Selbst auf den Baumkronen war der Schnee haften geblieben. Ein paar Sonnenstrahlen wagten sich durch die grauen Wolken.

Helene erschien mit zwanzigminütiger Verspätung in einem kostspielig aussehenden champagnerfarbenen Kleid aus edler Wolle. Darüber trug sie ein königsblaues Samt-Cape, das Gustav wenig praktisch erschien, da es vorne beim Busen weit offen stand und sie sicher nicht wärmte. Auch ihr bizarrer breitkrempiger Hut mit den beiden neckischen Pfauenfedern war eher als Sonnenhut geeignet als für diese winterlichen Temperaturen.

Nachdem sie miteinander einige wenige Meter im Park zurückgelegt hatten, begann sie zu jammern, dass sie entsetzlich frieren würde.

Sie kehrten in einem beliebten Ausflugslokal ein. Kaum hatten sie an einem Tisch beim Fenster Platz genommen, beklagte sie sich darüber, dass es fürchterlich ziehen würde.

Gustav tauschte mit ihr den Platz.

Sie dankte ihm gnädig lächelnd.

Endlich kam er dazu, seine Entschuldigung für seinen überstürzten Aufbruch von der Soiree seines Vaters anzubringen.

„Sie haben mich kompromittiert, Herr von Karoly. Dieser Meinung ist übrigens auch mein Herr Papa."

Er beteuerte mehrmals, wie leid ihm das täte.

Sie ging nicht weiter darauf ein, sondern begann von ihren zahlreichen Bekannten zu sprechen, während sie ein riesiges Tortenstück in sich hineinstopfte.

In ein paar Jahren wird sie genauso fett sein wie ihr Vater, dachte Gustav.

„Der Waldi hat gesagt, dass sie vorm Sommer heiraten werden ... die Christina meinte ... du kennst sie ... eine exzellente Partie gemacht ... und die Amalie hat mir unter dem Siegel der Verschwiegenheit anvertraut, dass das kein Gerücht ist ... Sie hat den Palffy fest an der Angel ..."

Fräulein Helene erweckte den Anschein, als wäre sie mit dem gesamten Hochadel auf Du und Du. Doch er wusste es besser. Die hochwohlgeborenen Herrschaften standen mit bürgerlichen Fräuleins nicht auf freundschaftlichem Fuß.

Wer heiratet den Palffy, die Christina oder die Amalie?, hätte Gustav aus Spaß gerne eingeworfen, ließ es bleiben und hörte ihr weiterhin mit halbem Ohr zu. Hin und wieder gab er ein „magnifique", ein „famos" oder „formidable" von sich.

Irgendwann wurde ihm die Ja-Sagerei zu blöd. Er unterbrach sie und berichtete ihr von Clara und dem Heim für gefallene Mädchen.

Helene hielt sich beide Ohren zu. Sie wollte kein Wort von den schauerlichen Vorfällen hören.

An diesem frühen Nachmittag im Stadtpark zweifelte Gustav erneut daran, ob er sich mit einer Frau wie Helene verloben sollte. Alabasterfarbene Brüste hin oder her, dieses exaltierte Geschöpf war weder erotisch besonders reizvoll für ihn, noch interessierte er sich für ihr Geschwätz. Doch wenn er sich nicht dem Willen seines Vaters beugte, würde ihn das womöglich den Grafentitel kosten.

Und wenn schon, dann soll es eben so sein, dachte Gustav fatalistisch. Unwillkürlich musste er an seine Frau Mama denken. Hatte sie Graf Batheny aufrichtig geliebt oder war sie in erster Linie von seinem hohen Rang, seinem Ansehen und seinem Vermögen beeindruckt gewesen? Warum hatte sie sich auf diese langjährige verhängnisvolle Liaison eingelassen?

„Lassen Sie uns aufbrechen. Auch ich finde es hier nicht sehr gemütlich", sagte er etwas schroff zu seiner Begleiterin.

Weil er zu aufgebracht war, um gleich nach Hause zu gehen, nachdem er Helene heimbegleitet hatte, spazierte er eine Weile durch die Wiener Innenstadt. In Erinnerung an den Zwischenfall vor ein paar Tagen mied er die engen schmutzigen

Gassen und ging über die Kärntnerstraße zurück zur Ringstraße.

Mit gesenktem Kopf, die Hände in den Manteltaschen, schlenderte er durch den bitterkalten Wintertag und dachte ernsthaft darüber nach, ob er ein Leben mit so einer oberflächlichen und hysterischen Frau wie Helene ertragen könnte.

Zu Hause wurde Gustav von einer völlig aufgelösten Vera empfangen. Ihr langes graublondes Haar hing ihr ins Gesicht und sie zitterte.

„Es ist etwas Schreckliches passiert. Rudi war gerade da. Sie haben die Leiche eines Mädchens im Donaukanal gefunden. Er glaubt, dass es sich um eine Insassin des Heimes handelt, in dem ihr ermittelt. Die Kleine war schwanger. Er lässt dir ausrichten, dass du zu der Ecke, an der der Wienfluss in den Donaukanal mündet, kommen sollst, wenn du vor achtzehn Uhr heimkehrst. Danach kannst du ihn in der Pathologie am Alsergrund antreffen."

Gustav sah auf seine Taschenuhr. Es war kurz vor fünf.

Er wechselte nur die Schuhe, bevor er sich auf den Weg zum Donaukanal machte. Zum Glück standen im Hof der Reitstallungen jede Menge Fiaker.

Der Donaukanal trennte die innere Stadt und die anderen Stadtbezirke am rechten Ufer von der Leopoldstadt und der Brigittenau.

Der Kanal war zugefroren. Das dünne Eis trug nicht, in Ufernähe war die Eisschicht bereits weggetaut. Das trübe Wasser stank fürchterlich.

Gustav gesellte sich zu den Männern, die an der Mündung des Wienflusses standen.

Und da lag sie. Gesicht und Oberkörper der Toten waren halb verdeckt von dichtem Gestrüpp, der Rest ihres Körpers lag im Wasser, war umgeben von Unrat.

„Sie ist ertrunken", sagte Rudi.

„Wieso bist du dir dessen so sicher?"

„Weil sie ganz blau ist. Die Haut von Ertrunkenen, selbst wenn sie nur ein paar Minuten im Wasser waren, hat diese bläuliche Färbung. Außerdem ist ihr Körper aufgebläht, abgesehen von ihrem Schwangerschaftsbauch. Sie hat also Wasser in der Lunge."

Es kostete Gustav große Überwindung, sich das Gesicht der Toten genauer anzusehen. Das Mädchen war bestimmt nicht älter als vierzehn.

Sein Blick schweifte über ihren aufgedunsenen Körper. Sie war nur mit einem völlig verdreckten und zerfetzten Nachthemd bekleidet und trug keine Schuhe. Und sie war eindeutig schwanger gewesen.

Auf ihrer Stirn entdeckte er ein Hämatom, das unter den mit Schlamm bedeckten Haaren fast gänzlich versteckt war.

„Sie ist garantiert nicht freiwillig ins Wasser gegangen. Ist dir aufgefallen, dass sie, abgesehen von dieser grässlichen Beule, auch Schnittwunden an ihren Armen hat?", fragte er.

„Ja. Anscheinend hat sie sich gegen den Angreifer gewehrt."

„Sie ist nicht durch Messerstiche zu Tode gekommen."

„Du meinst, sie könnte sich die Verletzungen selbst zugefügt haben?"

„Möglich wär's. Ich habe kürzlich einen interessanten Artikel in einer von Veras Zeitschriften gelesen. Angeblich verletzen sich unglückliche Mädchen öfters selbst ...“

„Warum sollten sie das tun?“ Rudi blickte ihn irritiert an.

„Um den Schmerz aus ihrem Körper zu lassen oder um zu spüren, dass sie am Leben sind.“

„Ist das so eine seltsame psychoanalytische Deutung?“

„Da musst du Vera fragen. Ich habe nur wiedergegeben, was ich gelesen habe.“

Gustav fiel ein älterer, ärmlich gekleideter Mann auf, der von zwei Uniformierten flankiert in ihrer Nähe stand und ihnen zuzuhören schien. Er starrte ängstlich zu ihnen herüber.

„Sag bloß, ihr habt den Täter schon?“ Gustav deutete auf das zitternde Männchen.

„Schön wär’s. – Die Leiche ist unweit der Urania in einer Reuse hängen geblieben. Dieser unselige Tropf hat die Reuse dort verbotenerweise angebracht. Er hat die Tote am frühen Morgen entdeckt und sie aus dem Wasser gezogen. Aus Angst, dass man ihn wegen illegaler Fischerei belangen würde, hat der Trottel sie unter dem dichten Gestrüpp am Ufer versteckt. Dann ist er nach Hause gelaufen und hat seiner Alten von dem grauslichen Fang erzählt. Seine Frau, die offensichtlich klüger ist als er, hat ihn davon überzeugt, dass er den Todesfall melden müsse. Und er tat schließlich, wie seine Frau ihm geheißen hatte.“

Gustav legte keinen Wert darauf, sich länger an diesem ungemütlichen Ort umzusehen. Er war froh, als Rudi vorschlug, gemeinsam in das Gerichtsmedizinische Institut im neunten Bezirk zu fahren.

Die schwarze Kutsche mit der Toten fuhr voraus.

Gustav hatte die Pathologie im Indagandishof in der Spitalgasse 2 noch nie von innen gesehen. Ihm war mulmig zumute, als er den sterilen, weiß gekachelten Sektionsraum im Erdgeschoss betrat.

„Ich hab da drinnen eigentlich nichts verloren. Bin schließlich nicht von der Polizei. Soll ich nicht lieber am Gang warten?“, fragte er seinen Freund.

„Seit wann bist du so eine Memme? Mitgefangen, mitgehangen“, spottete Rudi und schob ihn vor sich her in die Mitte des Saales.

Die anwesenden Herren Doktoren und Assistenzärzte, die sich um den Tisch, auf dem bereits der nackte Frauenkörper lag, versammelt hatten, blickten kurz auf, nickten dem Polizei-Oberkommissär und seinem Begleiter zu und widmeten sich wieder dem Opfer.

„Die Tote ist längere Zeit im Wasser gelegen“, stellte Professor Abendrot nach kurzer Untersuchung fest. „Wie lange schätzen Sie, meine Herren?“ Er ließ seine Augen über die gesenkten Köpfe seiner Assistentenschar schweifen. „Seien Sie nicht so zurückhaltend, liebe Kollegen.“

Gustav bemerkte das belustigte Funkeln in den Augen des alten Professors. Die angehenden Pathologen taten ihm fast leid.

„Na, was meinen Sie, Kollege Gutmann?“, wandte sich Abendrot an den klein gewachsenen bärtigen Mann zu seiner Rechten.

„Mindestens zwölf Stunden, würde ich sagen, Herr Professor“, meldete sich dieser mit leiser Stimme zu Wort.

„Nicht schlecht, Gutmann. Ich schätze, der Tod ist gestern spät abends beziehungsweise letzte Nacht eingetreten."

„Vertraust du diesem alten überheblichen Trottel?", flüsterte Gustav seinem Freund ins Ohr.

„Selbstverständlich. Er ist der Institutsvorstand. Was hast du gegen ihn?"

„Nichts, nichts. Ich erinnere mich nur daran, dass er damals bei der Ermordung von Kaiserin Elisabeth, was die Todesursache betraf, weit daneben gelegen ist. Dorothea hielt ihn dennoch für den Größten ..."

„Ah, daher weht der Wind", unterbrach Rudi ihn. „Der Herr von Karoly waren wohl eifersüchtig?"

Ein heftiges Klopfen an der Tür ersparte Gustav die Antwort.

Clara Bernhard betrat schnellen Schrittes den Saal.

Bei ihrem Anblick zuckte Gustav zusammen.

„Ich habe sie verständigen lassen. Hoffe, sie wird die Leiche identifizieren können", klärte Rudi ihn auf. „Sie hat heute früh das Verschwinden eines der ihr anvertrauten Mädchen bei uns gemeldet. Leider war ich nicht in meinem Büro. Mein Assistent hat es nicht der Mühe wert gefunden, mich sogleich zu benachrichtigen, sondern mir erst von der Vermissten erzählt, als die Leiche gefunden wurde. Glaub mir, ich habe ihm gründlich den Kopf gewaschen, aber das nützt jetzt nichts mehr. Solche Schlampereien sind bei uns leider an der Tagesordnung."

Clara war, ohne Gustav und Rudi eines Blickes zu würdigen, sofort an den Seziertisch geeilt.

Ein erstauntes Raunen ging durch die Männerrunde. Wahrscheinlich hatte bisher noch nie ein lebendes weibliches Wesen diese unheimlichste aller wissenschaftlichen Stätten mit seiner Anwesenheit beehrt.

„Ja, das ist Magdalena. Sie wird seit heute früh bei uns vermisst“, flüsterte Clara mit zittriger Stimme. Schluchzend bedeckte sie ihr Gesicht mit ihren Händen.

„Vielen Dank, Sie haben uns sehr geholfen, Fräulein Bernhard“, sagte Rudi. „Würdest du die Dame bitte heimbringen, Gustav?“

„Selbstverständlich!“ Gustav legte den Arm um Claras Schultern und führte sie hinaus auf den Gang.

Tränen liefen ihr über die Wangen und ihre Nase tropfte. Sie kramte in ihren Manteltaschen.

Gustav kam ihr zuvor, reichte ihr ein hellgraues, mit seinem Monogramm besticktes Taschentuch.

Anstatt sich zu bedanken, fauchte sie ihn an: „Vielleicht musste Magdalena sterben, weil sie mir von den Schleppern erzählt hat? Ich habe Ihnen letztens anvertraut, dass sie als Einzige bereit war, über die Männer zu reden, die ihr das alles angetan haben. Mit wem haben Sie darüber gesprochen?“

„Mit meinem Freund Rudi Kasper, dem Oberkommissär.“

„Und wem hat er es weitergesagt?“

„Keine Ahnung. Rudi wollte noch einmal mit der Schwester Oberin reden und auch mit einigen Herren der besseren Gesellschaft, die er in Verdacht hat, mit den Insassinnen in Kontakt zu sein.“

„Wer sind diese Männer? Wie heißen sie?“

„Das müssen wir Rudi fragen.“

„Dann fragen Sie ihn endlich“, herrschte Clara ihn an.

„Das geht jetzt nicht. Er muss bis zum Ende der Obduktion hierbleiben. Ich werde noch heute Abend mit ihm sprechen. – Darf ich Sie jetzt nach Hause bringen?“

Sie schüttelte den Kopf.

„Darf ich Ihnen wenigstens einen Fiaker besorgen?“

„Von mir aus.“ Ihr Blick war alles andere als freundlich.

„Ich hole Sie morgen von der Arbeit ab und werde Ihnen haargenau Bericht erstatten“, beteuerte er, als er ihr den Schlag öffnete und auf das Trittbrett half. Mit seinem linken Arm streifte er dabei unabsichtlich ihren Busen.

„Bis mor...morgen“, stammelte er.

Innerlich aufgewühlt ging er zurück ins Gerichtsmedizinische Institut und wartete, ein Zigarillo rauchend, auf dem Gang. Er hatte seinem Freund jede Menge Fragen zu stellen.

15

In aller Herrgottsfrüh kam eine Nachricht für Gustav. Josefa brachte ihm die Einladung ins Hause Stemann mit einer Tasse köstlich duftendem Kaffee und einem frischen Kipferl ans Bett.

Trotz des Kaffeegeruchs begann es in seinen Schläfen zu pochen, als er sich aufrichtete und die Zeilen las. Er legte den Kopf in den Nacken, schloss die Augen und hoffte, damit den Schmerz zu lindern, der sich mittlerweile als heftiges Hämmern hinter den Ohren bemerkbar machte.

Mit geschlossenen Lidern malte er sich aus, wie ihn der Bankier mit einem Revolver zur Ehe mit seiner Tochter zwingen würde, weil er sie im Hause seines Vaters vor der Wiener Hautevolee kompromittiert hatte.

Ein Hauch von Melancholie streifte ihn. Er wollte sich gerade wieder die Decke über den schmerzenden Kopf ziehen, als er Josefas energische Stimme vernahm: „Ich habe Wasser aufgesetzt. Du solltest ein Bad nehmen, bevor du außer Haus gehst."

„Lass mich in Ruhe, du Quälgeist", murmelte er, als sie sein Zimmer verließ.

Er hoffte, dass die schwerhörige Josefa seine Worte nicht gehört hatte.

Ich sollte mich zusammenreißen, dachte er. Kopfschmerzen und Melancholie sind eine fatale Verbindung. Oder bin ich einfach nur ein Feigling?

Da ihm in den letzten Tagen eine Frau, die er sehr schätzte, und auch sein bester Freund vorgeworfen hatten, feige zu sein, raffte er sich schließlich auf, verließ das wohlige Bett und bat Josefa, ihm einen zweiten, starken Kaffee zu machen.

Dann nahm er ein Bad in der kleinen Sitzwanne, die seit kurzem in der Mitte seines Kabinetts stand. Josefa musste ihm mehrmals heißes Wasser nachgießen.

Nach dem Bad zog er einen seiner besten Anzüge an, band eine silbergraue Krawatte um und schlüpfte in seinen pelzgefütterten Mantel. Er wollte zu Fuß zum Bankhaus Stemann am Franzensring, in der Nähe der Universität, spazieren. Hoffte, die kalte Luft würde ihm zu einem klaren Kopf verhelfen.

Kaum war er am Ring angelangt, änderte er seinen Plan und nahm die elektrische Tramway zum Schwarzenbergplatz. Ein kurzer Mocca in seinem Stammcafé sollte sich vor dem Treffen mit Bankier Stemann ausgehen.

Eher desinteressiert schaute er im Café Schwarzenberg seine Post durch.

Nach dem Mocca ließen seine Kopfschmerzen etwas nach. Die Melancholie blieb.

Die Leiche des Mädchens ging ihm nicht aus dem Sinn. Der geschwollene Bauch über den dünnen Beinen, die zerschnittenen Arme und das von Fischen und Bisamratten verunstaltete Gesicht ... Welcher Mensch war dazu fähig, ein hübsches und noch dazu schwangeres junges Ding so zuzurichten? Die Frage war eine rein rhetorische. Gustav wusste aus Erfahrung, wie grausam Menschen sein konnten und zu welchen Taten von ungeheuerlicher Brutalität sie fähig waren.

Bevor er das Café verließ, warf er einen zweiten Blick auf die Einladung von Bankier Stemann. Er stöhnte auf, als er las, dass er nicht im Bankhaus, sondern im Palais der Stemanns erwartet wurde. Offensichtlich hatte er die Nachricht in aller Herrgottsfrüh nicht ordentlich gelesen.

Ein Dienstbote empfing ihn um viertel nach elf am Tor des Palais in der Himmelpfortgasse. Er musste auf ihn gewartet haben, denn ein paar Sekunden, nachdem Gustav den Türklopfer in Form eines Löwenmauls betätigt hatte, wurde ihm geöffnet.

„Sehr wohl, gnädiger Herr“, sagte der Diener, nachdem Gustav ihm Mantel, Hut und Spazierstock gereicht und unnötigerweise gefragt hatte, ob Bankier Stemann zu Hause sei.

Gustav begann angesichts der Kälte, die das prächtige Gebäude ausstrahlte, zu frieren. Mit weichen Knien folgte er dem Diener hinauf in den ersten Stock. Die Marmortreppe kam ihm besonders kalt vor. Er vermied es, das Geländer zu berühren.

Der Bankier empfing ihn im Salon. Erleichtert stellte Gustav fest, dass der alte Herr allein war. Keine Spur von Helene. Womöglich war das ein schlechtes Zeichen. Würde ihn der honorige Meister vom Stuhl der Neudörfler Loge nun erst Recht zur Rede stellen?

Er entschuldigte sich artig für seine Unpünktlichkeit.

„Ist nicht der Rede wert, Herr von Karoly. Cum tempore, wie wir alten Lateiner zu sagen pflegen.“

Seine joviale Art war Gustav nicht geheuer.

„Fantastisch, einfach gran...dios“, stammelte er, obwohl er sich von der opulenten Ausgestaltung des Salons wie erschlagen fühlte.

Die Decke war mit einem beeindruckenden Gemälde im neoklassizistischen Stil geschmückt. Der Himmelspalast sah aus wie ein griechischer Tempel, in dem sich betörende Nymphen und halbnackte lorbeerbekränzte Jünglinge um einen stattlichen alten Mann mit Vollbart und in eine Toga gehüllt scharten. An den beiden Längsseiten des Salons befanden sich offene Kamine aus weißem Marmor, über denen in Gold gerahmte Spiegel hingen. Die Wände waren mit schwülstigen Gemälden behangen und zwischen den Fenstern standen Büsten griechischer Gelehrter auf marmornen Säulen. Mehrarmige Kerzenleuchter spendete genügend Licht, um Bilder und Statuen richtig zur Geltung zu bringen.

Der Bankier schien sich über Gustavs Kompliment zu freuen, sagte aber: „Ich bin nicht von Adel, sondern ein einfacher Mann, der etwas von Geldgeschäften versteht. Ich brauche all dieses Zeug nicht, aber meine verstorbene Gattin und meine Tochter ..." Verlegen lächelnd bat er seinen Gast weiter in sein Arbeitszimmer.

Dieser Raum war weniger prunkvoll, aber dennoch imponierend. Ein wuchtiger Schreibtisch aus Nussholz, eine Sitzgruppe mit Louis-seize-Möbeln, wertvolle Orientteppiche und Makart-Gemälde an den freien Wänden. Die Bücher in den Regalen sahen ungelesen aus.

„Was möchten Sie trinken, Herr von Karoly?"

„Gegen einen Mocca hätte ich nichts einzuwenden", sagte Gustav. Er hoffte, ein vierter Kaffee würde seine Kopfschmerzen endgültig vertreiben.

Stemann betätigte eine Glocke aus Messing. Eine Minute später betrat ein hübsches Dienstmädchen den Raum.

„Zwei Mocca und zwei Cognac", sagte Stemann.

Bis das Mädchen mit einem silbernen Tablett, auf dem zwei Moccatassen und zwei gut eingeschenkte Cognacgläser standen, zurückkam, sprach der Bankier über das unberechenbare Wetter.

„Ja, das Wetter spielt völlig verrückt. Gestern hat es geschneit und heute haben wir minus zehn Grad", stieg Gustav erleichtert auf das unverfängliche Thema ein.

Sobald das Dienstmädchen sie verlassen hatte, kam Bankier Stemann auf den wahren Grund seiner Einladung zu sprechen: „Ich möchte Sie nicht lange aufhalten, Herr von Karoly. Meine Tochter, mit der Sie sich ja in letzter Zeit öfter getroffen haben, wie mir zu Ohren gekommen ist ..."

Gustav zuckte zusammen.

„... was ich nicht nur billige, sondern ausdrücklich begrüße, wie ich bemerken möchte ... Also, Helene hat mir erzählt, dass Sie ein vielbeschäftigter Mann sind. Sie erwähnte irgendwelche verschwundenen Kinder, nach denen Sie momentan suchen. Haben Sie nicht soeben einen neuen Fall übernommen? Ich habe etwas von einem armseligen Geschöpf gehört, das ins Wasser gegangen ist?"

„Darüber kann ich Ihnen leider keine Auskunft geben. Die Polizei steht erst am Anfang der Ermittlungen und hält sich sehr bedeckt." Gustav sah keinerlei Veranlassung, dem Bankier, den er kaum kannte, von der Leiche im Donaukanal zu berichten. Sein Freund Rudi würde es ihm niemals verzeihen, wenn er sein Vertrauen missbrauchte und geheime polizeiliche Ermittlungsergebnisse weitergab.

„Ich weiß, Sie sind zur Geheimhaltung verpflichtet, und werde deshalb nicht weiter in Sie dringen. Sollten Sie bei diesem neuen Fall Hilfe benötigen, wenden Sie sich bitte, ohne zu zögern, an mich." Bankier Stemann lächelte bei diesen Worten. Seine Augen blieben kalt.

„Ich werde, wenn nötig, gern auf Ihr Angebot zurückkommen", sagte Gustav höflich und kam endlich dazu, selbst eine Frage zu stellen: „Haben Sie den Großmeister näher gekannt?"

„Jein. Er war einer meiner Kunden. Die meisten unserer Brüder haben Konten bei meiner Bank. Auch Ihr sehr verehrter Herr Papa. Leider nahm der Dombaumeister seine finanziellen Verpflichtungen nur sehr nachlässig wahr, wenn Sie verstehen, was ich meine. Er war ein Fass ohne Boden, um es deutlicher auszudrücken ..."

„Er schuldete also auch Ihrer Bank eine größere Summe?"

„Darüber darf ich meinerseits nun keine genauere Auskunft geben. Zurück zum eigentlichen Grund, warum ich Sie zu mir gebeten habe. Ich weiß, dass Seine Durchlaucht Fürst Schaumburg, der Ihre Loge letztens mit seinem Besuch beehrt hat, Sie beauftragt hat, den zugegeben etwas mysteriösen Todesfall unseres Bruders aufzuklären. Und ich betrachte es als meine Pflicht, Sie über die neuesten Erkenntnisse, die ich in diesem Fall gewonnen habe, zu informieren. Wie nun feststeht, wurde der Großmeister tatsächlich ermordet. Obwohl man Toten ja nichts Schlechtes nachsagen soll und schon gar nicht einem toten Logenbruder, scheint der Dombaumeister in nicht ganz astreine Geschäfte mit der Wiener Erzdiözese verwickelt gewesen zu sein. Ihnen dürfte ja bekannt sein, dass wir, unsere Bruderschaft, meine ich, mehrere soziale Institutionen und Vereine in der Stadt finanziell unterstützen. Rauensteiner war Vorsitzender des Vereins für Schutzbedürftige. Es gibt da ein Heim für gefallene Mädchen in der Rotenturmstraße. Dieses Heim wird von uns finanziert und von der katholischen Kirche betreut. Dabei ist es in letzter Zeit offenbar zu finanziellen Unregelmäßigkeiten gekommen. Außerdem gibt es Gerüchte, dass er nur deswegen zum Dombaumeister ernannt worden ist, weil er einen Diakon der Erzdiözese quasi in der Hand gehabt hat ..."

„Wie heißt dieser Diakon?", unterbrach Gustav ihn.

„Ferdinand von Schöner. Der Mann stammt aus gutem Haus, ist in jungen Jahren wohl etwas auf die schiefe Bahn geraten, entschloss sich aber später, Priester zu werden. Angeblich ist er weitschichtig mit unserem Erzbischof verwandt. Soviel ich gehört habe, hat sich der ehrwürdige Herr Erzbischof des schwarzen Schafes seiner Familie erbarmt und ihm einen Posten in der Diözese verschafft. Freiherr von Schöner soll ein ausgezeichneter Organisator und guter Finanzmann sein. Denn mittlerweile hat er ein höherrangiges Verwaltungsamt inne, ist direkt dem Erzbischof unterstellt, sein persönlicher Sekretär. Er scheint also gute Arbeit geleistet zu haben. Allerdings hat er bisher nicht die Priesterweihe empfangen. Was einige Leute mehr als verwunderlich finden."

„Sehr interessant. Vielen Dank für Ihr Vertrauen, Herr Stemann. Ich werde mich sogleich um eine Unterredung mit dem Bischofssekretär bemühen."

„Dabei kann ich Ihnen behilflich sein. – Als Bankier habe ich gewisse Verbindungen zur Erzdiözese, wenn Sie verstehen, was ich meine."

„Besten Dank, diese Hilfe nehme ich gerne an."

„Nichts zu danken. Unter uns Brüdern ist das selbstverständlich. Außerdem darf ich hoffen, dass wir die ausgezeichneten Beziehungen zwischen unseren Familien in nächster Zukunft noch weiter vertiefen werden." Er zwinkerte Gustav verschmitzt zu.

Um Himmels willen! Der rechnet doch ernsthaft damit, dass ich sein verwöhntes Töchterchen zum Altar führe, dachte Gustav. Ehe ihm eine passende Bemerkung einfiel, fuhr der Bankier fort: „Ich werde Ihnen Bescheid geben, sobald ich etwas erreicht habe. Ich will Sie jetzt nicht länger aufhalten. Draußen wartet eine Überraschung auf Sie."

Gustav hatte keine Ahnung, was Herr Stemann nun damit wieder andeuten wollte. Im Grunde hatte er ihm nicht viel Neues mitgeteilt. Die undurchsichtigen Geschäfte, die der verstorbene Großmeister mit der Kirche gemacht hatte, waren letztens auch Gesprächsthema in seiner Loge gewesen.

„Ich darf mich empfehlen. Meine Verehrung", verabschiedete sich Gustav betont freundlich. Zwar war er dem Bankier dankbar für die Vermittlung eines Gesprächs mit Herrn von Schöner, aber irgendetwas an seinem Verhalten hatte ihn irritiert. Er hatte den Eindruck, dass dieser Mann mehr wusste und ihm nur das Nötigste erzählt hatte.

Als Gustav die Treppe hinuntereilte, erschien Helene auf der Galerie und rief: „Wohin so eilig, Herr von Karoly? Sie werden es doch nicht wagen, dieses Haus zu verlassen, ohne mich begrüßt zu haben!"

Gustavs Hand blieb förmlich auf dem kalten Geländer kleben. Er drehte sich um und rang sich ein Lächeln ab.

Da sie keine Anstalten traf, sich zu ihm hinunterzubegeben, machte er kehrt, schritt wieder hinauf in die Beletage.

Die Begrüßung fiel von Gustavs Seite her eher kühl aus. Sie drückte ihm einen Kuss auf die Wange und lud ihn ein, zum Lunch zu bleiben. Er beteuerte, zu einer überaus wichtigen Besprechung zu müssen.

„Nie haben Sie Zeit für mich! Sie sind ein schrecklicher Mensch. Ich weiß gar nicht, wieso ich mich nach wie vor mit Ihnen abgebe."

Er fand, dass Helene sehr reizvoll aussah, wenn sie schmollte, und ließ sich dazu verleiten, sie auf den Mund zu küssen.

Hysterisch lachend stieß sie ihn weg. „So gehen Sie endlich. Ich will Sie überhaupt nicht mehr sehen!"

Gustav küsste ihr zum Abschied die Hand und machte sich rasch aus dem Staub, bevor ihr gar noch etwas einfiel, womit sie ihn festhalten konnte.

Gustavs wichtige Besprechung fand zu Hause mit seiner Tante statt. Er hatte bisher keine Gelegenheit gehabt, Vera von der Obduktion der Leiche zu berichten.

Kaum hatte er damit begonnen, unterbrach sie ihn. „Bitte erspar mir die hässlichen Details."

„Pardon, ich dachte, es würde dich interessieren, was Dorotheas geliebter Professor ..."

„Hör auf, Gustav! – Lass uns lieber überlegen, ob zwischen dem Todessturz des Dombaumeisters und der Toten im Donaukanal ein Zusammenhang bestehen könnte."

„Ich kann mir das schwer vorstellen. Wir haben übrigens einen Zeugen, der beobachtet hat, wie der Dombaumeister umgebracht wurde. Leider ist dieser Zeuge nicht sehr vertrauenswürdig. Er behauptet, dass der Teufel und einer seiner Gehilfen den Rauensteiner vom Nordturm hinuntergeworfen haben."

„Was redest du da für Unsinn!"

„Ich gebe nur wieder, was einer der Glöckner von Sankt Stephan gesagt hat. – Das Mädchen kann so gut wie jeder ermordet haben. Diese Kinder sind eine Art Freiwild in unserer Stadt. Ich nehme an, Rudi wird diesen Fall bald aufklären. Er ermittelt bereits in dem Heim, aus dem es entflohen ist. Meines Erachtens bestehen momentan kaum Hinweise auf eine Verbindung zwischen den beiden Morden. Obwohl Rudi einen ähnlichen Verdacht geäußert hat wie du."

„Siehst du. Ich liege nicht so falsch."

„In mir sträubt sich alles, wenn ich nur daran denke, dass einer meiner Logenbrüder in diese Morde verwickelt sein könnte."

„Du hast nach eurem letzten Treffen selbst Zweifel geäußert, was die Aufrichtigkeit und die Ehre deiner Logenbrüder betrifft."

„Für dich sind wir alle wie offene Bücher. Du besitzt die Gabe, das Verhalten der Menschen und ihre Beweggründe zu durchschauen. Ich bin nicht so ein guter Menschenkenner wie du."

„Diese Gabe, wie du es nennst, kann sich manchmal als Fluch herausstellen. Oft will ich gar nicht so genau wissen, was die Leute bewegt. Wir alle verraten uns auf unzählige verschiedene Arten. Du kannst doch auch sofort erkennen, ob dein Gegenüber eitel oder scheu ist, materialistisch oder großzügig, machthungrig, ehrgeizig, rechthaberisch oder gutmütig, mitfühlend und verständnisvoll. Man muss den Menschen zuhören und sie genau beobachten. So schwierig ist das nicht."

„Man kann sich leicht irren. Manche sind Meister der Verstellung. Bankier Stemann, zum Beispiel, scheint auf den ersten Blick ein aufrechter, eher bescheidener Mann zu sein. Er hat ganz offen mit mir gesprochen und will sogar versuchen, mir bei der Aufklärung des Mordes an unserem Großmeister behilflich zu sein. Andererseits profitiert er höchstwahrscheinlich von dessen Tod. Und der Prunk und Protz, mit dem er sich in seinem Haus umgibt, zeugt nicht gerade von Bescheidenheit. Außerdem hatte ich das Gefühl, dass er mich über den Mord an dem schwangeren Mädchen aushorchen wollte."

„Und? Hast du ihm verraten, was er wissen wollte?"

„Für wie blöd hältst du mich eigentlich, liebe Tante? So leicht lass ich mich auch wieder nicht einpapierln."

„Ich halte dich keineswegs für blöd. Dass du ein exzellenter Detektiv bist, hast du schon mehrmals bewiesen", beschwichtigte Vera ihn.

„Wenn ich es mir recht überlege, käme der Stemann als Täter durchaus infrage. Er will hoch hinaus, ist gesellschaftlich ungemein ehrgeizig. Das Amt des Großmeisters wäre eine Art Krönung für ihn. Den fehlenden Adelstitel versucht er ja gerade für seine Tochter zu ergattern. Außerdem scheint der Dombaumeister nicht nur bei der Kirche, sondern auch bei der Bank Stemann enorme Schulden gehabt zu haben. Das hat er bei unserem Gespräch zumindest angedeutet."

„Man bringt keinen um, der einem Geld schuldet“, warf Vera ein.

„Außer im Affekt.“

Als ihnen Josefa ein spätes Mittagessen, Kalbsleber mit gerösteten Zwiebeln und Erdäpfelpüree, servierte, beendeten sie ihre Diskussion.

Nach dem Essen schrieb Gustav an den Bischofssekretär, bat ihn um ein persönliches Gespräch. Nach kurzem Zögern fügte er hinzu, dass er sich auf Empfehlung von Bankier Stemann an ihn wenden würde. Dann legte er sich angezogen auf seine Chaiselongue, deckte sich mit einer Wolldecke zu und versuchte, die Familie Stemann, den toten Dombaumeister und die ermordete Magdalena für ein paar Stunden zu vergessen. Das Klappern von Veras Schreibmaschine schläferte ihn ein.

Er erwachte frierend. Anscheinend hatte er sich im Schlaf so sehr herumgewälzt, dass die Decke zu Boden gerutscht war. Das Feuer im Kachelofen war ausgegangen.

Er rief nach Josefa.

Sie schien ihn nicht zu hören. Also stand er auf und legte selbst ein paar Holzscheiter nach.

Die Pendeluhr seines verstorbenen Großvaters schlug sieben Mal. Er hatte mindestens zwei Stunden geschlafen, fühlte sich aber nicht ausgeruht. Im Gegenteil, er spürte ein leichtes Kratzen im Hals und ein unangenehmes Pochen in den Schläfen.

Ich sollte bald mal einen Arzt aufsuchen. Es ist nicht normal, dass ein Mann in meinem Alter andauernd Kopfschmerzen hat, dachte Gustav.

„Hast du gerufen, Gustl?“

„Ja, nein ... Das Feuer ist ausgegangen. Habe selber nachgelegt. Mir ist nicht gut.“

„Geh ins Bett. Auf dem Sofa kriegst du Kreuzschmerzen. Soll ich dir einen Tee kochen oder hättest du lieber eine Suppe?"

Für Josefa waren Tee und eine heiße Suppe nach wie vor die besten Heilmittel bei Beschwerden aller Art.

„Ich kann nichts essen. Ich hab Halsschmerzen."

„Eine Suppe wird dir guttun."

„Bitte, Josefa, lass mich allein. Ich will versuchen weiterzuschlafen."

Er hätte sein ehemaliges Kindermädchen besser kennen müssen. Es dauerte keine zwei Minuten, bis sie wieder in seinem Zimmer stand. Und sie hatte Unterstützung mitgebracht.

„Du wirst uns doch nicht krank werden?" Vera bedachte ihn mit besorgten Blicken und legte ihre Hand auf seine Stirn.

„Fieber hast du keines. Du solltest trotzdem liegen bleiben. Bestimmt hast du dir irgendwo was geholt. Es geht die Grippe um. Die heutige Sitzung des Frauenvereins wurde abgesagt, weil die Hälfte unserer Mitglieder an einem Infekt laboriert."

„Ich habe Halsschmerzen, die werden schon wieder vergehen."

Vera bat Josefa, ihm kalte Wickel zu machen, und beteuerte, dass sie den Arzt holen würde, wenn er sich morgen nicht besser fühlte. „Mit dieser Grippe ist nicht zu spaßen!"

Kein Wunder, dass sich Rudi so oft über meine schwächliche Konstitution lustig macht. In diesem Weiberhaushalt muss der stärkste Mann zum Hypochonder werden, dachte Gustav selbstkritisch.

16

Den nächsten Tag verbrachte Gustav im Bett. Er erschien nicht einmal zu den Mahlzeiten und scheuchte die besorgte Josefa, die immer wieder nach ihm sah, jedes Mal hinaus. Er hatte weder Appetit, noch konnte er sich zu irgendeiner Tätigkeit aufraffen. Aber er war nicht krank. Das Kratzen im Hals hatte aufgehört. Er hatte auch kein Fieber, sondern nur mehr Kopfschmerzen. Er schob seinen Zustand auf das scheußliche Wetter. Die Stadt und der Himmel versanken in einer grauen Nebelsuppe.

Wegen der Kopfschmerzen konnte er nicht lange lesen, obwohl er Paul Bernhards Jahrhundertroman sehr spannend fand. Die Buchstaben verschwammen vor seinen Augen.

Er geriet ins Grübeln. Der Bankier ging ihm einfach nicht aus dem Sinn. Stemann wirkte auf ihn nicht wie ein unbeherrschter Mensch, der im Zorn jemanden umbringt. Man konnte sich aber täuschen. Was hatte Vera ihm vorhin geraten? Er solle genauer zuhören, auf die Zwischentöne achten und auf die Bewegungen der Leute, auf die Sprache ihrer Körper, ihrer Handbewegungen und Blicke. Er schimpfte sich selbst einen miserablen Detektiv, was seine trübe Stimmung noch verstärkte.

Als sich seine Tante nachmittags auf sein Bett setzte und fragte, was denn wirklich mit ihm los sei, brach er in Tränen aus.

Obwohl Vera keine sehr zärtliche Frau war, legte sie ihren Arm um seine bebenden Schultern und versuchte ihn zu trösten.

Gustav riss sich zusammen, schüttelte ihren Arm ab, schnäuzte sich und murmelte: „Dieses Wetter macht mich trübsinnig. Die grauen Winter in Wien schlagen mir aufs Gemüt."

Vera ahnte den wahren Grund für seine melancholische Stimmung. Doch wenn er nicht darüber sprechen wollte, würde sie nicht weiter in ihn dringen.

Tatsächlich vermisste Gustav Dorothea schmerzlich, vermisste ihr fröhliches Lachen, den Schalk in ihren Augen, wenn sie mit ihm schimpfte, und vor allem vermisste er ihre erotische Stimme.

Nachmittags kam der Regen. Den Rest des Tages goss es in Strömen, sodass sich auf den Straßen das Wasser staute und sich im Park vor dem Denkmal der Kaiserin Maria Theresia kleine Teiche bildeten.

Gustav schrieb einen sehnsüchtigen Brief an Dorothea. Zerriss ihn. Vollbrachte eine zweite, viel kürzere und nüchterne Fassung, verwarf auch diese. Er war eben kein guter Liebesbriefschreiber. Seine Worte klangen seiner Meinung nach gekünstelt und schwülstig. Er müsste in ihre schönen grünen Augen schauen, um ihr seine Liebe erklären zu können. Kurz tauchte der verwegene Gedanke auf, nach Zürich zu fahren und sie zu bitten, Carl zu verlassen und seine Frau zu werden. Er schimpfte sich selbst einen Narren. Es war zu spät. Er hatte Dorothea verloren. Verloren für immer!

Wieder begann er zu weinen, schämte sich seiner Tränen, fühlte sich jedoch bald etwas erleichtert und leistete seiner Tante sogar beim Abendessen Gesellschaft. Zwar rührte er Josefas köstlichen

Milchstrudel kaum an, hörte aber Vera zu, die ihm von erneuten Massenabschiebungen arbeitsloser und obdachloser Zuwanderer berichtete.

„Jetzt schicken sie sogar Schwangere und Mütter mit kleinen Kindern in die Kronländer zurück. Sollen sie dort verhungern oder an Typhus und Cholera krepieren? Es ist ein Skandal, wie unsere Regierung mit diesen Menschen umgeht. Sie sind genauso Untertanen Seiner Majestät wie wir."

„Lange wird das nicht gut gehen. Die Tschechen mucken sowieso andauernd auf. Und die anderen Völker werden sich auch nicht ewig unterdrücken lassen. Die Monarchie ist am Ende. Im Russischen Reich brodelt es ebenfalls ..."

„So leicht lassen sich die hohen Herrschaften nicht vertreiben. Außerdem haben die Hungernden gar keine Kraft zu rebellieren. Wenn du täglich fünfzehn, sechzehn Stunden hart arbeitest und mit dem geringen Lohn deine Kinder nicht ernähren kannst ..."

„Ich weiß, Tante. Genau deswegen ist es an der Zeit, dass sich diese Menschen erheben und auf die Straße gehen, um mehr Lohn zu fordern."

„Du bist und bleibst ein Träumer. Weißt du, dass fast die Hälfte der Frauen in unserer Stadt arbeitet? Als Dienstmädchen und Heimarbeiterinnen natürlich. Man könnte auch Sklavinnen sagen. Auf jeden Adeligen und jeden Großbürger kommt ein Dienstbote."

„Josefa, fühlst du dich als Sklavin?", rief Gustav seinem ehemaligen Kindermädchen zu, das gerade das Geschirr wegräumte.

Vera gab ihm einen Klaps auf die Wange und sagte so laut, dass Josefa es hören konnte: „Bei uns ist alles ein bisschen anders. Wir stehen unter Josefas Fuchtel und wehe, wir parieren nicht."

„Ich geh schlafen. Macht's nicht mehr so lang. Hört's lieber auf zu debattieren", sagte Josefa.

„Siehst du, sie kommandiert uns schon wieder herum", sagte Vera leise und kicherte undamenhaft.

Kaum hatte sich Josefa in ihre Kammer zurückgezogen, bat Vera ihren Neffen, Wein aus dem Keller zu holen. „Mir ist nach einem guten Schlückchen. Aber sei leise, sonst schimpft sie wieder mit mir. – Alkohol trinken schickt sich nicht für eine Dame", äffte sie Josefa nach.

Gustav tat, wie ihm geheißen, schnappte sich die Petroleumlampe im Vorzimmer und ging hinunter in den Keller. Man konnte dort nichts lagern, da der Boden häufig zentimeterhoch unter Wasser stand. Die Karolys bewahrten daher nur altes Gerümpel und ein paar Flaschen Wein in dem Gewölbe auf.

Zurück in der warmen Stube schenkte er seiner Tante und sich selbst großzügig von dem Bordeaux ein, den sein Vater letztens mitgebracht hatte.

„Es geht eben nichts über französischen Rotwein", sagte Vera in beinahe schwärmerischem Ton.

In Gustav keimte der Verdacht auf, dass seine asketische Tante in jungen Jahren die schönen Seiten des Lebens durchaus zu genießen gewusst hatte.

„Wien hat heute an die zwei Millionen Einwohner", fuhr Vera fort. „Man hat fast den Eindruck, die gesamte Bevölkerung der Donaumonarchie strömt in die Reichshaupt- und Residenzstadt.

Sie kommen aus allen Himmelsrichtungen, aus Böhmen, Dalmatien und Galizien. Darunter tausende Mädchen und junge Frauen, die froh sind, als Dienstbotinnen oder Köchinnen unterzukommen. Diese Mädchen sind ihren mehr oder weniger feinen Herrschaften völlig ausgeliefert. Weißt du, wie viele ihre unehelichen Kinder, nicht selten ein Geschenk ihres Herrn, im Gebärhaus zurücklassen müssen?“

Gustav musste unwillkürlich an das Heim in der Rotenturmstraße denken. Dort hielten sich zwar keine Dienstmädchen auf, sondern Prostituierte, aber im Grunde war ihr Schicksal ja beinahe dasselbe.

„Hunderttausende dieser neuen Wiener hausen dicht gedrängt in den Zinskasernen im rauchigen, dunklen, dreckigen Wien der Peripherie. Viele haben nicht einmal ein eigenes Bett. In winzigen Zimmer-Küche-Wohnungen werden oft noch Bettgeher aufgenommen, die nach ein paar Stunden Schlaf das Haus verlassen müssen, denn dann wartet schon der nächste arme Kerl auf die Matratze am Fußboden. Die Ärmsten sind die Tagelöhner, sie leben buchstäblich von der Hand im Mund.“

Der Vortrag seiner Tante über das furchtbare Elend in Wien erinnerte ihn an Claras Worte und verstärkte seine Schwermut. Am liebsten wäre er schlafen gegangen.

„Abertausende leiden unter Unterernährung und schlimmen Krankheiten“, fuhr Vera fort. „Ich rede nicht nur von der ‚Wiener Krankheit‘ – die Tuberkulose rafft zwar immer noch viele Kinder dahin, aber die Pocken sind schlimmer. Wenigstens vor der Cholera sind wir in den letzten Jahren, dank der neuen Wasserleitungen, verschont geblieben. – Wen kümmert es, wenn diese Ärmsten der Armen sterben wie die Fliegen? Der alte Adel hat sich nie Gedanken über seine Dienerschaft gemacht und der neue Geldadel in den bürgerlichen Palais der Ringstraße eifert den Aristokraten auch in dieser Hinsicht nach. Die braven Bürger, die in den Stadtvierteln außerhalb des Rings leben, fürchten sich höchstens vor diesem ‚Gesindel', fühlen sich von den Zuwanderern aus den Kronländern überrannt. Für sie sind die Vorstädte, genauso wie für die Ringstraßenclique, nichts anderes als ein Sündenpfuhl, ein Herd des Verbrechens und der Prostitution. Sie werfen den Leuten, die ohne Arbeit sind, Faulheit vor und mokieren sich über die vollen Branntweinstuben, in denen sich die armen Kerle innerlich ein bisschen aufwärmen."

Veras bleiche Wangen hatten sich gerötet. Nicht nur, weil sie sich in Rage geredet hatte. Gustav führte ihre gesunde Gesichtsfarbe auch auf die beiden Gläschen Rotwein, die sie mittlerweile geleert hatte, zurück.

„Hattest du nicht vor, heute noch zu arbeiten?", fragte er sie scheinheilig. Obwohl er sich für einen mitfühlenden Menschen hielt, wollte er nichts mehr von Hunger und Armut hören. Er sehnte sich nach seinem Bett, wollte von Dorothea träumen und das Elend der Welt vergessen.

Regen und Wind ließen ihn nicht einschlafen. Es regnete bis in die Nacht hinein. Alles wurde von den schweren Tropfen niedergeprasselt. Durch die überflutete Lastenstraße pfiffen stürmische

Windböen. Eine richtige Weltuntergangsstimmung, dachte Gustav und zog sich die dicke Daunendecke über den Kopf.

17

Am nächsten Tag bekam Gustav eine Einladung zu einem Gespräch mit dem Diakon Ferdinand von Schöner im Wiener Erzbischöflichen Palais. Der Name Stemann scheint in kirchlichen Kreisen Wunder zu bewirken, dachte Gustav und vergaß sogleich auf seine Kopfschmerzen.

Er betrat den verhältnismäßig bescheiden wirkenden frühbarocken Bau in der Rotenturmstraße durch das Eingangsportal auf der Wollzeile.

Im prachtvollen Treppenhaus verweilte er kurz, betrachtete den mit Stuckputten verzierten Aufgang zu den Repräsentationsräumen und ging im Geiste die Fragen durch, die er dem Diakon stellen wollte.

Langsam schritt er dann die breite Treppe hinauf.

Im Vorzimmer des Bischofssekretärs, das ebenfalls mit zartem, leicht getöntem Stuck verziert war, wurde er von einem Geistlichen empfangen und gebeten, Platz zu nehmen.

Auf einmal stürzte ein auffällig gutaussehender, blond gelockter Mann herein. Er zog sein rechtes Bein nach. Ohne Gustav oder den Adlatus des Bischofssekretärs eines Blickes zu würdigen, ging er schnurstracks in das Büro des Diakons.

Der Blonde kam Gustav irgendwie bekannt vor. Es wollte ihm partout nicht einfallen, wann und wo er ihm bereits einmal begegnet war.

Als er laute Stimmen durch die rot gepolsterte Tür vernahm, bat er den Geistlichen um ein Glas Wasser. Der Mann ging hinaus auf den Gang, um Wasser aus der Bassena zu holen.

Gustav öffnete vorsichtig die Tür zum Büro des Bischofssekretärs.

Durch den winzigen Spalt drangen ein paar Gesprächsfetzen an sein Ohr. Die beiden Männer schienen in ein Streitgespräch verwickelt zu sein. Gustav schob die Tür ein Stückchen weiter auf.

Der Blonde beugte sich gerade über den Schreibtisch und fauchte den Mann dahinter an: „Ich habe es satt, ich erledige nicht länger die Drecksarbeit für euch!"

Mit einer beschwichtigenden Handbewegung brachte ihn der Mann hinter dem Schreibtisch zum Schweigen. Gustav nahm an, dass es sich bei dem stattlichen Herrn mit dem gescheckten Vollbart um Ferdinand von Schöner handelte.

„Warten Sie bitte draußen!", rief dieser. Offensichtlich hatte er den lauschenden Gustav entdeckt.

Kurz danach kam der Blonde mit hochrotem Kopf aus dem Büro. Er rempelte Gustav, der nach wie vor knapp bei der Tür stand, an, entschuldigte sich nicht, sondern humpelte an ihm vorbei und die Stiegen hinunter.

Ferdinand von Schöner bat nun Gustav in sein Büro.

„Es tut mir leid, dass ich Sie warten hab lassen, Herr von Ka..."

„Karoly", half ihm Gustav.

„Sie müssen entschuldigen, diese Seelsorger legen es darauf an, uns das Leben schwer zu machen.

Sie meinen es ja gut, sind aber viel zu ungeduldig und unbeherrscht ..."

Die saloppe Art des Diakons überraschte Gustav, der nicht damit gerechnet hatte, von einem wichtigen Kirchenmann so leutselig empfangen zu werden.

Er musterte sein Gegenüber unauffällig, wusste nicht recht, was er von dem Mann halten sollte.

Der Bischofssekretär trug einen schlichten schwarzen Anzug mit Römerkragen. Auf dem Revers seines Sakkos prangte ein Kreuz.

„Was kann ich für Sie tun, Herr von ...? Wie war der Name gleich?"

„Von Karoly."

„Karoly, Karoly? Wo habe ich diesen Namen schon einmal gehört? – Oh nein, Sie sind es wirklich! Kennen Sie mich denn nicht mehr, Herr Oberleutnant?"

Der Bischofssekretär kam hinter seinem Schreibtisch hervor und streckte Gustav freudestrahlend die Hand hin.

„Leutnant von Schöner, k.u.k. Infanterie-Regiment Nr. 4 Seiner Kaiserlichen Majestät. Lemberg 1887 oder '86? Erinnern Sie sich nicht an mich? Habe ich mich so sehr verändert?"

„Der ‚schöne Ferdi' – das darf nicht wahr sein!" Gustav schüttelte seinem ehemaligen Kameraden die Hand. Er konnte sich nur dunkel an ihn erinnern. Hatte es da nicht eine schmutzige Affäre gegeben? War der Mann nicht unehrenhaft aus der Armee ausgeschieden? Er war sich sicher, dass er mit ihm nicht befreundet gewesen war. Sie waren nicht einmal per Du miteinander gewesen. Aber er beließ es beim Du-Wort, hoffte, ihr Gespräch würde dann weiterhin so locker verlaufen.

„So nimm doch Platz. Zigarette?" Ferdinand von Schöner reichte ihm ein silbernes Zigarettenetui, auf dem seine Initialen eingraviert waren.

„Danke!" Gustav bediente sich und betrachtete das Etui genauer, bevor er es zurückgab. „Sehr hübsch."

„Ein Geschenk Seiner Eminenz."

Pflichtbewusst tauschte er daraufhin mit Ferdinand einige gemeinsame Erinnerungen aus.

Sie sprachen über die grauenvollen Winter in Ostgalizien und stellten einander Fragen über diesen oder jenen Kameraden aus alter Zeit.

„Mein Gott, das alles ist dreizehn Jahre oder länger her. Was hast du seither getrieben? Wann bist du ausgeschieden?"

Gustav erzählte ihm das Nötigste, erwähnte, dass er damals wegen der schweren Erkrankung seiner Frau Mama die Armee verlassen hatte und nach ihrem Tod einige Zeit in Paris verbracht und ein Jahr an der London School of Economics studiert hatte.

Ferdinand wirkte nicht besonders interessiert, fragte nicht nach. Also forderte Gustav ihn auf, ihm über seinen Werdegang zu berichten: „Bischofssekretär – das ist ja eine wichtige Position."

„Habe ich, ehrlich gesagt, meiner verstorbenen Mutter – Gott hab sie selig – zu verdanken. Sie war mit der Familie des Erzbischofs gut bekannt, hat ihre Kleider bei seinen Eltern anfertigen lassen. Kurz bevor sie starb, hat sie Seine Eminenz gebeten, mich unter seine Fittiche zu nehmen."

„Du bist also nicht mit ihm verwandt?"

„Woher denn! Er stammt aus einer einfachen Schneider-Familie."

Der arrogante Unterton war Gustav nicht entgangen.

„Zurück zu dir. Was treibst du? Verprasst du dein Erbe? Du sollst ja der Sohn eines Grafen sein, soviel ich gehört habe."

„Ich habe mich als Privatdetektiv selbstständig gemacht. Bin in London auf diese Idee gekommen. Trotz Scotland Yard gibt es dort jede Menge privater Ermittler."

„Interessant. Und hast du schon ein paar Fälle aufgeklärt? Du musst mir unbedingt mehr von deiner Arbeit erzählen. Wir sollten uns demnächst einmal privat treffen. Was verschafft mir übrigens die Ehre deines heutigen Besuchs?"

Gustav ging gleich in medias res: „Ich wurde beauftragt, den Tod des Dombaumeisters zu untersuchen. Mein Auftraggeber und die Polizei gehen davon aus, dass es Mord war."

„Ich wüsste nicht, wie ich dir da weiterhelfen könnte. Wir waren natürlich alle entsetzt, als uns die Nachricht erreichte. Allerdings nahmen wir an, dass es sich um einen Selbstmord handelt. Dass es Mord war, höre ich heute aber nicht zum ersten Mal."

„Du kanntest den Rauensteiner gut?" Es war mehr eine Feststellung als eine Frage.

„Wie man sich in unseren Kreisen halt so kennt. Einerseits war er ein sehr leutseliger Mensch, andererseits leicht aufbrausend und manchmal störrisch wie ein Esel. Es war nicht einfach mit ihm."

„Er soll hohe Schulden gehabt haben?"

Der Bischofssekretär antwortete ihm mit einem mitleidigen Lächeln. „Wer keine Schuld auf sich geladen hat, werfe den ersten Stein. Der Dombaumeister war ein großzügiger Mann. Soviel wir wissen, hat er sich mit seinen Spenden für diverse gemeinnützige Vereine etwas übernommen und deshalb ein Darlehen gebraucht, das er nicht so schnell zurückzahlen konnte, wie er gehofft hatte."

„Was für ein Darlehen hat er bei wem aufgenommen?", hakte Gustav nach.

„Die heilige römische Kirche hat ihrem Dombaumeister unter die Arme gegriffen, wenn du verstehst, was ich meine."

„Ging es um die Finanzierung des Heims für gefallene Mädchen?"

Der Diakon ließ sich lange Zeit mit seiner Antwort.

„Du scheinst gut informiert zu sein. Aber diese Geschichte ist viel komplizierter, als du annimmst", äußerte er sich dann kryptisch.

„Das kann ich mir nicht vorstellen. Dieses Heim wurde, soweit ich weiß, bisher ausschließlich von dem Verein für Schutzbedürftige finanziert. Die katholische Kirche hat freundlicherweise die Räumlichkeiten zur Verfügung gestellt. Und die Franziskanerinnen nahmen sich der armen Seelen an. Bezahlt wurde alles von dem Verein, dessen Vorsitzender der Rauensteiner war. Also ist anzunehmen, dass er die Vereinsgelder unterschlagen und sich dann hilfesuchend an die Kirche gewandt hat."

Die Erleichterung stand dem Diakon ins Gesicht geschrieben. „Ja, so ungefähr hat es sich abgespielt", bestätigte er mit einem salbungsvollen Lächeln auf den Lippen.

Ich liege völlig daneben, dachte Gustav.

„Warum hat er sich ausgerechnet an dich gewandt?“

„Weil ich nun mal für die Finanzen der Erzdiözese zuständig bin.“ Die Antwort kam schnell. Zu schnell.

Ich stelle anscheinend die falschen Fragen, ärgerte sich Gustav.

„Er hatte also Schulden bei dir, bei der Kirche, besser gesagt?“

„Ja. Die Summe ist nicht der Rede wert. Selbstverständlich werden wir das Geld nicht von den Hinterbliebenen zurückfordern. Seine Familie ist ohnehin genug gestraft ...“

„Woher kommen eigentlich die Mädchen, die in diesem Heim landen?“, unterbrach Gustav ihn.

Dieses Mal kam die Antwort etwas zögerlicher.

„Das musst du die Schwester Oberin fragen. Wir, die Diözese, stellen, wie du vorhin selbst gesagt hast, die Räumlichkeiten zur Verfügung, haben aber weder mit der Finanzierung noch mit den kleinen Sünderinnen etwas zu tun.“

„Irgendwer muss diese verzweifelten Geschöpfe ja dorthinbringen.“

„Ich habe keine Ahnung. Vielleicht schickt sie der Herrgott höchstpersönlich? – Du musst mich jetzt entschuldigen. Ich habe sehr viel zu tun. Solltest du weitere Fragen haben, wende dich an Schwester Mathilde. Sie wird dir Rede und Antwort stehen.“ Ferdinand von Schöner erhob sich.

In diesem Moment fiel Gustav wieder ein, warum der schöne Ferdi das Regiment verlassen hatte müssen. Er hatte damals, gemeinsam mit einem Freund, einen lukrativen Schwarzhandel mit Lebensmitteln, die für die Truppe vorgesehen waren, aufgezogen. Es war zu keinem Prozess gekommen. Irgendein hoher Würdenträger hatte seine schützende Hand über ihn gehalten. Ferdi und sein Komplize waren einfach aus der Armee ausgeschieden.

Gustav sah nun keinen Grund mehr, sich länger vornehme Zurückhaltung aufzuerlegen, und sagte: „Ich habe gehört, dass du den Rauensteiner zum Dombaumeister gemacht hast, weil er dich mit irgendeiner unseligen Geschichte in der Hand hatte."

Ferdinand zuckte zusammen, behielt aber die Contenance.

„Jetzt geht deine Fantasie mit dir durch, Herr Privatdetektiv", sagte er in scherzhaftem Ton.

Das Lachen, mit dem er Gustav aus seinem Büro komplimentierte, klang etwas künstlich.

Nachdenklich verließ Gustav das Erzbischöfliche Palais und ging hinüber in das Heim für gefallene Mädchen.

Dem Portier, der heute mit griesgrämigem Gesicht in seinem Kämmerchen hockte, sagte er, dass er mit Clara Bernhard verabredet war. Erst als er dem Einbeinigen ein paar Heller zusteckte, begab sich der Mann auf seinen Krücken langsam hinauf in den ersten Stock.

Gustav spazierte ungeduldig im Foyer auf und ab.

Kurze Zeit später kam Clara die Stiegen heruntergeeilt. Ihr Knoten im Nacken hatte sich gelöst, das widerspenstige Haar hing ihr ins Gesicht, ihre Augen waren gerötet und ihre Wangen voll roter Flecken.

„Joana ist spurlos verschwunden. Die Geburt ihres Kindes steht kurz bevor. Ich verstehe nicht, wieso sie jetzt weggelaufen ist. Will sie ihr Kind auf der Straße zur Welt bringen?"

Sie schlug die Hände vors Gesicht und begann zu schluchzen.

Claras Verzweiflung berührte Gustav ungemein. Vergeblich suchte er nach tröstenden Worten. „Ich verspreche Ihnen, ich werde sie finden", beteuerte er mit bewegter Stimme.

Was für ein großspuriges Versprechen, dachte er sogleich.

„Erzählen Sie mir mehr über Joana. Bedeutet der Name nicht, die Gottbegnadete?"

Clara nickte.

„Könnte sie sich einer Freundin anvertraut haben?"

„Gut, dass Sie mich das fragen. Wo habe ich bloß meinen Kopf? Joana und Magdalena waren unzertrennlich. Sie sind dauernd zusammengesteckt. Als ich Joana gestern erzählt habe, wie Magdalena umgekommen ist, hat sie sich merkwürdig benommen."

„Merkwürdig?"

„Ja, sie hat kaum geweint, hat nur gefragt, ob sie heute vom Unterricht entbunden werden könne, da ihr nicht gut sei. Ich fragte, ob ich etwas für sie tun könne, sie verneinte und zog sich gleich darauf in den Schlafsaal zurück. Ich habe später noch einmal nach ihr gesehen. Sie wollte partout nicht mit mir reden ..."

Clara verstummte abrupt und versteifte sich.

Ein Mann in einem weißen Arztkittel kam auf sie zu.

Hastig machte Clara die beiden Männer miteinander bekannt.

„Doktor Maierberg, unser Arzt. – Und das ist Gustav von Karoly. Er ist Detektiv und möchte uns helfen, den Mord an Magdalena aufzuklären. Ich habe ihm gesagt, dass wieder eines unserer Mädchen verschwunden ist."

Ihre bleichen Wangen hatten etwas Farbe angenommen und ihre Augen leuchteten.

Gustav befürchtete sogleich, dass sie ein Faible für den feschen Mediziner haben könnte.

Der Arzt musterte Gustav mit seinen auffallend blauen Augen.

„Wir kennen uns. Doktor Maierberg hat mir vor kurzem das Leben gerettet", sagte Gustav lächelnd zu Clara.

„Sie übertreiben, Herr von Karoly", winkte Maierberg ab.

Gustav stellte mit einer gewissen Befriedigung fest, dass der dunkelblonde Schnurrbart des Arztes merklich dünner war als seiner, allerdings war er im Gegensatz zu seinem äußerst penibel gekämmt. Die sorgfältig geschneiderte Kleidung unter dem weißen Kittel entging Gustav ebenso wenig wie das Eau de Cologne, das der Doktor großzügig aufgetragen hatte. Seine buschigen Brauen verliehen seinem Antlitz etwas Missbilligendes. Die Düsterkeit seines Blickes schien Clara jedoch nichts auszumachen. Seit er aufgekreuzt war, hatte sie nur mehr Augen für ihn.

„Wer ist Ihr Auftraggeber?", fragte Doktor Maierberg.

„Wie bitte?", antwortete Gustav mit einer Gegenfrage.

„Ich würde gern wissen, wer Sie beauftragt hat, Nachforschungen über den Tod von Magdalena anzustellen?"

„Das war ich", sagte Clara leise.

„Ich verstehe. Steht es denn fest, dass es Mord war? Hat sich das verirrte Geschöpf nach ihrem Sündenfall nicht selbst gerichtet?"

„Sie wurde zusammengeschlagen und danach in den Kanal geworfen", sagte Gustav unwirsch.

„Wie grauenhaft. Haben Sie schon einen Verdacht, wer diese furchtbare Tat begangen haben könnte?"

„Nein. – Haben Sie Magdalena näher gekannt? Wissen Sie, wer der Vater ihres Kindes war?"

Doktor Maierberg schüttelte den Kopf. „Ich kann Ihnen in dieser Hinsicht nicht weiterhelfen. Ich bin allein für die Gesundheit der Mädchen verantwortlich. Für die Seelsorge sind die Schwestern zuständig." Er verabschiedete sich mit einer knappen Verbeugung.

Nachdem er gegangen war, beteuerte Clara, dass Doktor Maierberg die Schwangeren vorbildlich betreuen würde. „Er ist ein absolut selbstloser Mensch und besitzt herausragende Fähigkeiten auf dem Gebiet der Gynäkologie. Ich finde es sehr bemerkenswert, dass sich ein so fähiger Mann um unsere Schützlinge kümmert. Mit einer privaten Ordination könnte er viel mehr Geld verdienen. Außerdem ist er ein großer Forscher."

„Medizinische Forschungen?"

„Ja. Ich habe Ihnen letztens davon erzählt. Doktor Maierberg hält sehr viel von diesem erst kürzlich entdeckten operativen Mittel, das geeignet erscheint, Sterilität bei Frauen herbeizuführen. Damit wäre seiner Meinung nach vielen Frauen geholfen. Vielleicht wird er uns bald verlassen, um an der Charité in Berlin an der Weiterentwicklung dieser Methode mitzuarbeiten. Er hat so etwas angedeutet."

Aus Claras Worten sprach große Bewunderung für den Arzt. Gustav wagte nicht, diese neue Methode zu hinterfragen. Er hatte den Mediziner wenig sympathisch gefunden, war sich jedoch bewusst, dass seine Urteilsfähigkeit von seiner Eifersucht getrübt wurde.

Als Gustav aufbrach, lud er Clara ein, ihn am nächsten Samstag auf den Polizeiball in den Sophiensälen zu begleiten.

„Zum ersten Mal veranstaltet die Wiener Polizei ein Kostümfest. Das darf man sich nicht entgehen lassen. Ich bin gespannt, wie viele Polizeioberen sich als Diebe oder Sträflinge verkleiden."

„Das ist nichts für mich. Ich mag keine Bälle und schon gar keine Maskenbälle. Warum muss man sich einmal im Jahr zwanghaft vergnügen? Können Sie mir das erklären, Herr von Karoly? Finden Sie denn diese Ansammlung humorloser Spießbürger und konservativer Adeliger in den diversen Ballsälen wirklich amüsant? Ich hätte Sie für anspruchsvoller und weniger konventionell gehalten."

Ihre Witzelei und ihre burschikose Art gingen ihm auf die Nerven. In seinen Augen hatte sie kein Recht, sich über ihn lustig zu machen. Er hatte sich bisher mehr, als man von einem schlecht bezahlten Privatdetektiv erwarten konnte, um sie und ihre unglücklichen Mädchen gekümmert. Sie war einfach ungerecht ihm gegenüber.

In nicht allzu guter Stimmung verließ er sie, ging ins Café Schwarzenberg, trank einen Kaffee und einen Cognac und beschloss, ohne länger nachzudenken, Helene Stemann zum Polizeiball in den Sophiensälen einzuladen. Er schrieb ihr ein Kärtchen, kaufte einem Blumenmädchen einen Strauß getrockneter Rosen ab und schickte die Einladung und die Blumen mit einem Dienstmann in das Palais der Stemanns. Eigentlich rechnete er nicht damit, dass sie zusagen würde. Erstens kam die Einladung etwas kurzfristig, und zweitens war dem Fräulein Stemann der Polizeiball, noch dazu ein Maskenball, garantiert zu wenig vornehm.

Als er zu Hause ein Briefchen von Helene vorfand, war er angenehm überrascht. Sie schrieb, dass sie die Idee, sich verkleidet unter das einfache Volk zu mischen, lustig finde, befahl ihm, sie am Samstag um neunzehn Uhr abzuholen, und schlug vor, im Hotel Bristol zu soupieren, bevor man gemeinsam den Ball besuchte.

Dieser Vorschlag bereitete Gustav eine schlaflose Nacht. Er hatte eher an einen kleinen Imbiss im Griechenbeisl am Fleischmarkt gedacht. Die Preise im Bristol überstiegen eindeutig seine Verhältnisse. Er sah jedoch keine Möglichkeit zu kneifen. Wohl oder übel würde er einen Teil des Honorars, das ihm Fürst Schaumburg in Aussicht gestellt hatte, wenn es ihm gelänge, den Mörder des Großmeisters zu überführen, für diesen Abend opfern müssen. Die Frage war, wer ihm das Geld vorstreckte. Seine Tante war ebenso pleite wie er. Wohl oder übel würde er wieder einmal seinen Freund, den Polizei-Oberkommissär, anpumpen müssen. Dieser Gedanke behagte ihm erst recht nicht. Rudi würde wissen wollen, wofür er das Geld so dringend benötigte. Und wenn er ihm die Wahrheit sagte, würde er keinen Heller zu Gesicht bekommen. Für sündhaft teure Soupers in Wiener Luxushotels hatte Rudi sicher kein Verständnis.

18

Am nächsten Vormittag suchte Gustav, mit dem kleinen Orientteppich aus seinem Ankleideraum unterm Arm, das Versatz- und Fragamt in der Dorotheergasse auf.

Man bot ihm eine lächerlich geringe Summe für das alte handgewebte Stück. Gustav hatte keine Wahl. Er nahm das Geld, verfluchte alle Bankiers der Welt und machte sich erst am Heimweg Gedanken darüber, wie er seiner Tante und vor allem Josefa das Verschwinden des türkischen Läufers erklären sollte.

Helene schien nicht zum ersten Mal im Hotel Bristol Gast zu sein. Hoch erhobenen Hauptes stolzierte sie durch die ovale Lobby, würdigte weder die fast drei Meter hohe Standuhr aus Mahagoni eines Blickes noch die prachtvolle Fin-de-Siècle-Treppe.

Gustav blieb kurz stehen, betrachtete die kostbare Uhr genauer. Sie besaß ein Kalendarium ebenso wie einen Planetenkreis und zeigte die Mondphasen an.

„Wo bleiben Sie, Gustave?“, rief Helene.

Das Motto des Kostümfestes der Wiener Polizei lautete „Am Hofe des Sonnenkönigs“. Helene hatte sich als Marie Antoinette zurechtgemacht, trug eine weiß gepuderte Perücke und ein neckisches Schönheitspflästerchen auf der linken Wange. Seinen Vornamen pflegte sie nun französisch auszusprechen, was er genauso wenig leiden konnte, wie wenn ihn jemand Gustl nannte.

Erlesene Art-déco-Möbel empfingen sie in dem modernen Restaurant. Helene schien für das schöne Interieur kein Auge zu haben. Das Einzige, was sie interessierte, war, wer sonst aller heute Abend im Bristol dinierte. Vor allem war sie darauf bedacht, Aufsehen zu erregen.

Sie trug ein weißes Kleid im Rokoko-Stil und hatte eine weiße Brokat-Stola über ihre nackten Schultern drapiert. Ihr goldenes, mit Diamanten besetztes Collier und die dazu passenden Ohrgehänge zogen einige bewundernde Blicke auf sich.

„Sitzt da vorne beim Fenster nicht die Sophie?"

„Du meinst die Tochter des Erzherzogs?", fragte Gustav.

„Ja, das sagte ich doch, die Sophie. Aber wer ist der Galan an ihrer Seite?"

„Mindestens ein Erzherzog."

Helene, völlig unempfänglich für Gustavs Ironie, sagte: „Das kann nicht sein. Ich kenne alle Erzherzöge."

„Noblesse oblige", murmelte er, berührte etwas unsanft ihren Ellbogen und schob sie mehr oder minder zu ihrem Tisch, an dem der Kellner, der sie zu ihrem Platz geführt hatte, schon eine Weile wartete, um ihnen die Stühle zu richten.

„Drehen Sie sich ja nicht um, hinter uns sitzt der berühmte italienische Tenor. Wie heißt er noch mal?"

„Keine Ahnung."

„Luigi Brasetti. Oh mein Gott, ich liebe ihn!"

„Sollten wir nicht bestellen? Wir sind etwas spät dran."

Gustav hatte eine geschlagene Stunde lang in Helenes Vorzimmer warten müssen, bis Madame endlich angekleidet war. Dann hatte es eine längere Diskussion über den Wagen gegeben, mit dem sie fahren würden. Helene wollte mit der Kutsche ihres Vaters zum Bristol. Gustav hatte darauf bestanden, mit dem Fiaker zu fahren, in dem er gekommen war. Er hatte den Mann und sein Gefährt für den ganzen Abend gemietet und bereits bezahlt.

Jetzt hatte er nicht nur Hunger, sondern wollte auch sobald wie möglich auf den Ball.

Als er den Kellner heranwinkte, verwandelte sich das monotone Gemurmel im Speisesaal plötzlich in aufgeregtes Flüstern. Alles starrte zur Tür und die Kellner standen habt acht.

„Oh nein! Schauen Sie, wer da kommt." Helenes Stimme war nahe am Überkippen.

Gustav drehte sich um.

Soeben hatte Clementine von Heuerbach in einem sehr gewagten, tief ausgeschnittenen Kleid, das nur aus Pfauenfedern zu bestehen schien, und in Begleitung eines alten, weißhaarigen Herrn, den jedermann in Wien kannte, das Restaurant betreten.

Gustav erhob sich und verbeugte sich, als die Herrschaften an seinem Tisch vorbeigingen.

Clementine reichte ihm lächelnd die Hand und stellte ihn dann ihrem hochwohlgeborenen Begleiter vor.

Helene war vor Schreck sitzen geblieben, was Clementine von Heuerbach mit einem spöttischen Lächeln quittierte.

„Woher kennen Sie Fürst Staudenberg?", fragte Helene so laut, dass die Leute an den benachbarten Tischen sie hören konnten.

„Ich hatte bisher nicht die Ehre gehabt, seine Bekanntschaft zu machen, aber ich hatte unlängst das Vergnügen, die Dame an seiner Seite kennenzulernen. Eine hervorragende Malerin“, sagte Gustav leise.

„Sagen Sie bloß, diese exzentrische Femme fatale gefällt Ihnen? Sie ist bestimmt über vierzig.“

Zum Glück enthob der herbeieilende Kellner Gustav einer Antwort.

Helene hatte Kaviar, Foie gras und gefüllte Wachteleier gewählt und natürlich eine Flasche Champagner.

Gustav rechnete im Kopf schnell nach, ob er das Dinner mit dem Erlös, den sein kleiner Teppich gebracht hatte, bezahlen würde können.

„Mein Arzt, der Hausarzt meines Vaters, hat mir verboten, Gänseleber zu essen, und Kaviar mag ich eigentlich nicht besonders, werde ihn aber kosten, wenn Sie es erlauben“, sagte er, nachdem er ausgerechnet hatte, dass ihm, wenn sie jeweils eine Portion von all diesen Delikatessen bestellten, eventuell genügend Geld für eine Flasche Wein am Polizeiball bleiben würde.

„Schade. Dann nehmen wir halt nur eine Portion Gänseleber und eine Portion Kaviar.“

„Und einmal Wachteleier!“, rief Gustav dem Kellner nach. „Wir teilen uns die Wachteleier, meine Liebe“, sagte er zu Helene und küsste ihr die Hand.

Sie entzog sie ihm sogleich. „Ich stehe nach wie vor unter Schock. Wie kann sich Seine Hoheit nur auf so eine liaison scandaleuse einlassen? Und dann zeigt er sich mit dieser ordinären Person auch noch in aller Öffentlichkeit. Sie hat nur die paar Federn am Leib, was Ihnen nicht entgangen sein dürfte. Was für ein Affront!“

„Er ist verwitwet“, wandte Gustav ein. „Und vielleicht sind sie ja nur gute Freunde.“

„Pah! Das glauben Sie wohl selbst nicht!“

Obwohl Gustav Tratsch und Klatsch nicht verachtete – in seinem Beruf waren sie oft sehr hilfreich –, hatte er keine Lust, sich noch länger Helenes moralinsaures Geschwätz anzuhören.

Er setzte zu einer scharfen Erwiderung an, als der Kaviar auf einem Bett aus Eis und mit Zitronenscheiben serviert wurde.

Sogleich vergaß Helene auf ihre Empörung und stürzte sich auf die gräulichen Störeier.

Gustav machte sich tatsächlich nicht viel aus Kaviar, musste jedoch zugeben, dass ihm der Beluga köstlich mundete. Er schmeckte überhaupt nicht fischig. Auch die mit Sardellen, Kapern und Kräutern gefüllten Wachteleier waren exzellent. Dennoch überließ er Helene mehr als die Hälfte des Kaviars und der Wachteleier.

Sie verschlang Kaviar, Gänseleber und die winzigen Eier gierig und spülte sie mit Champagner hinunter.

Gustav hielt sich auch beim Champagner zurück, da er befürchtete, sonst womöglich eine zweite Flasche bestellen zu müssen.

Als Helene ein Dessert ordern wollte, drängte er zum Aufbruch.

„Auf dem Polizeiball gibt es hervorragende Torten von der k.k. Hofzuckerbäckerei Demel. Ich würde lieber dort einen Kaffee nehmen und ein paar Punschkrapferl essen“, sagte er.

Sie monierte die Punschkrapferl. Erst als er behauptete, Ihre verstorbene Majestät, Kaiserin Elisabeth, habe davon nie genug bekommen können, gab sie widerwillig nach, ließ ihn die horrende Rechnung bezahlen und folgte ihm mit pikiertem Gesichtsausdruck hinaus zu dem Fiaker, der vor dem Hotel auf sie wartete.

„Ich verstehe nicht, warum sie das Angebot meines Vaters, unseren eigenen Wagen zu nehmen, so vehement abgelehnt haben", echauffierte sie sich, als er ihr in die Kutsche half.

Im Fasching fanden in Wien jede Menge Jours, Diners und Hausbälle in den großbürgerlichen und adeligen Palais statt. Diese privaten Vergnügungen waren momentan mehr angesagt als offizielle Bälle. Der Polizeiball war jedoch ausgesprochen gut besucht.

Im Vestibül der Sophiensäle hatten sich jede Menge Sonnenkönige versammelt. Auch Louis XV. und seine Mätresse, die Pompadour, waren mehrmals vertreten, ebenso d'Artagnan und die drei Musketiere sowie Kardinal Richelieu, und zu Helenes Leidwesen mindestens ein Dutzend Marie Antoinettes.

Gustav hatte sich mit seinem Kostüm keine allzu große Mühe gegeben. Er tauschte an der Garderobe seinen Frack gegen eine schwarze Kutte aus und band eine dicke Schnur um seine Taille. Ursprünglich hatte er sich als Henker verkleiden wollen. Seine Tante hatte ihm lachend davon abgeraten. Angesichts von Helenes Kostümwahl war er froh, dem Rat seiner Tante gefolgt zu sein. Marie

Antoinette und ihr Henker wären keine besonders geschmackvolle Paarung gewesen.

Helene zeigte sich anfangs nicht gerade begeistert davon, am Arm eines Mönchs im Ballsaal zu erscheinen. Als ihr aufging, dass Gustavs einfache Kostümierung ihre Schönheit und ihren Glanz erst recht zur Geltung brachte, hörte sie auf zu meckern.

In der Nähe des Eingangs trafen sie auf Polizei-Oberkommissär Rudi Kasper. Er trug seine Uniform und hatte seine Halbstiefel ebenso auf Hochglanz poliert wie seinen Säbel.

„Schneidig, schneidig." Gustav klopfte seinem Freund auf die Schulter. „Aber wer bist du? Polizeiminister Joseph Fouché?"

„Ich habe gedacht, ich sehe in meiner Galauniform genug verkleidet aus."

Helene reichte dem Polizei-Oberkommissär ihre Hand zum Kuss.

Rudi dachte nicht im Traum daran, ihr die Hand zu küssen, sondern ergriff sie und schüttelte sie heftig.

Wenn Blicke töten könnten, dachte Gustav angesichts von Helenes empörtem Gesichtsausdrucks und verkniff sich ein Grinsen.

„Entschuldigen Sie uns bitte einen Augenblick", sagte Gustav und nahm Rudi kurz beiseite.

„Kannst du mir was borgen? Du bekommst es morgen zurück. Ich habe nicht genügend Marie mitgenommen", flüsterte er seinem Freund ins Ohr.

Rudi schüttelte den Kopf. Kurze Zeit später spürte Gustav jedoch eine Hand unter seiner Kutte.

Rasch steckte er das Geld in seine Hosentasche, lächelte seinen Freund dankbar an und verschwand mit Helene im Getümmel.

Im Grunde war ihm bereits beim Souper im Bristol die Lust, sich mit Helene zu vergnügen, gründlich vergangen. Kaum hatten sie an ihrem Tisch, den Rudi für sie reserviert hatte, Platz genommen, war Helene nach Champagner zumute. Gustav bestellte eine Flasche, bezahlte sie gleich und vergaß seinen Vorsatz, langsam zu trinken. Das erste Glas stürzte er buchstäblich hinunter.

Er vertrug nicht viel. Alkohol machte ihn leichtsinnig. Nach dem zweiten Glas besann er sich auf sein nicht unbeträchtliches Repertoire an Verführungskünsten. Einige übertriebene Schmeicheleien und Komplimente seinerseits genügten, um Helenes Stimmung zu verbessern.

„Sie sind ein ganz Schlimmer, Gustave", sagte sie und tätschelte seine Hand.

Sie tanzten zwei Walzer hintereinander, glitten elegant übers Parkett. Er konnte jedoch nicht verhindern, dass ihnen manchmal ein ungeschickter Musketier mit seiner Herzensdame in die Quere kam.

Einige Paare tanzten im wahrsten Sinne des Wortes bis zum Umfallen. Die Frauen bekamen in ihren pompösen Kostümen noch weniger Luft als sonst und der penetrante Geruch der weißen Lilien, die zu Ehren der französischen Monarchie den Ballsaal schmückten, trugen das Ihre dazu bei, dass die Pompadours und Marie Antoinettes reihenweise in Ohnmacht fielen.

„Hier ist es zu voll. Und das Publikum ist nicht sehr ‚comme il fault'. Diese einfachen Leute transpirieren so fürchterlich, finden Sie nicht, Gustave? Lassen Sie uns ein intimeres Plätzchen aufsuchen", schlug Helene vor, als die Kapelle eine rasante Polka zu spielen begann.

Gustav, dem vom Champagner und den unzähligen Drehungen am Parkett leicht schwindlig war, führte sie bereitwillig in eines der Separees, die in den Logen eingerichtet worden waren.

Selbstverständlich erwartete sie, dass er eine zweite Flasche Champagner bestellte. In Gedanken sah er sich bereits die Zeche am Polizeiball prellen. Von dem Geld, das ihm Rudi zugesteckt hatte, war nicht mehr viel übrig.

Kaum hatte der Kellner Flasche und Gläser gebracht, ihnen eingeschenkt und die Tür wieder hinter sich zugemacht, warf ihm Helene über den Rand ihres Fächers kokette Blicke zu.

Gustav sah sich außerstande, Komplimente oder Liebesbeteuerungen von sich zu geben. Er täuschte kurzerhand Leidenschaft vor, nahm ihr den Fächer aus der Hand und bedeckte ihr Gesicht mit heißen Küssen.

Anstatt seine Küsse zu erwidern, begann sie zu kichern.

Sogleich hielt er inne.

„Mache ich etwas falsch?“, fragte er bestürzt.

„Nein, nein“, beteuerte sie nach wie vor kichernd.

Gustavs Lippen berührten zärtlich ihren Hals.

„Ihr Schnurrbart kitzelt so schrecklich“, prustete sie los und schüttelte sich vor Lachen.

Er beendete seine Zärtlichkeiten abrupt und griff nach dem Champagnerglas.

Seine Manneskraft war im Schwinden begriffen. Trotzdem versuchte er, nachdem er sich gestärkt hatte, zu tun, was ein Mann in solch einer Situation denkt, tun zu müssen.

Er flüsterte ihr Koseworte ins Ohr und streichelte ihre prächtigen nackten Oberarme. Als sich seine Hände ihrem bemerkenswerten Busen näherten, spürte er, wie sie sich versteifte.

Liebevoll massierte er mit seinen Fingerspitzen ihren Nacken, hoffte, sie würde sich wieder entspannen.

Tatsächlich begann sie zu schnurren wie ein Kätzchen. Doch als er sich erneut über ihr aufreizendes Dekolletee beugte und ihre Brüste mit seinen Lippen berührte, stieß sie einen Schrei aus, der sämtliche Polizeiagenten Wiens auf den Plan rufen musste.

Erschrocken ließ er von ihr ab.

„Sie lüsterner Mensch, Sie ..." Helene klopfte ihm mit ihrem Fächer neckisch auf die Hand.

„Verzeihen Sie mir, Fräulein von Stemann. Die Leidenschaft hat mich übermannt."

„Pah! Seien Sie nicht albern! Ihr Männer wollt doch immer nur das Eine ..." Ihr empörter Gesichtsausdruck widersprach dem Lächeln in ihren Augen.

„Ich denke, ich sollte Sie jetzt besser nach Hause bringen."

„Ich will noch nicht nach Hause." Sie klang wie ein trotziges Kind.

Kaum hatte er sich erhoben, sprang auch sie auf und umarmte ihn stürmisch.

„Bald, sehr bald werde ich dein sein", flüsterte sie in sein Ohr.

Er wusste nicht, was er sagen sollte. Befreite sich aus ihrer Umarmung und half ihr, ihre Kleidung in Ordnung zu bringen.

Als er mit ihr das Separee verlassen wollte, fing sie wieder zu protestieren an. Er nahm sie bei der Hand und zog sie hinter sich her zum Ausgang.

Im Fiaker schmollte sie, schmiegte aber ihren Schenkel eng an seinen und legte ihren Kopf auf seine Schulter.

Bei Gustav regte sich nichts mehr. Als sie vor dem Eingangstor des Palais in der Himmelpfortgasse ankamen, half er ihr aus dem Wagen und wartete, bis der Diener das Tor öffnete.

Dann trennte er sich von ihr mit einem formvollendeten Handkuss und ließ sich zurück zu den Sophiensälen fahren.

Er hatte vor, sich dort sinnlos zu betrinken.

19

„Wo ist deine Braut abgeblieben?", fragte Rudi.

„Halt den Mund! Ich kann nicht mehr. Ich muss was trinken. Am besten einen hochkarätigen Schnaps!"

Rudi, der sich am Polizeiball keine Blöße geben wollte, war vollkommen nüchtern. Er begab sich mit Gustav an einen Tisch in einer Nische und hörte seinem Freund, der ihm sein missglücktes Liebesabenteuer schilderte, geduldig zu.

Während Gustav eine Karaffe Rotwein in Windeseile leerte, verdünnte der Herr Oberkommissär seinen Weißen mit viel Wasser.

„Helene hat sich fürchterlich angestellt, kicherte andauernd wie eine blöde Gans. Es war jedenfalls ein Desaster. Wahrscheinlich hat sie noch nie einen Mann gehabt. Ich habe, ehrlich gesagt, nicht damit gerechnet, dass sie in ihrem Alter noch Jungfrau sein könnte", vertraute Gustav seinem Freund an.

„Wenn du mich fragst, ist deine Helene nichts anderes als eine aufgeblasene Pfunsen."

„Mir ist jedenfalls die Lust auf sie gründlich vergangen. – Es ist nichts passiert. Gar nichts. Ich fürchte nur, dass sie wild entschlossen ist, Gräfin Batheny zu werden. Und was mache ich, wenn Bankier Stemann tatsächlich demnächst unsere Verlobung bekannt gibt? Am liebsten würde ich abhauen, zurück nach London gehen. Aber ich kann meine Tante und Josefa nicht im Stich lassen. Ich bin echt in der Bredouille. Du musst mir helfen, mein Freund."

„Wie denn? Du hast dir diese Scheiße selbst eingebrockt. Sobald dir ein Fräulein aus höheren Kreisen schöne Augen macht, verabschiedet sich dein Hirn und befiehlt nur mehr dein Genital."

„Du darfst gerade reden. Wer riskiert denn andauernd Kopf und Kragen wegen irgendwelcher liederlichen Weibsbilder?"

„Die sind absolut harmlos, verglichen mit deinen überspannten Frauenzimmern."

„Harmlos? Deine Weiber? Die hängen dir einen Tripper nach dem anderen an."

„Übertreib nicht so. Einmal, ein einziges Mal, hat's mich erwischt. – Warte, mir kommt gerade eine geniale Idee. Du verbreitest das Gerücht, dass du seit längerem mit einer anderen Dame verlobt bist, mit Fräulein Bernhard zum Beispiel. Dagegen können der Bankier und seine Tochter nicht viel vorbringen. Helene hat dich halt einfach mit ihrer Schönheit überwältigt. Doch du bist eben dieser anderen Frau im Wort. Sie werden dich höchstens als Filou oder Casanova hinstellen, und das bist du ja im Grunde auch."

„Ich fürchte, Clara kann mich nicht einmal besonders gut leiden. Sie findet mich lächerlich, zumindest hat sie sich letztens über mich lustig gemacht."

„Ach, die Weiber ...", seufzte Rudi. Nach dieser tiefsinnigen Äußerung schlug er vor, in ein Bordell zu gehen. „Du hattest heute Abend ja zumindest ein bisschen Spaß, aber was soll ich sagen? Ich brauche jetzt ein paar Bier und eine Frau. Und zwar in dieser Reihenfolge."

„Hier gibt es genügend Weiber, und Bier haben sie in Massen an der Bar", warf Gustav ein.

„Du weißt, dass ich mir auf diesem Ball weder ein Techtelmechtel noch einen Schwips leisten kann. Alle meine Vorgesetzten schwirren hier im Saal herum."

Gustav, dem inzwischen ohnehin alles egal war, verließ mit Rudi die Sophiensäle. Sein Fiaker wartete brav vor dem Eingang. Sie ließen sich bis zum Beginn der Linken Wienzeile bringen.

„Du kannst jetzt Schluss machen. Wir brauchen dich nicht mehr", sagte Gustav zu dem verlässlichen Mann und nahm sich vor, ihn in Zukunft öfter zu engagieren.

Entlang des Wienflusses gab es einige Lokale, die nachts offen hatten. Die Gegend war eine einzige riesige Baustelle, da der Fluss gerade reguliert und überdacht wurde.

Sie schlenderten vorbei an Bauhütten und im Dunkel der Nacht fast bedrohlich wirkenden Baumaschinen. Die frische Luft ernüchterte Gustav ein wenig. Er hatte keine Lust mehr weiterzutrinken, sehnte sich nach seinem Bett.

Rudi ließ ihn jedoch nicht heimgehen, sondern begann, ihm von seinem Gespräch mit Freiherrn von Meißen zu berichten.

„Gleich vorweg, dein Meister vom Stuhl gehört für mich zum Kreis der Verdächtigen. Er muss von den kriminellen Machenschaften des Großmeisters gewusst haben, da er so eine Art Schatzmeister eures Vereins ist. Ich werde diese Spur jedenfalls weiter verfolgen. Dieser Preuße dürfte ziemlich scharf auf das Amt des Großmeisters sein. Den Rauensteiner konnte er offensichtlich nicht ausstehen. Laut seiner Aussage wurde der ihm bei der letzten Wahl vorgezogen, weil er ein Wiener war. Er hat den Verstorbenen auf eine sehr unverblümte Art und Weise angeschwärzt. Natürlich wählte er seine Worte sorgfältig, wie es halt in euren Kreisen üblich ist. So hat er mir zum Beispiel unter dem Siegel der Verschwiegenheit anvertraut, dass der verstorbene Dombaumeister tatsächlich eine junge schwangere Freundin gehabt habe. Er soll ganz narrisch auf Kinder gewesen sein. Seine Gemahlin hatte ihm keine schenken können. Vielleicht hat er sich deshalb so rührend um die Mädel in dem Heim deiner Clara gekümmert."

„Und mit ihnen geschlafen oder sie besser gesagt vergewaltigt", warf Gustav wütend ein. „Ich fürchte, wir haben es mit einem gewaltigen Sumpf zu tun. Sogenannte ehrenhafte Männer, die sich an kleinen Mädchen vergreifen, sie schwängern und weiter penetrieren ..."

„Hör auf, Gustl, du verdirbst mir die Laune."

„Es hängt alles zusammen, glaub mir." Gustav wusste zwar nicht mehr, was alles zusammenhing, erwähnte aber nun sein Treffen mit dem Bischofssekretär und erzählte seinem Freund von ihrer gemeinsamen Zeit bei der Armee.

„An dem schönen Ferdi sind die Jahre nicht spurlos vorübergegangen. Ich hätte ihn fast nicht wiedererkannt. Er hat kaum mehr Haare auf dem Kopf und mindestens zwanzig Kilo zugenommen. Seine Wampe ist selbst unter dem schwarzen Hemd nicht mehr zu übersehen."

„Und deswegen erscheint er dir verdächtig? Hat er auch eine Vorliebe für Schwangere?"

„Komm, hör auf. Er war immer schon ein krummer Hund. Am Ende unseres Gesprächs ist mir zum Glück wieder eingefallen, warum er die Armee verlassen hat müssen. Er war bei der Versorgungstruppe und hat dort Lebensmittel abgezweigt, die einer seiner Kameraden dann zu Wucherpreisen an die Bevölkerung verkauft hat."

„Na und? So was soll vorkommen."

„Jedenfalls sind er und sein Freund kurz nach diesem Eklat unehrenhaft aus dem Dienst geschieden. Dieser Freund geht mir nicht aus dem Kopf. Das war ein brutaler Kerl. Sah aus wie ein Cherub und benahm sich wie der Leibhaftige höchstpersönlich. Mir will beim besten Willen sein Name nicht einfallen."

Mittlerweile waren sie in einem Wirtshaus in der Nähe vom Theater an der Wien eingekehrt und hatten zwei Krügerl bestellt.

„A...Adolf? Nein. Irgendein Name mit ... Alfred, nein ... Alfi, ich hab's! Er war Feldwebel, hat seine Untergebenen geschliffen wie ein Irrer. Was wohl aus ihm geworden sein mag? Ich hätte den Ferdi fragen sollen, ob er noch mit ihm Kontakt hat. – Hörst du mir überhaupt zu, Rudi?“

Der Polizei-Oberkommissär hatte den Kopf in seine Hände gestützt und starrte in sein halbvolles Bierglas.

„Hier ist nix los. Lass uns woanders hingehen. Ich will heute noch eine Frau.“ Rudi trank den Rest seines Biers ex. Gustav tat es ihm gleich.

Sie wankten weiter stadtauswärts.

Vor Gustavs Augen vermischten sich stark geschminkte Kindergesichter mit widerlichen Fratzen übel riechender Kreaturen. Die höchstens zehnjährigen Mädchen und Jungen hatten alte Gesichter und trugen nur Fetzen am Leib. Ihre Freier hätten ihre Großväter sein können. Zum Glück interessierte sich Rudi nicht für diese Kinder, denn Gustav hatte für abartige Begierden nichts übrig.

Auf dem gerade entstehenden Gewölbe über dem Wienfluss trieben sich zu später Stunde nur kleine Gauner, Vagabunden, fahrendes Volk und eben Kinder herum, die ihre zarten Körper um ein paar Heller feilboten, aber keine erwachsenen Prostituierten.

Rudi war enttäuscht, Gustav erleichtert.

Bei der Pilgrambrücke verabschiedete er sich von seinem Freund und torkelte hinauf zur Gumpendorfer Straße. Dort fand er einen Fiaker, der ihn um seine letzten Heller nach Hause brachte. Er hoffte, dass Rudi ebenfalls heimgehen und nicht doch noch bei einer Prostituierten landen würde. Mit der Syphilis war nicht zu spaßen.

Der Abend auf dem Polizeiball und die Erlebnisse auf dem Heimweg hatten Gustavs Ängste verstärkt. Die restliche Nacht lang plante er ernsthaft seine Flucht aus Wien.

Das Frühstück ließ er ausfallen. Beim Mittagessen vertraute er sich dann seiner Tante an.

Sie zeigte keinerlei Verständnis für seinen Fluchtplan, sondern begann mit ihm zu schimpfen: „Seit wann bist du so ein Feigling? Wenn du Helene nicht liebst, darfst du sie selbstverständlich nicht heiraten. Aber du musst es ihr und ihrem Herrn Papa sagen und auch deinem Vater beibringen."

Schon wieder hielt ihn jemand für feige. Schön langsam reichte es ihm. Alle wollten etwas von ihm und keiner fragte danach, was er wollte. Einmal mehr wünschte er sich, einfach abhauen zu können.

Vera blieb unbarmherzig, verlangte von ihm eine klare Entscheidung.

Nach ihrer Strafpredigt nahm er ein bisschen Kleingeld aus der Keksdose, in der Josefa das Wirtschaftsgeld aufbewahrte, und machte sich gesenkten Hauptes auf den Weg ins Café Central in der Herrengasse. Er wusste, dass Graf Batheny täglich nach dem Lunch seinen Kaffee dort zu trinken pflegte.

Heute schien sowohl die literarische und künstlerische als auch die politische Elite des Landes im Central versammelt zu sein. Obwohl einige Stammgäste stundenlang bei einem Kaffee saßen, hatten die Kellner alle Hände voll zu tun, denn die Herren Politiker und ihre Adlaten hielten sie mit ihren Extrawünschen auf Trab. Dieses Café war eben nicht nur das Lieblingslokal der Freigeister und Schriftsteller sowie derer, die sich dafür hielten, sondern wurde auch von Politikern und höheren Ministerialbeamten aus dem nahe gelegenen Regierungsviertel frequentiert.

Gustav wusste nicht so recht, wie er seinem Vater seinen Entschluss, Helene keinen Heiratsantrag zu machen, möglichst schonungsvoll mitteilen sollte.

Er begrüßte Graf Batheny übertrieben freundlich, so als wäre er überrascht, ihn hier anzutreffen.

Sein Vater schien hocherfreut, ihn zu sehen. „Schön, dass du deinen alten Vater mal besuchst. Komm, setz dich zu mir."

Der Graf blies eine dicke Wolke Zigarrenrauch in die Luft und legte die Zeitung weg, in der er gerade geblättert hatte. „Diese Alldeutschen verbreiten überall ihre hasserfüllte Ideologie, vor allem in der neuen Österreichischen Kronen-Zeitung", sagte er angewidert.

Gustav ging nicht darauf ein. Er hatte momentan keinen Kopf für eine politische Diskussion, schlug die Beine übereinander, faltete die Hände über dem Silberknauf seines Stockes und sagte mit großem Ernst: „Ich habe etwas auf dem Herzen."

Der Lärmpegel im Café Central war ziemlich hoch. Gesprächsfetzen, Bruchstücke von Witzen, hitzigen Debatten und einigen unflätigen Reden drangen zu ihnen herüber.

Graf Batheny schien die Worte seines Sohnes nicht verstanden zu haben.

Gustav nahm all seinen Mut zusammen und sagte etwas zu laut: „Ich werde Helene Stemann nicht heiraten!"

„Warum nicht? Sie ist eine wunderschöne Frau und obendrein sehr wohlhabend. Eine bessere Partie wirst du kaum machen können."

„Schön und reich ist sie, aber leider strohdumm und hochnäsig. Ich kenne andere Frauen. Abgesehen von meiner Tante hatte ich in den letzten Jahren das Glück, einigen jungen intelligenten Damen zu begegnen. Ich kann mir ein gemeinsames Leben mit einer solch hübschen Larve nicht vorstellen."

Der Graf blickte ihn lange schweigend an.

Gustav wich seinem Blick nicht aus.

„Wahrscheinlich machst du das einzig Richtige, mein Lieber", sagte Graf Batheny. „Du weißt, ich war mein Leben lang unglücklich an der Seite meiner Frau, habe all die Jahre deine Mutter geliebt. Wenn du das mit der Liebe besser hinbekommst als ich, hast du meinen Segen."

Gustav war beinahe gerührt ob des ehrlichen Bekenntnisses seines Vaters.

Der Kellner unterbrach ihr Gespräch. Gustav bestellte einen Großen Schwarzen und fragte dann den Grafen, ob er einen Diakon namens Ferdinand von Schöner kenne.

„Vom Hörensagen."

„Welche Aufgaben und Befugnisse hat eigentlich so ein Diakon?"

„Diakone waren ursprünglich Gehilfen der Apostel. Heute unterstützen sie die kirchlichen Würdenträger bei der Verwaltung des gemeinsamen Vermögens und der Eucharistiefeier. Und sie kümmern sich, glaube ich, hauptsächlich um die armen Leute und um Menschen mit körperlichen und seelischen Leiden. Soviel ich weiß, dürfen sie aber keine Krankensalbung durchführen und den Gläubigen keine Beichte abnehmen."

„Ferdinand von Schöner wurde vom Erzbischof höchstpersönlich protegiert. Ich begreife das nicht, denn ich kenne den Ferdi aus meiner Zeit bei der Armee. Er ist ein zwielichtiger Charakter."

„Menschen können sich ändern ..."

„Vom Saulus zum Paulus?" Gustav runzelte die Stirn.

„Du solltest dich auf jeden Fall um eine Audienz beim Herrn Kardinal bemühen. Er soll ein sehr umgänglicher Mensch sein. Ich denke, er würde dir gefallen, denn er ist der erste nicht adelige Erzbischof Österreichs. Übrigens der Sohn eines Schneiders." Graf Batheny zwinkerte seinem Sohn zu.

Den letzten Satz hätte er sich sparen können, dachte Gustav. Er blickte seinen Vater verärgert an. Die Arroganz und Herablassung, die er Graf Bathenys Worten entnommen hatte, erinnerte ihn fatal an Ferdinand von Schöners Bemerkung über die Familie des Erzbischofs.

Dem Grafen war Gustavs Missbilligung nicht entgangen, er beeilte sich zu beteuern: „Seine Eminenz wird an einer Aufklärung dieser Verbrechen im Dunstkreis der römisch-katholischen Kirche sehr interessiert sein. Dein Freund, der Polizei-Oberkommissär, braucht meines Erachtens keine Rücksicht auf die Kirche zu nehmen. Ich würde ihm empfehlen, den Herrn Kardinal über alle seine Erkenntnisse zu informieren. Es ist anzunehmen, dass ihr beide von ihm eine Carte blanche für diesen Fall bekommen werdet."

„Ich werde Rudi deine Worte ausrichten", sagte Gustav.

„Ferdinand von Schöner hat sicherlich viele Neider, weil er es so schnell ins Vorzimmer des Erzbischofs geschafft hat. Er gilt als sehr tüchtig. Kann angeblich gut mit Zahlen und soll ein hervorragender Organisator sein. Ich kenne ihn nicht persönlich. Mein Wissen stammt von Rauensteiner. Er war mit ihm befreundet."

„Das habe ich auch gehört."

„Freiherr von Meißen, du hast ihn beim letzten Treffen im Frauenhuber kennengelernt, war ebenso ein enger Freund des Verstorbenen. Vielleicht solltest du mal mit ihm sprechen. Er hat mir gegenüber angedeutet, dass unser Großmeister in letzter Zeit Morddrohungen erhalten habe."

Wenn der verstorbene Rauensteiner lauter solche Freunde wie von Meißen und von Schöner hatte, tut er mir im Nachhinein noch leid, dachte Gustav, sagte aber seinem Vater nicht, dass von Meißen den Dombaumeister bei Rudi Kasper angeschwärzt hatte und dass er ganz oben auf Rudis Liste der Verdächtigen stand.

„Oh, es ist fast drei Uhr. Ich muss los, wenn ich Fräulein Helene heute noch zu konvenabler Zeit aufsuchen möchte."

„Viel Glück bei deinem Canossagang", scherzte der Graf und klopfte seinem Sohn auf die Schulter.

Gustav, erleichtert, dass sein Vater offensichtlich kein Problem mit seiner Entscheidung hatte, wollte gerade das Café Central verlassen, als er Paul Bernhard am Tisch neben der Eingangstür erblickte.

Der Schriftsteller hatte ihn ebenfalls entdeckt und winkte ihn zu sich.

Gustav begrüßte ihn und seine Zechkumpanen, nahm die Einladung, bei ihnen Platz zu nehmen, aber nicht an. Er hatte Peter Altenberg und den Architekten Adolf Loos in der Runde erblickt. Beiden sagte man eine Vorliebe für junge Mädchen nach. Von solchen Zeitgenossen hatte er momentan die Nase voll.

„Wohin so eilig, schöner Mann?", rief Clementine von Heuerbach ihm nach.

Kaum hatte er die Tür des Kaffeehauses hinter sich geschlossen, bereute er es, sich nicht zu Paul Bernhard und seinen Freunden gesellt zu haben. Diese Künstler und Schriftsteller schienen ein recht lustiges Völkchen zu sein. Und Clementine von Heuerbach war seiner Meinung nach sowieso die erotischste Frau, der er je begegnet war.

Sein Besuch bei Helene Stemann würde sicher weniger lustig und erotisierend, sondern vielmehr höchst melodramatisch verlaufen. Auf dem Weg von der Herrengasse in die Himmelpfortgasse malte er sich die schlimmsten Reaktionen der verwöhnten Bankierstochter aus, sah die kräftige und groß gewachsene Helene mit chinesischen Bodenvasen und antiken Büsten nach ihm werfen.

Als er den Graben und die Kärntnerstraße entlangspazierte, hatte er keinen Blick für die teuren Geschäfte und eleganten Damen übrig. Zwar lüftete er hin und wieder seinen Hut, blieb aber kein einziges Mal stehen.

Plötzlich besann er sich auf Helenes Naschhaftigkeit.

Er eilte hinunter zum Hotel Sacher und ging in den Delikatessenladen der k.u.k. Hoflieferantin Anna Sacher. Als er die Sachertorte bezahlen wollte, bemerkte er mit Schrecken, dass er nur mehr wenige Münzen im Hosensack hatte. Die Peinlichkeit wurde noch schlimmer, als Frau Anna Sacher höchstpersönlich mit Zigarre im Mund und zwei Bulldoggen im Arm durch die Hintertür in den Laden trat.

Gustav fühlte sich wie ein Gassenjunge, der beim Stehlen ertappt wurde, als er seine Hosensäcke von innen nach außen kehrte.

Es fehlten ihm lächerliche fünfzehn Heller. Verlegen reichte er dem Verkäufer die bereits verpackte Torte. „Ich habe mein Portemonnaie im Central liegen gelassen“, sagte er zu der Sitzkassiererin beim Eingang.

„Ein Momenterl, Eure Erlaucht“, ertönte die tiefe rauchige Stimme von Anna Sacher. „Sie sind der Sohn vom Grafen Batheny, richtig?“

Gustav drehte sich um und verbeugte sich. „Ja, gnädige Frau.“

„Wer wird denn so kleinlich sein. Geben Sie diesem Herrn seine Torte“, wies Frau Sacher den Verkäufer an. „Wohl bekomm's! Und lassen S' Ihren Herrn Papa von mir schön grüßen!“, rief sie Gustav nach.

Die Peinlichkeit kannte eben keine Grenzen. Gustav verließ, mehrmals „Danke“ stammelnd, den noblen Delikatessenladen mit Torte und hochrotem Kopf.

Er verfluchte seine Tante, die darauf bestanden hatte, dass er bei Helene Stemann persönlich vorsprechen müsse, um ihr mitzuteilen, dass er sich nicht mit ihr zu verloben wünsche. Seiner Meinung nach hätte sich diese unangenehme Geschichte viel einfacher per Brief erledigen lassen.

Die verdammte Torte wird nichts nützen, ihr kaum den Abschied von ihrem Traum, Gräfin zu werden, versüßen, dachte er, als er mit finsterer Miene hinüber in die Himmelpfortgasse ging.

Glatteis überzog das Trottoir. Gustav geriet ins Rutschen, balancierte die Torte mit der linken Hand und hielt sich mit der rechten an einem Eisenring, der am Winterpalais von Prinz Eugen angebracht war, fest.

Sowohl er als auch die Torte kamen heil beim Palais Stemann an. Er zögerte kurz, bevor er den Türklopfer betätigte.

Der livrierte Diener, den er bereits kannte, öffnete ihm, ließ ihn aber dieses Mal nicht sofort eintreten, sondern fragte: „Der Herr wünschen?"

„Ich möchte zu Fräulein Stemann."

„Ich werde nachsehen, ob das gnädige Fräulein heute Besuch empfängt. Bitte warten Sie hier." Er deutete auf einen Stuhl im Vorzimmer.

Gustav blieb stehen. Seine Nerven waren angespannt. Mit flüchtigen Blicken streifte er die Kunstgegenstände in den Vitrinen und die kostbaren Gobelins an den Wänden. In Gedanken wiederholte er die Formulierungen, die er sich zurechtgelegt hatte, um Helene höflich zu verstehen zu geben, dass er nicht die geringste Lust hatte, sie zu ehelichen.

Er musste nicht lange warten. Ein Dienstmädchen führte ihn ein paar Minuten später in Helenes Reich, das sich im Erdgeschoss befand.

Hohe, weiß lackierte Flügeltüren. Ein prächtiger Kamin mit einem Sims aus Marmor, ein venezianischer Spiegel, ein hübscher, mit bunten Vögeln und blühenden Bäumen bestickter Paravent und zwei elektrische Lampen mit grünen Schirmen. An sich ein luftiger Raum, doch die schweren roten Brokatvorhänge und die polierten Dielen aus Ebenholz wirkten irgendwie bedrückend.

Die Tür zu einem Wintergarten stand offen. Der Blick in den Garten, in dem noch Schneereste unter den Bäumen lagen, war bezaubernd.

Ein anderes, ausgesprochen hübsches Dienstmädchen räumte gerade den Tisch ab. Sie warf Gustav verstohlene Blicke zu.

Helene saß mit dem Rücken zu ihm an dem runden Tisch im Wintergarten und blickte hinaus auf die Wiese und die immergrünen Sträucher. Entweder hatte sie ihn nicht kommen gehört oder sie war nach wie vor gekränkt wegen seines Verhaltens auf dem Polizeiball.

Kaum hatte das hübsche Kind die Tür hinter sich geschlossen, ging er zu Helene und verbeugte sich tief. „Guten Tag, Fräulein Stemann. Ich bin gekommen, um mich in aller Form für mein unmögliches Benehmen letztens zu entschuldigen und zu bitten ..."

Weiter kam er nicht. Mit einem huldvollen Lächeln auf den Lippen sagte sie, dass sie ihm sein rüdes Verhalten auf dem Polizeiball vergebe. Sie schrieb es seinem nicht unbeträchtlichen Alkoholkonsum zu und bot ihm an, kein Wort mehr darüber zu verlieren. Dann hielt sie ihm jedoch einen viertelstündigen Vortrag über die Schädlichkeit von alkoholischen Getränken und ihre fatale Auswirkung auf das Gemüt.

Gustav war nahe daran, seine guten Vorsätze zu vergessen und dieser verwöhnten Gans ordentlich seine Meinung zu sagen. Seine Wohlerzogenheit behielt die Oberhand. Mit geneigtem Haupt ließ er Helenes Moralpredigt über sich ergehen, ohne ihren Wortschwall ein einziges Mal zu unterbrechen.

Als sie ihn aufforderte, an ihrer Seite Platz zu nehmen, wählte er den Stuhl, der am weitesten von ihrem entfernt war.

„Möchten Sie Kaffee?"

„Sehr gerne."

Sie klingelte mit der Tischglocke.

„Bring uns Kaffee", befahl sie dem herbeigeeilten Dienstmädchen.

„Zucker und Milch?", fragte sie Gustav.

„Nein danke, ich trinke ihn schwarz."

„Das ist ungesund."

Gustav ließ seinen Blick wohlgefällig über die körperlichen Rundungen des Dienstmädchens schweifen.

„Starren Sie die Kleine nicht so an, Sie Lustmolch!", tadelte Helene ihn sogleich. „Sie müssen mir versprechen, dem Teufel Alkohol abzuschwören. Wenn wir erst verheiratet sein werden ..." Sie brach ab, strahlte ihn an und ergriff seine Hand.

Gustav war entsetzlich zumute. Er wagte es weder seine Hand wegzunehmen, noch die Sprache auf den wahren Grund seines Besuches zu bringen.

„Danke, Lotte. Du kannst gehen. Ich werde selbst einschenken", sagte Helene, als das Dienstmädchen zurückkehrte und ein Tablett mit einer großen Kanne und zwei Tassen auf den Tisch stellte.

Das bemalte Porzellan erinnerte Gustav an das feine Geschirr seiner Großmama.

Erst jetzt schien Helene die Sachertorte zu bemerken, die Gustav einfach auf den Tisch gestellt hatte. „Oh, meine Lieblingstorte! Woher wussten

Sie, dass ich Sachertorte liebe? Sie sind ein richtiger Schatz!“

Sie beugte sich zu ihm hinüber, spitzte ihre Lippen zu einem Kuss.

Widerwillig berührte er ihren Mund mit seinem. Als Kuss konnte man diese flüchtige Berührung kaum bezeichnen.

„Lotte, bring uns Schlagobers!“, rief sie dem Mädchen nach. „Eine Sacher ohne Schlag schmeckt nur halb so gut. Nicht wahr, Gustave?“ Wieder streichelte sie seine Hand und sah ihm tief in die Augen, so als hätte sie ihm gerade eine Liebeserklärung gemacht.

Helene bestand darauf, dass Gustav die Torte anschnitt.

Obwohl seine Hände nicht ganz ruhig waren, meisterte er diese Aufgabe mit Bravour und legte ein großes, unbeschädigtes Stück Sachertorte auf ihren Teller. Sie schien nicht zu bemerken, dass er sich selbst nicht bediente.

Als sie den Mund voller Torte hatte, fasste er sich ein Herz.

„Ich bin heute nicht nur gekommen, um Sie um Verzeihung zu bitten, sondern auch, um Ihnen etwas Wichtiges mitzuteilen.“

Helene lächelte ihn erwartungsvoll an.

Da er nicht sofort weitersprach, ergriff sie wieder das Wort. „Ich ahne, was Sie mir sagen möchten, und will es Ihnen nicht allzu schwer machen. Ihre Gefühle für mich sind mir nicht verborgen geblieben. Und Sie müssen ebenfalls längst gespürt haben, was ich für Sie empfinde ...“

Oh Gott, nein, bitte nicht! Sie glaubt, ich will ihr einen Heiratsantrag machen!

Voller Verzweiflung stammelte er: „Ich kann Sie nicht heiraten, ich liebe eine andere."

Es dauerte ein paar Sekunden, bis sie reagierte und aus Leibeskräften „Waas?" schrie.

Ihre rechte Hand, mit der sie ihm gerade seine Tasse reichen wollte, begann heftig zu zittern. Der heiße Kaffee landete auf seiner Hose, knapp neben seinem Schritt.

Gustav sprang auf. „Sind Sie verrückt geworden? Wollen Sie mich entmannen?"

Helene funkelte ihn wütend an. „Was für eine bodenlose Unverschämtheit! Sie gemeiner Kerl!", rief sie. „So leicht werden Sie mir nicht davonkommen. Ihr skandalöses Benehmen wird nicht ohne Folgen für Sie bleiben ..."

„Gnädiges Fräulein, so beruhigen Sie sich bitte. Ich habe Ihnen weder die Ehe versprochen, noch ist zwischen uns je etwas vorgefallen, das ..."

„Halten Sie den Mund, Sie ... Sie ... Schwein! Und verlassen Sie sofort mein Haus! Ich will Sie nie mehr wiedersehen!"

Fast erleichtert machte er ein paar Schritte Richtung Tür.

Er hatte bereits mehr als die Hälfte des Weges zurückgelegt, als der hübsche Porzellanteller mit den Resten ihres Tortenstücks knapp an seinem linken Ohr vorbeizischte und an der Wand zerschellte.

„Von einem Bastard hätte ich mir eigentlich nichts anderes erwarten dürfen", fauchte sie.

Ihr Gesicht war hochrot angelaufen.

Gustav fand, dass die schöne Helene auf einmal richtiggehend hässlich aussah.

Gerade noch rechtzeitig duckte er sich, als die Kaffeekanne angeflogen kam.

Er vernahm das Klirren von Glas und sah, wie sich auf dem Perserteppich ein dunkler Fleck ausbreitete.

Helene hatte eine Spur zu weit nach links gezielt. Die Glastür der Vitrine neben der Tür zerbarst in tausend Stücke.

Bevor das gesamte wertvolle Augarten-Service zu Bruch ging, hatte Gustav längst das Treppenhaus erreicht.

Die Gaslaternen brannten erst schwach. Die Pflastersteine glänzten, da es kurz geregnet hatte. Es roch nach Pferdeäpfeln und Benzin. Einige wohlhabende Herrschaften kurvten auf der Kärntnerstraße mit ihren Automobilen auf und ab.

Gustav ging zur Sirkecke. Er fühlte sich erleichtert. Der Abschied von Helene war zwar heftig, aber im Grunde einfacher gewesen, als er befürchtet hatte.

Auf der Ringstraße war nicht mehr allzu viel los. Das feine Lederwarengeschäft von Herrn August Sirk hatte noch geöffnet, es waren jedoch keine Kunden im Geschäft. Diese Kreuzung zählte zu den am meisten frequentierten Plätzen Wiens. Sie bildete eine Art Grenzposten zwischen der Altstadt und den Bezirken außerhalb des Rings. Auf jeden Fall war es die berühmteste und teuerste Ecke Wiens. Ein Treffpunkt für Verliebte und eine Flanierzone der besonderen Art. Zu Mittag promenierte jedermann, der etwas auf sich hielt, die Ringstraße vom Schwarzenbergplatz hinauf zur Kärntnerstraße. Hier sah man und wurde gesehen. Hier traf sich alles, was Geld, Rang und Namen hatte.

Gustav musste unwillkürlich an den ungarischen Autor Ludwig Hevesi denken, der vor ein paar Jahren über die Prozessionen von zweibeinigen Bibern und Zobeln, die sich aneinander vorbeidrücken, schrieb: „An dieser Straßenecke, wo alles wie auf Commando kehrtmacht, stauen sich die Gruppen von Rittern des Chic, der Monokel-Adel, die Bügelfaltokratie ..."

An diesem späten Nachmittag flanierten lediglich ein paar Offiziere in prächtigen Uniformen auf und ab. Diese braune Artillerieuniform mit dem roten Kragen gehört zu den schönsten Uniformen der Welt, dachte Gustav, der bei den Ulanen gedient hatte, neidisch.

Die nebelige Luft reflektierte die flackernden Gasflammen der Straßenlaternen. Gustav war es nicht vergönnt, sich dieser romantischen Stimmung hinzugeben. Auf der Ringstraße war viel Verkehr. Elektrische Straßenbahnen, Pferdewagen und Automobile kamen sich ständig in die Quere. Der Lärm war unerträglich. Schnellen Schrittes eilte er hinauf zur Lastenstraße. Dort war genauso viel Verkehr. Außerdem war der Nebel so dicht geworden, dass er keine fünf Meter weit sehen konnte.

Er war fast bei der Einfahrt zu den Hofstallungen angelangt, als er ein teuflisches Wiehern vernahm. Zwei Rösser bäumten sich drohend vor ihm auf. Gustav bildete sich ein, dass Schaum zwischen ihren gefletschten Zähnen hervorquoll.

Er schrie auf vor Angst.

Der Mann auf dem Kutschbock musste ihn bemerkt haben, trieb jedoch seine Gäule weiter mit schrillen Rufen an. Als Gustav vom Huf eines der

Tiere an der Schulter getroffen wurde, stürzte er. Intuitiv rollte er sich auf die richtige Seite und die Kutsche raste an ihm vorbei. Taumelnd erhob er sich und torkelte zum Eingangstor der Hofstallungen.

Die Kutsche war aus den Stallungen gekommen. Er könnte versuchen herauszufinden, wer sie gefahren hatte, und den Mann zur Verantwortung ziehen. Aber er fühlte sich zu benommen. Seine Schulter brannte höllisch. Er war froh, dass er es bis zu seiner Wohnung schaffte.

Vera hielt seinen Unfall für keinen Zufall. Während sie seine Schulter mit einer Salbe einrieb, riet sie ihm, Rudi zu verständigen.

„Jemand will dir Angst einjagen oder dich womöglich umbringen! Solange die Mörder des Dombaumeisters nicht gefasst sind, solltest du nicht mehr im Dunkeln allein in der Stadt herumlaufen."

Gustav bemühte sich, ihre Ängste zu zerstreuen, spöttelte über seinen Leichtsinn, bei Nacht und Nebel die Lastenstraße zu überqueren. Im Grunde gab er seiner Tante Recht. Auch er glaubte nicht an einen Zufall. Er fragte sich, ob tatsächlich die Männer, die den Dombaumeister auf dem Gewissen hatten, hinter ihm her waren. Genauso gut könnten der Überfall in der Blutgasse und der heutige Unfall mit seinen Nachforschungen über das Heim für gefallene Mädchen und den Tod von Magdalena zusammenhängen.

Er schimpfte mit ihm, weil die Halbe angeblich fast eine Minute zu spät die Viertelstunde geschlagen hatte. Cosimo war schwer gekränkt. Es stimmte nicht, was dieser hohe Herr behauptete. Seine Glocke hatte um viertel vor sieben auf die Sekunde genau zu schlagen begonnen. Wahrscheinlich hatte der Herr es überhört, denn der Himmel hatte gerade mit einem gewaltigen Krachen seine Schleusen geöffnet.

Als der Mann in der schwarzen Kutte seine Rechte zum Schlag erhob, rannte er davon, flüchtete sich auf den Dachboden und versteckte sich dort zwischen den Stapeln von bunten Dachziegeln.

Aus dem Kirchenschiff tönten Orgelklänge herauf. Die Abendmesse neigte sich dem Ende zu. Schwere Regentropfen trommelten auf das Kirchendach.

„Wo bist du, Cosimo? Es hat keinen Sinn, dass du dich vor mir versteckst. Ich werde dich finden."

Eine brennende Fackel beleuchtete das Gesicht des Mannes, der ihm nachgegangen war. Nun wusste er, wer sein Verfolger war, und er wusste auch, dass er ihm nicht entkommen konnte. Dem Teufel und seinen Gehilfen entkam keiner.

Als ihn der Jünger des Satans beim Kragen seiner Jacke packte und aus seinem Versteck hervorzerrte, bekreuzigte er sich dreimal.

Die Kreuzzeichen entlockten dem Mann nur ein böses Lachen. Er steckte seine Fackel zwischen zwei Ziegel, löste das Seil, das er mehrfach um seine Kutte gewickelt hatte, packte es mit festem Griff und schlang es um den Hals des Glöckners. Die Enden kreuzte er, sodass sich eine Schlinge bildete.

Verzweifelt versuchte Cosimo, seine Finger zwischen das Seil und seine Kehle zu schieben. Sein von Entsetzen entstelltes Gesicht lief rot an.

Das höhnische Lachen des Satansjüngers in den Ohren, begann er wild um sich zu schlagen. Krallte seine Finger in die Wangen seines Gegners. Dieser spürte einen rasenden Schmerz, als sich die Haut löste. Der Schmerz schien ihn noch wütender und zugleich stärker zu machen. Er zog die Schlinge fester zu.

Cosimos Schläge und Tritte wurden schwächer, mündeten in ein hilfloses Zappeln. Der schwarz gekleidete Mann weidete sich an der Angst in den Augen des Glöckners.

Cosimos Lider sanken herab, er stieß erstickte Laute aus, gab ein letztes Röcheln von sich. Dann erschlaffte sein Körper. Die Zunge ragte aus seinem zu einem letzten Schrei geöffneten Mund. Der Glöckner von Sankt Stephan war tot.

21

„Der Glöckner hat hart und gewissenhaft gearbeitet, war fromm und demütig", sagte der Dompfarrer zu Polizei-Oberkommissär Rudi Kasper, als er, gefolgt von Gustav und Polizeiagent Bröselmeier, schwer schnaufend den Dachboden des Steffl betrat.

Gustav kannte das Dach des Doms, das ihn mit seinen farbenprächtigen Ziegeln an einen orientalischen Teppich erinnerte, nicht von innen. Neugierig sah er sich um. Unzählige Fackeln beleuchteten den Dachboden, der einer riesigen Halle glich und selbst fast so hoch wie eine Kirche war. Gustavs Blick fiel auf die linke Wand. Von einem Balken an einer der Dachschrägen baumelte ein durchgeschnittenes Seil. Darunter lag jemand auf dem Boden.

„Der Herr Vizepolizeidirektor ist der Meinung, dass sich dein Freund Cosimo hier erhängt hat." Der spöttische Unterton in Rudis Stimme war nicht zu überhören. „Er betrachtet den Selbstmord des Glöckners als Schuldeingeständnis und möchte den Fall Rauensteiner am liebsten heute noch ad acta legen." Dieses Mal sprach er so leise, dass Gustav ihn kaum verstehen konnte.

„Darf ich mir den Toten genauer ansehen?"

„Du sollst ihn dir sogar sehr genau ansehen!"

Als sich Gustav dem regungslosen Bündel näherte, schlug ihm ein widerlicher süßlicher Geruch entgegen, den er bald als den Geruch von menschlichen Exkrementen identifizierte.

Rasch hielt er sich ein Taschentuch vor Nase und Mund, bevor er sich über den toten Glöckner beugte.

„Er hat sich wohl schwerlich selbst aufhängen können", sagte Gustav laut und deutlich. „Der Haken ist viel zu hoch. Wie soll er da hinaufgekommen sein? Oder hat einer der Anwesenden die Leiter weggenommen?" Gustav deutete auf eine Leiter, die ein paar Meter weiter an der Dachschräge lehnte.

Gerichtsmediziner Doktor Abendroth stand in der Nähe. Er betrachtete Gustav wohlwollend.

„Sie haben vollkommen Recht, Herr ...?"

„Von Karoly", sagte Gustav, der jetzt neben der Leiche am Boden hockte, ohne aufzusehen.

„Sind Sie von der Polizei? Sie kommen mir bekannt vor."

„Ich bin Privatdetektiv."

„Karoly, Karoly, ah, jetzt weiß ich's wieder. Sind Sie nicht der Freund unserer lieben Dorothea? Sie hat oft von Ihnen gesprochen."

Dieser freundschaftliche Plauderton angesichts eines Erhängten irritierte Gustav.

„Wie geht es ihr? Studiert sie inzwischen nicht in Zürich?"

Gustavs „Ja" war kaum zu hören. Er besah sich die verkrampften Finger des Toten näher.

„Sie sind auf der richtigen Spur, Herr von Karoly", sagte Doktor Abendroth. „Ich habe Hautpartikel unter seinen Fingernägeln gefunden. Er dürfte sich heftig zur Wehr gesetzt haben, als man ihn strangulierte."

Gustav sah ihn fragend an.

„Das Zungenbein am Boden des Mundes bricht nur, wenn jemand stranguliert wird", beteuerte der Arzt.

Hofrat Hoffinger, der sich gerade den Männern näherte, die sich um den toten Glöckner scharten, hatte die letzten Worte des Gerichtsmediziners gehört.

„Sie sind also überzeugt davon, dass sich dieser Krüppel nicht selbst umgebracht hat ...“

„Definitiv kein Selbstmord!“

„Wonach stinkt es hier so entsetzlich?“, fragte der Hofrat und entfernte sich wieder ein paar Schritte von dem Leichnam.

„Er hat seinen Darm entleert. Typisch bei Tod durch Erhängen ist das Versagen des Schließmuskels ...“ Doktor Abendroth hob zu einer längeren Ausführung an.

Gustav wollte es gar nicht so genau wissen und trat ebenfalls zurück.

„Ein zweites spektakuläres Kapitalverbrechen im Wiener Stephansdom – eine Katastrophe! Es könnte das Vertrauen der Bevölkerung in unseren Polizeiapparat erschüttern“, stöhnte Hoffinger. „Die Presse wird uns schwer zu schaffen machen. Sie wissen, wie sehr die Wiener Sensationen lieben. Verfassen Sie rasch einen vorzeigbaren Bericht, Herr Oberkommissär. Damit will ich nicht sagen, dass sie die Verbrechen camouflieren sollen. Weisen Sie darauf hin, dass wir die Mörder demnächst fassen werden. Ja, ich denke, das wird die Leute beruhigen.“

Und Sie, Herr von ...“

„Karoly.“

„Sie bewahren Stillschweigen über das, was Sie hier gesehen haben. Ich weiß, dass Sie von höherer Stelle mit der Aufklärung des Falles Rauensteiner beauftragt wurden, aber dieser Mord fällt nicht in Ihren Aufgabenbereich, hat absolut nichts mit dem anderen Fall zu tun.“

Nach diesen Worten verließ der Hofrat mit seiner Entourage den Dachboden des Doms.

„Was für ein Pallawatsch!", rief der Gerichtsmediziner aus. Dann befahl er seinen Leuten, den toten Glöckner ins Gerichtsmedizinische Institut zu bringen.

„Lassen Sie mich den Leichnam in Ruhe untersuchen. Sie bekommen spätestens morgen Abend meinen Bericht, Herr Oberkommissär", sagte er zu Rudi. „Wir hören voneinander, meine Herren." Er lüftete seinen Hut.

Gustav und Rudi blieben allein auf dem Dachboden zurück.

„Du steckst ganz schön in der Bredouille", sagte Gustav. „Was wirst du in diesen Bericht hineinschreiben? Die Wahrheit oder das, was der Hoffinger lesen möchte?"

„Das überlege ich mir später. Ich brauche zuerst ein Bier und ein großes Gulyás. Mir knurrt der Magen."

„Du musst einen Saumagen haben. Wie kannst du angesichts dieser Schweinerei bloß ans Essen denken."

Sie gingen ins Restaurant „Zur Linde" in der Rotenturmstraße.

Rudi orderte zwei Bier und ein ungarisches Gulyás. Er sah Gustav, der ausgiebig die rechte Seite der Speisekarte studierte, belustigt an. „Nimm was G'scheites. Ich lad dich ein."

„Ich hab keinen Hunger." Anstandshalber bestellte er eine Brotsuppe mit Ei.

„Über die Tote im Donaukanal hat keiner ein Wort verloren. Nicht einmal dieser Doktor Abendroth. Dabei scheint er gar nicht so blöd zu sein, wie du gedacht hast“, sagte Rudi, nachdem der Kellner ihre Bestellung aufgenommen hatte.

„Mich irritiert es, dass Dorothea mit ihm über mich gesprochen hat.“

„Anscheinend hat sie ihm nur Gutes über dich erzählt. Er war ausgesprochen freundlich zu dir.“

„Trotzdem ...“

„Jedenfalls musst du nicht eifersüchtig auf den Alten sein. Sie hat dich ihm gegenüber als ihren Freund bezeichnet.“

„Und was hat das zu bedeuten? Verlobt hat sie sich mit einem anderen.“

„Hast du je um ihre Hand angehalten?“

„Nein. Natürlich nicht. Das hätte ich mich nie getraut. Ich habe angenommen, dass sie nicht einmal im Traum daran denkt, sich zu verehelichen. Sie hat öfters erwähnt, dass die Ehe ein Gefängnis für Frauen sei. – Lass uns von was anderem reden. Ich bin sowieso der größte Idiot von allen in dieser verdammten Stadt.“

„Selbsterkenntnis ist der erste Schritt auf dem Weg zur Besserung. Prost, alter Freund.“

Sie stießen miteinander an.

„Du hast Recht, keiner schert sich um das Mädel, das man in den Kanal geworfen hat wie eine tote Ratte. Außer Clara natürlich. Ich werde mich in Zukunft nur mehr um ihre Mädchen kümmern. Man darf nicht tatenlos zusehen, wie all diese Kinder an irgendwelche orientalischen Potentaten oder wohlhabende Wiener Bürger verschachert werden. Die anderen beiden Morde sind sowieso eine Nummer zu groß für einen kleinen

Privatdetektiv wie mich. Die überlasse ich dir und deinen Leuten. Selbstverständlich werde ich kein Geld von Clara annehmen ..."

„Oh, oh, kannst du dir diese Generosität denn leisten?", unterbrach Rudi ihn. „Bei dir hapert's doch immer an der Marie."

„Vera und ich werden halt unsere restlichen Perserteppiche ins Pfandl bringen. Sind sowieso nur lästige Staubfänger."

„Spiel jetzt nicht den Märtyrer. Du hilfst mir weiter, den Mord an deinem Großmeister aufzuklären, und kassierst dann das Honorar von deinem reichen Logenbruder. Dabei bleibt es."

„Du meinst es gut mit mir. Aber mir wächst die ganze Geschichte über den Kopf. Dieser arme Cosimo. Er hat keinem Menschen etwas Böses getan ..."

„Er hat mitangesehen, wie der Dombaumeister vom Nordturm gestürzt wurde, war also Zeuge dieses Verbrechens."

„Er hat ständig vom Teufel und von gefallenen Engeln geschwafelt."

„Trotzdem, er hat die Mörder gesehen. Und sie waren zu zweit, das wissen wir dank ihm."

Sie bestellten noch zwei Krügerl.

„Mein Vater hat kürzlich erwähnt, dass der Dombaumeister Morddrohungen erhalten hat. Genauer gesagt, hat Freiherr von Meißen das behauptet."

„Ich weiß. Der Freiherr hat diese Morddrohungen auch mir gegenüber erwähnt. Ich habe daraufhin die Ehegattin und die Dienstboten des Dombaumeisters befragt. Keiner wusste etwas von solchen Drohbriefen."

„Du meinst, er könnte die Briefe erfunden haben?“

„Alles ist möglich. Zutrauen würde ich es ihm.“

„Er ist nach wie vor einer deiner Hauptverdächtigen, stimmt's?“

Rudi grinste.

„Ich hab sogar kurze Zeit den Stemann in Verdacht gehabt. Der Rauensteiner hatte immense Schulden bei seiner Bank. Ehrlich gesagt, kann ich mir aber weder den Stemann noch den Meißen dabei vorstellen, wie sie den Dombaumeister vom Nordturm hinuntergeworfen oder gar den Glöckner am Dachboden des Steffl aufgehängt haben. Wenn einer von ihnen für die Morde verantwortlich ist, dann hat er die Mörder gedungen.“

„Freiherr von Meißen ist ein kräftiger Mann in den besten Jahren. Ein ehemaliger Militär. Ihm würde ich solch brutale Taten durchaus zutrauen.“

„Warum sollte er die kleine Schwangere im Donaukanal ertränkt haben? Das ergibt alles keinen Sinn.“

„Wir können es ihm eh nicht beweisen. Er hat für die jeweilige Tatzeit hieb- und stichfeste Alibis.“

„Gib's zu, du bist mit deinem Latein genauso am Ende wie ich“, murmelte Gustav.

„Deshalb hören wir jetzt auch auf, sinnlos zu debattieren. Erzähl mir lieber von deiner Helene.“

„Die hab ich nach Troja geschickt.“ Gustav war nach dem zweiten Bier leicht beschwipst. Mit blumigen Worten schilderte er seinem Freund, wie er Helene losgeworden war, und brachte den sonst eher ernsten Rudi mit seiner Geschichte herzhaft zum Lachen.

Zuletzt erwähnte er auch, wie er gestern fast unter die Räder einer Kutsche gekommen wäre. Er übertrieb maßlos, als er Rudi die wildgewordenen Rösser beschrieb, und bezeichnete die Kutsche als Teufelsfuhrwerk. Seine Versuche, seinen Freund erneut zum Lachen zu bringen, scheiterten.

Rudi sah ihn besorgt an.

„Hab ich dir nicht gesagt, du sollst dich in Acht nehmen. Versteh mich jetzt bitte nicht falsch, ich bin dir sehr dankbar für deine Hilfe bei diesem verzwickten Fall, aber nach allem, was in letzter Zeit passiert ist, wäre es mir fast lieber, wenn du deine Wohnung abends nicht mehr allein verlässt, bis wir die Mörder gefasst haben."

„Du meinst den Teufel und seinen Dämon?"

„Mir ist nicht nach Scherzen zumute. Zuerst dieser Überfall und jetzt beinahe ein Unfall – das ist kein Zufall! Du bist mein bester und einziger Freund, ich will dich nicht verlieren."

Den restlichen Abend erwähnten sie die Morde mit keinem Wort mehr. Es blieb nicht bei den zwei Krügerln. Als Rudi seinen Freund bei der Haustür in den Hofstallungen ablieferte, konnte Gustav kaum mehr gerade stehen. Auf der Wendeltreppe wurde ihm schlecht. Er schaffte es gerade bis zur Bassena und füllte sie mit dem Inhalt seines Magens, der hauptsächlich aus Bier bestand.

22

Gustav schlief seinen Rausch aus. Josefa weckte ihn erst am späten Vormittag.

Ein Dienstmann hatte eine Nachricht von Clara gebracht.

Gustav konnte seine verschwollenen Augen kaum öffnen und bat Josefa, ihm die Nachricht vorzulesen. Sie wusste bereits, was in dem Briefchen stand, denn sie sagte: „Ein Fräulein Clara ersucht dich um ein Treffen. Sie hat angedeutet, dass sie dir etwas Wichtiges zu sagen habe. Du sollst sie um zwei Uhr nachmittags im Heim abholen."

Sogleich fühlte er sich putzmunter, sprang aus dem Bett, bat Josefa um einen Krug heißes Wasser und einen starken Kaffee.

Nach der Katzenwäsche trank er den Kaffee im Stehen und zog sich rasch an.

„Der Teppich in deinem Ankleidezimmer ist weg. Hast du ihn in eine Putzerei gebracht? Der war doch gar nicht so dreckig. Ich hätt ihn nur mal draußen im Schnee ausklopfen müssen ..."

„Du sollst dich schonen, Josefa. Das Putzen kostet kein Haus", log Gustav, sah aber seinem ehemaligen Kindermädchen dabei nicht in die Augen.

Josefa schüttelte unwirsch den Kopf. „Komm jetzt, iss dein Omelett."

Er tat ihr den Gefallen und musste sich dafür ihr Geschimpfe über Rudi anhören. Natürlich gab sie dem Oberkommissär die Schuld an Gustavs elendiglichem Zustand gestern Abend.

Pünktlich um zwei Uhr nachmittags stand er vor dem Tor in der Rotenturmstraße.

Clara ließ ihn keine Minute warten. Sie war auch heute einfach gekleidet. Ihr Mantel sah etwas schäbig aus und ihre halbhohen Stiefelchen schrien förmlich nach einem Schuster. Dennoch strahlte Gustav übers ganze Gesicht, als er sie sah.

„Ich möchte Sie mit jemandem bekannt machen“, sagte sie anstatt einer Begrüßung. „Ich hoffe, Sie haben nichts gegen Juden, denn ich werde sie zu einem Rabbi bringen. Er ist ein Onkel meiner verstorbenen Mutter. Wir müssen rüber in die Leopoldstadt.“

„Ich folge Ihnen, wohin auch immer“, sagte Gustav.

Sie überhörte seine galante Bemerkung, erwähnte, dass der Rabbi schon früher einmal ihr gegenüber Andeutungen über galizische Mädchenhändler gemacht habe und sie hoffe, er würde ihnen mehr über diese Verbrecher erzählen.

„Sie haben völlig Recht. Wir brauchen jede Hilfe, die wir nur kriegen können, und sollten jeder Spur nachgehen, egal wie winzig sie auch sein mag“, beteuerte Gustav.

Am Ende der Rotenturmstraße kam ihnen ein Stutzer im Gehrock und mit Gamaschenschuhen entgegen. Er traf keine Anstalten, ihnen auf dem schmalen Gehsteig auszuweichen. Gustav bereute es, seinen Spazierstock nicht dabeizuhaben, denn er hätte diesem Feschak gern einen Schlag damit verpasst.

Clara zog ihn hinunter in den Rinnstein. Ehe er protestieren konnte, sagte sie: „Wir haben keine Zeit, uns mit solchen Idioten aufzuhalten.“

Es hatte zu regnen begonnen. Ein schwerer Schneeregen.

Am Ufer des Donaukanals lagen vermummte Gestalten. Einige drängten sich um ein Feuerchen, das sie im Schutz einer alten Weide entfacht hatten.

Gustav marschierte neben Clara weiter durch die Kälte. Er fror und knotete sich den Schal fester um den Hals.

Als sie auf der eisigen Straße ausrutschte, griff er nach ihrer Hand.

Hand in Hand überquerten sie die Brücke, die hinüber in die Leopoldstadt führte.

Grölende Soldaten mit Husarenaufschlägen an den Krägen kamen ihnen entgegen und pöbelten drei Männer an, die eine Kippa trugen.

Gustav ballte seine Fäuste und traf Anstalten, sich auf die besoffenen Soldaten zu stürzen.

Clara hielt ihn zurück und bestand darauf, die Straßenseite zu wechseln. „Die drei werden schon mit diesem Pack fertig, glauben Sie mir. Juden sind keine Feiglinge."

Gustav drehte sich dennoch mehrmals um. Als er sah, dass die Husaren das Weite suchten, ergriff er wieder Claras Hand und eilte mit ihr hinein in die Leopoldstadt.

Sobald die Brücke außer Sicht war, begegneten sie nur mehr wenigen Menschen. In den schmalen Gassen waren lediglich ein paar Händler mit Bauchläden oder Karren unterwegs. Da es keine anderen Passanten auf der Straße gab, wurden sie am laufenden Band belästigt. Clara lehnte die vielen Angebote freundlich dankend ab. Gustav wurde zunehmend gereizter, drohte sogar einem besonders aufdringlichen Hausierer Prügel an, wenn er sie nicht sofort in Ruhe ließe.

„Der hat Ihnen doch nichts getan. Warum haben Sie ihn so angeschrien?" Clara ließ seine Hand los. „Sie scheinen mir heute überaus gereizt zu sein."

„Entschuldigen Sie, ich bin ein bisschen nervös."
„Dafür kann dieser arme Kerl nichts."
Gustav unterdrückte seinen Ärger über die Zurechtweisung und bot ihr seinen Arm an.
Sie schmollte. Ohne sich zu berühren, gingen sie nebeneinander her.
Gustav brachte die Sprache auf die Ermordung des Glöckners.
Clara wusste bereits Bescheid. „In der Gerüchteküche brodelt es. Einige Nonnen haben ihn heute früh sogar in ihr Morgengebet eingeschlossen, obwohl da noch nicht feststand, dass er ermordet worden ist. Die Schwester Oberin sprach von einem Selbstmord ..."
„Ausgeschlossen. Es handelt sich eindeutig um Mord."
Sie kamen vorbei an Kolonialwarenläden, Bäckereien und koscheren Fleischhauereien.
Schäbig gekleidete Gestalten hockten in den finsteren ungeheizten Läden. Die meisten Schilder über den Eingängen waren in Deutsch beschriftet. Man sah kaum hebräische Schriftzeichen. Gustav, der bisher selten im Judenviertel gewesen war, wunderte sich über die unzähligen Tuchhändler, fragte sich, wer diese vielen Stoffe wohl kaufte.
Clara schritt wieder schneller aus und blieb erst stehen, als sie vor einem zweistöckigen Haus in der Kleinen Mohrengasse angelangt waren.
Der Hauseingang lag im Dunkeln. Gustav stolperte über einen Kohlehaufen. Auf der Pawlatsche im ersten Stock lag allerlei Gerümpel. Es gab so gut wie kein Licht. Er stieß an eine Bassena, rieb sich leise fluchend das rechte Knie.

Clara klopfte an die Tür.

Nichts rührte sich. Sie klopfte noch einmal.

Ein Riegel wurde zurückgeschoben. Die Tür ging quietschend auf.

Eine dicke Frau stand mit einer Petroleumlampe in der Hand vor ihnen.

„Wir möchten zum Rabbi", sagte Clara.

„Der ist nicht da."

Die Alte wollte ihnen die Tür vor der Nase zuschlagen. Rasch stellte Gustav seinen Fuß auf die Schwelle.

„Ich bin eine Verwandte von ihm", versuchte Clara es noch einmal.

„Das kann jeder sagen."

Auf Claras Wangen zeichneten sich rötliche Flecken ab.

Gustav schob den alten Zerberus einfach zur Seite.

Als sie den überheizten Raum betraten, begann er sogleich zu transpirieren.

In der Luft hing der Gestank nach Moder und ranzigem Fett, der sich direkt in seiner Kehle festsetzte. Er zog ein großes Taschentuch aus der Jackentasche und schnäuzte sich mehrmals, so als würde das etwas ändern.

In dem kleinen Zimmer war mit Müh und Not Platz für ein Bett, einen winzigen Tisch mit zwei Stühlen und einen rauchenden, zischenden Kohleofen. Zwischen den vergilbten, ehemals weißen Tapeten ragte ein bedrohliches schwarzes Ofenrohr an die Decke. Das einzige Fenster ging in einen dunklen Lichthof hinaus. Die Dielen waren alt und knarrten bei jedem Schritt.

Eine Wendeltreppe führte ins Obergeschoss. Das Dachgebälk war von einem dichten Netz aus Spinnweben überzogen.

Mitten im Raum thronte der Rabbi auf einem gepolsterten Sessel mit einer hohen Lehne. Trotz der Hitze, die von unten heraufströmte, hatte er einen pelzgefütterten Gehrock an.

Clara benahm sich völlig natürlich. Ging auf ihren Großonkel zu und küsste ihn. Dann stellte sie ihm Gustav vor.

Gustav fühlte sich äußerst unbehaglich, als ihn der Rabbi über seine Brillenränder hinweg kritisch beäugte.

„Was willst du von diesem Goi, mein Kind?“

„Er hilft mir bei der Suche nach den Mädchen, die aus dem Heim, in dem ich arbeite, verschwunden sind. Sag ihm bitte alles, was du über diese Menschenschmugglerringe weißt.“

Die Dicke brachte einen Samowar und drei Gläser nach oben. Sie bedachte die Eindringlinge mit bösen Blicken und blieb, die Arme vor ihrem üppigen Busen verschränkt, bei der Tür stehen.

„Lass uns allein“, sagte der Rabbi und forderte Clara auf, den Tee einzuschenken.

Bevor er zu reden begann, räusperte er sich mehrmals.

Er holte weit aus, sprach zuerst von den traditionellen Feinden der Juden, dem Adel, der katholischen Geistlichkeit und den konservativen Slawen, sprach von den Mächten des Bösen, die selbst vor der Schwelle eines Gotteshauses nicht Halt machten. Seine wachen grauen Augen hinter den dicken Brillengläsern funkelten wütend, als er endlich auf die zahlreichen jüdischen und christlichen Mädchenhändler zu sprechen kam, die in der Habsburgermonarchie ihr Unwesen trieben.

„In unserer Stadt geschehen momentan Dinge, die sich gänzlich unserem Verständnis, unserer Vorstellungskraft entziehen. Ich habe mich umgehört. Diese Schicksen, die in deinem katholischen Heim Zuflucht suchen, sind nicht von jüdischen Händlern hierher verschleppt worden. Wir kennen diese Bagage, die unserem Volk Schande macht, und werden ihr irgendwann das Handwerk legen. Die Katholiken haben ihre eigenen Banden. Sie gehen viel raffinierter vor als die galizischen Schlepper, die unserem Glauben angehören. Sie versprechen den Kindern und ihren Familien ein gutes, gottgefälliges Leben in einem Frauenkloster. Einige der Mädchen werden auch in Klöstern untergebracht, die meisten landen aber als Prostituierte auf der Straße oder in den noblen Häusern. Und die frommen Herren kassieren ab."

„Was sind das für Leute, die diese Mädchen nach Wien locken?", wagte Gustav ihn zu unterbrechen.

„Niederträchtige Christenmenschen, das sagte ich schon! Hört ihr mir nicht zu? Ihr müsst euch unter den Scheinheiligen, den von Gier und Ehrgeiz Besessenen umsehen. Leute, die nur den Mammon anbeten und ohne Mitleid für die Schwachen sind."

Gustav musste sowohl an Freiherr von Meißen als auch an den Sekretär des Bischofs denken. Verwarf diese absurden Gedanken sogleich wieder und fragte stattdessen den Rabbi, ob er vom Tod des Dombaumeisters gehört habe.

„Lass uns Tacheles reden, mein Herr. Meiner Meinung nach könnte es sich um ein politisches Attentat gehandelt haben. Der Rauensteiner war, soviel ich gehört habe, der Vorsitzende eines Geheimbundes, der den Deutschnationalen ebenso verhasst ist wie wir Juden. Dass er vor kurzem zum Dombaumeister ernannt wurde, hat das Fass zum Überlaufen gebracht. Auch den Klerikalen war er wohl ein Dorn im Auge."

„Glaubst du im Ernst, lieber Onkel, dass ihn radikale Deutschnationale umgebracht haben könnten?", fragte Clara.

„Es geht nicht darum, was ich glaube. Außerdem, was interessiert mich dieser Goi? Du bist gekommen, um mehr über die Schlepperbanden zu erfahren. Und ich sage dir, es waren katholische Banden, die deine Schicksen aus den Kronländern nach Wien verschleppt haben. Schaut euch bei den Katholischen um. Sie haben mehr Dreck am Stecken, als ihr denkt. Und jetzt geht. Ich bin müde."

„Verzeihen Sie, mein Großonkel ist kein sehr angenehmer Zeitgenosse. Und ich fürchte, er war uns auch keine große Hilfe", sagte Clara, als sie das düstere alte Haus verließen.

„Zumindest habe ich einige neue Denkanstöße bekommen und ein bisschen mehr über den anscheinend florierenden Mädchenhandel in unserem Kaiserreich erfahren."

Als sie sich auf den Rückweg in die Innenstadt machten, begann es heftig zu schneien. Weit und breit war kein Fiaker in Sicht.

Clara hängte sich bei Gustav ein und stapfte tapfer mit ihm durch den frischen Schnee. Er spürte ihre Brust an seinem Arm und ihm wurde warm ums Herz.

„Hasserfüllte Ausbrüche gegen Juden sind keine Seltenheit in dieser Stadt", sagte Clara. „Das haben wir ja auf dem Hinweg erlebt. Der Dombaumeister war aber kein Jude. – Ein Mord aus politischen Gründen erscheint mir also etwas an den Haaren herbeigezogen. Haben Sie eine Ahnung, bei welchem Geheimbund der Dombaumeister war?"

Gustav wollte ihr nicht verraten, dass von den Freimaurern die Rede war. Er befürchtete, sie würde seine Mitgliedschaft bei dem Männerbund genauso wenig goutieren wie seine Tante. Da er den Verdacht des Rabbis zumindest für überlegenswert hielt, sagte er diplomatisch: „Ich denke, dass religiöse oder politische Hetze sehr wohl zu Mord führen kann. Keinesfalls möchte ich ein politisches Motiv völlig ausschließen. Aber warum sollte ein deutschnationaler Fanatiker Magdalena umgebracht haben? Das geht für mich nicht zusammen."

„Es muss sich nicht um ein und denselben Täter handeln."

„Natürlich nicht. Allerdings vermutet mein Freund, der Oberkommissär, dass diese Morde miteinander zusammenhängen, und meine Tante teilt diese Meinung."

Als sie in der Vorlaufstraße angelangt waren, bat ihn Clara mit hinauf zu kommen. Sie waren beide völlig durchnässt.

Gustav zog sich hinter dem Paravent in ihrem Zimmer die nassen Sachen aus. Clara hatte ihm eine Hose und ein Hemd ihres Vaters hingelegt.

Ihr Vater war nicht zu Hause. Gustav vermutete ihn in einem Kaffeehaus.

Clara bereitete einen aromatischen Tee in einem Samowar zu und entfachte das Feuer im Kamin. Gustavs nassen Mantel breitete sie über einen Stuhl und stellte diesen vor das Feuer.

Dann nahmen sie beide auf dem Sofa Platz.

Er spürte die Wärme ihres Körpers an seinem und konnte hören, wie das Blut in seinen Ohren pochte.

Rasch begann er von Dorothea zu sprechen.

„Ich kenne sie“, warf Clara erfreut ein. „Sie ist eine sehr kluge Frau. Studiert sie nicht in Zürich Medizin?“

Gustav wunderte nichts mehr. Wien war eben ein Dorf.

In den letzten Wochen war er Clara so nahe gekommen wie kaum einer Frau zuvor, ausgenommen Dorothea. Er hatte das Gefühl, mit Clara über alles reden, ihr vertrauen zu können.

Beinahe verzückt lauschte er ihrer tiefen Stimme, starrte auf die züngelnden Flammen im offenen Kamin und bildete sich auf einmal ein, dass er sie lieben würde, dass sie die einzig richtige Frau für ihn sei.

Zärtlich begann er ihr feuchtes Gesicht zu streicheln, küsste ihre Stirn, ihre Augen, ihre Nase, ihren Mund. Seine Lippen glitten hinunter zu ihrem Hals. Erst als er die obersten Knöpfe ihres hochgeschlossenen Kleides öffnete, wehrte sie sich.

Sie ist nicht kokett, sondern nur schüchtern und scheu, dachte er und begann sie erneut zu liebkosen.

Ihre Haut war relativ dunkel und glatt wie die Haut eines Kindes. Ihre halb entblößten Brüste hoben und senkten sich, ihr Mund war leicht geöffnet.

Auf einmal packte sie seine Schultern, hielt ihn ein Stück von sich weg und schaute ihm fest in die Augen.

„Ich mag dich sehr, und du bist ein überaus attraktiver Mann, aber es hat keinen Sinn, Gustav. Wir lieben beide jemand anderen. Lass uns gute Freunde bleiben."

Gustav widersprach heftig, beteuerte, dass er nur sie lieben würde.

„Es ist besser, du gehst jetzt", sagte Clara und knöpfte ihr Kleid wieder bis obenhin zu. „Dein Mantel scheint inzwischen halbwegs trocken zu sein. Die Sachen meines Vaters kannst du mir demnächst zurückbringen."

„Bitte schick mich nicht weg", flehte er.

Sie schaute ihm in die Augen.

„Wir sind nicht füreinander bestimmt", sagte sie und reichte ihm seinen Mantel.

Ohne weiter zu protestieren, zog er ihn an.

Dieses Mal begleitete Clara ihn zur Tür und drückte ihm zum Abschied ein Busserl auf die Wange.

Zu Hause angekommen ging Gustav, ohne anzuklopfen, in das Zimmer seiner Tante. Er war sehr aufgewühlt, musste mit jemandem reden.

Obwohl sie am Arbeiten war, schilderte er ihr seine heutige Begegnung mit Clara, ließ die intimeren Details aus, erwähnte nur, dass Clara ihm zu verstehen gegeben habe, dass sie ihn nicht lieben würde.

„Sie ist in diesen Doktor Maierberg verliebt."

„Ich wünsche dir keine Frau, die einen anderen liebt", unterbrach Vera ihn. „Lass uns bitte morgen weiterreden. Auf mich wartet heute Nacht ein Berg Arbeit."

„Ich verzehre mich vor lauter Sehnsucht nach Clara und du redest von Arbeit."

„Ach, hör auf, Gustav! Vor ein paar Tagen hast du noch Dorothea nachgeweint. Was bist du bloß für ein untreuer Geselle! Du liebst nur das Gefühl zu lieben."

„Eine Emotion kann nur von einer noch stärkeren Emotion besiegt werden."

„Das mag ja sein, trotzdem bist du ein Sklave deiner Leidenschaft für die Liebe."

Gustav fand in dieser Nacht kaum Schlaf.

Der Regen peitschte gegen die hohen Fenster und lief in Strömen die Scheiben hinunter. Die offenen Fensterläden schlugen klappernd gegen die Hausmauer.

Fluchend stand er auf, öffnete eine Fensterhälfte und versuchte, die schlagenden Fensterläden zu erwischen. Kalter Wind blies ihm ins Gesicht. Als es ihm endlich gelang, die Läden zu schließen, war er patschnass.

Er wischte sein Gesicht mit einem der Spitzendeckchen ab, die all seine Kommoden zierten, setzte sich auf die Chaiselongue, zündete sich ein Zigarillo an und griff nach der Cognacflasche.

Allein der Duft stieg ihm zu Kopf und beflügelte seine Fantasie.

Claras Antlitz tauchte vor seinen geschlossenen Augen auf, verwandelte sich kurz in Dorotheas Gesicht. Sinnliche Lippen berührten seine, einem zärtlichen Kuss folgte eine leidenschaftliche Umarmung. Clara-Dorothea war nackt, so wie Gott sie geschaffen hatte. Er streichelte ihre schlanken Waden, ihre weißen Schenkel und ihre schmalen Hüften. Als sich sein Mund ihren Brüsten näherte, stieg eine Hitzewelle von seinem Bauch bis zu seinem Hals hinauf. Er stöhnte im Halbschlaf, wälzte sich unruhig hin und her. Auf einmal presste sich Helenes üppiger Körper auf ihn. Er drohte zwischen ihren Brüsten zu ersticken und schrie auf.

23

Gegen Mittag schaute Gustav im Café Schwarzenberg seine Post durch. Plötzlich erblickte er Doktor Maierberg. Er schien keinen freien Tisch gefunden zu haben, traf Anstalten, wieder zu gehen.

Gustav erhob sich und lud ihn ein, bei ihm Platz zu nehmen.

Nachdem sie sich über das miserable Wetter und die gestiegenen Preise in den Kaffeehäusern ausgetauscht hatten, brachte Gustav die Sprache auf das Heim für gefallene Mädchen.

Doktor Maierberg äußerte sich weder positiv noch negativ über seine Patientinnen. Erst nachdem Gustav die ertränkte Magdalena erwähnte, ging der Arzt etwas aus sich heraus: „Ich war ehrlich gesagt nicht sehr überrascht, als ich von ihrem Tod erfuhr. Sie haben keine Ahnung, was sich in diesem Heim abspielt. Die Mädchen rennen immer wieder weg. Sie halten die strenge Disziplin, die in dem Heim herrscht, nicht aus, sind eben nicht daran gewöhnt. Bei ihren Peitscherlbuben fühlen sie sich anscheinend allemal wohler. Ich bin mir fast sicher, dass die Kleine von ihrem ehemaligen Zuhälter umgebracht worden ist. Eine schwangere Prostituierte ist keinen Heller wert. Deshalb wollen die meisten dieser liederlichen Frauenzimmer nichts anderes, als ihre Bastarde möglichst rasch loswerden. Um ihren sündigen Lebenswandel wieder aufnehmen zu können, rennen sie zu den Engelmacherinnen, die nicht einmal die Grundregeln der Hygiene kennen. Und wenn dann etwas schiefgeht, kehren sie reumütig ins Heim zurück und ich muss sie wieder zusammenflicken."

Gustav blickte ihn entsetzt an.

„Das ist noch nicht alles", fuhr Doktor Maierberg fort. „Neuerdings pflegen die Ehefrauen des Geldadels nicht mehr selbst schwanger zu werden, sondern lassen die Armen für sich gebären. Schließlich will man sich die Figur nicht ruinieren. All diese dekadenten Damen und Herren bedenken nicht, welch minderwertige Erbmasse sie sich bei der Adoption solcher Bälger einhandeln."

Gustav, dem die Diktion des Herrn Doktors wenig behagte, obwohl sie heutzutage durchaus üblich war, fragte ihn, ob ihm irgendwelche verdächtigen Vorkommnisse, diese Adoptionsgeschäfte betreffend, im Heim untergekommen seien.

„Ich habe schon länger den Verdacht, dass die Insassinnen, die nicht genügend Kronen zusammengespart haben, um eine Engelmacherin zu bezahlen, gezwungen werden, ihre Kinder kurz nach der Geburt zur Adoption freizugeben. Die Mutter Oberin ist eine richtige Krämerseele. Meiner Meinung nach verkauft sie die Neugeborenen an Damen der sogenannten besseren Gesellschaft, die keine eigenen Kinder auf die Welt bringen wollen oder können. Ich sage Ihnen, diese Kaiserstadt ist ein grässlicher Moloch, ein richtiger Sündenpfuhl, ein Sumpf, der dringend trockengelegt gehört. Wir haben nicht einmal die Hälfte aller Prostituierten in Wien erfasst. Die Zahl der an Geschlechtskrankheiten leidenden Personen steigt von Tag zu Tag. Die leichtsinnigen jungen Leute sind besonders gefährdet. Vorbilder für diese moralisch verkommene Jugend sind all die Dandys und ihre weiblichen Gegenstücke, die Kokotten, die in dieser Stadt den Ton angeben."

Gustav bildete sich ein, dass Doktor Maierberg ihn bei dem Wort „Dandy" streng angesehen hatte.

„Als Arzt mache ich mir große Sorgen um den moralischen Verfall unserer Gesellschaft. Auch die hohen Herrschaften bei Hofe sind zum Teil vollkommen verdorben und natürlich in erster Linie mitverantwortlich für den allgemeinen Sittenverfall!"

Erschöpft hielt Maierberg inne. Er hatte sich in Rage geredet und war zunehmend lauter geworden.

Ein Fanatiker, dachte Gustav. Er überlegte nur, ob er einen fanatischen Moralapostel oder einen fanatischen Deutschnationalen vor sich hatte. Das eine schloss das andere ja nicht aus. Er wunderte sich sehr, dass Clara an einem Mann mit solchen Ansichten Gefallen fand.

„Fräulein Bernhard hat mir verraten, dass Sie sich mit neuen Methoden beschäftigen, die ungewollte Schwangerschaften verhindern könnten."

Maierberg sah ihn misstrauisch an.

„Ich finde das sehr interessant", beteuerte Gustav.

„Kennen Sie sich medizinisch ein bisschen aus, Herr von Karoly?"

Gustav nickte.

„An amerikanischen und europäischen Universitäten wird in jüngster Zeit eine Methode erforscht, die geeignet erscheint, Sterilität bei Frauen herbeizuführen, ohne die Eierstöcke entfernen zu müssen. Man unterbricht einfach deren Verbindung zur Gebärmutter. Diese Methode ist sensationell. Damit könnte es uns gelingen, intelligente, wahrhaftige und noch dazu schöne Menschen zu schaffen und unwertes Leben von vornherein zu unterbinden. Denken Sie an die Hunde. Seitdem man sich bemüht, gute Rassen zu züchten, hat sich die Qualität der Tiere noch gesteigert. Reine Rassehunde sind heutzutage sehr gefragt."

„Sie meinen, man kann bald den perfekten Menschen züchten?"

„Sie sprechen von Menschenzucht, diesen Ausdruck lehne ich entschieden ab. Aber denken Sie nicht auch, dass unsere moderne Gesellschaft dringend kluge Köpfe und starke Persönlichkeiten benötigt?"

Zwei dunkel gekleidete, übergewichtige Matronen mit Doppelkinn und feisten Wangen, die am ersten Tisch im benachbarten Damensalon des Cafés saßen und ihr Gespräch mitangehört hatten, nickten beifällig.

Der Arzt schien die bewundernden Blicke und das Nicken der Damen ebenfalls bemerkt zu haben. Er schenkte ihnen ein Lächeln und rief dem Ober „Zahlen bitte!“ zu.

„Es war mir ein Vergnügen, mich mit einem Mann Ihres Formats austauschen zu können. Ich hoffe, wir sehen uns bald wieder. Habe die Ehre, Herr von Karoly!“

Gustav blieb nach dem Abgang des Arztes noch eine Weile auf der bequemen Lederbank sitzen. Doktor Maierbergs Theorien hatten ihn irritiert. Wie hatte sich Clara, seine liebe, menschenfreundliche Clara, bloß in so einen Menschen verlieben können? Kannte sie seine Ansichten, oder hatte er seine Sterilisationsversuche ihr gegenüber gar als frauenfreundliche Forschungen dargestellt? Nach dem Motto: Die Frauen sollten in Zukunft selbst bestimmen können, ob und wie viele Kinder sie haben möchten?

Gustav kehrte erst am späten Nachmittag heim. Im Stiegenhaus empfing ihn ein unangenehmer Geruch. Als er die Wohnungstür öffnete, schlug ihm eine fürchterliche Zwiebelwolke entgegen. Josefa hatte entweder Gulasch oder Zwiebelfleisch gemacht. Er liebte beide Gerichte, aber nicht ausgerechnet heute.

Josefa servierte ihm zum Zwiebelfleisch große Bohnen in Essig und Öl.

„So können wir nicht ins Theater gehen. Was hast du dir dabei gedacht, Josefa? Wir werden grauenhaft stinken ...“

„Stell dich nicht so an, Gustav! Wir trinken halt nach dem Essen ein Glas Milch“, sagte Vera lachend.

„Oder ihr kaut ein bisschen Kümmel", fügte Josefa hinzu. Sie hustete kaum mehr und hatte sogar ein bisschen Farbe im Gesicht.

Zum Nachtisch gab es Buchteln. Gustav und Vera tranken dazu Milch statt Kaffee.

Auf Wunsch von Vera gingen sie zu Fuß zum Theater an der Wien.

Der Schnee war ausnahmsweise liegen geblieben. Man hatte den Eindruck, als wäre die Stadt verstummt. Vera unterhielt ihn mit Klatsch und Tratsch aus ihrem Frauenverein. Je näher sie dem Theater kamen, desto schweigsamer wurde sie.

Gustav hing seinen eigenen Gedanken nach. Er nahm sich vor, seiner Tante später von den in seinen Augen gefährlichen Anschauungen des Doktors, die ihm nicht aus dem Kopf gehen wollten, zu erzählen.

Das Theater an der Wien war für die Karolys mit vielen Erinnerungen besetzt. Hier wurden einst nicht nur Ludwig van Beethovens Oper Fidelio und einige seiner Sinfonien, wie zum Beispiel die 3., die „Eroica", und die 6., die „Pastorale", uraufgeführt, sondern Gustavs verstorbene Frau Mama hatte an diesem Haus jahrelang ein fixes Engagement als Sopranistin gehabt. In letzter Zeit wurden hier überwiegend Operetten gespielt.

Gustav hatte das Theater seit dem Tod seiner Mutter nicht mehr betreten. Er erinnerte sich an die allererste Vorstellung, die er im Theater an der Wien besucht hatte: die Uraufführung der Fledermaus von Johann Strauß im Jahre 1874. Gisela, eine klassische Soubrette, sang damals die Partie des Kammermädchens Adele. Gustav war keine zehn Jahre alt gewesen, als er zum ersten Mal seiner Frau Mama zugejubelt hatte.

Heute stand Johann Strauß' letzte Operette „Die Göttin der Vernunft“ auf dem Spielplan. Es war allgemein bekannt, dass der Walzerkönig diese Operette aufgrund des Librettos eher widerwillig fertiggestellt hatte. Gustav und Vera waren bereits vor der Pause der Meinung, dass der Meister gut daran getan hätte, dieses revolutionsfeindliche Machwerk abzulehnen.

In der Pause trafen sie Bankier Stemann und seine Tochter. Helene ignorierte Gustav. Ihr Vater beantwortete seinen Gruß mit einem knappen Nicken.

Zuletzt stießen sie auch auf Graf Batheny, der ebenfalls in Begleitung seiner Tochter Marie Luise im Theater war.

Während Gustav beide herzlich begrüßte, reagierte Vera fast schroff auf die Komplimente des Grafen und plauderte ausschließlich mit Marie Luise.

Der Graf bot ihnen an, sie nach der Vorstellung mit seiner Kutsche nach Hause zu bringen. Vera lehnte dankend ab.

„Warum bist du so abweisend zu ihm? Er hat dir heute regelrecht den Hof gemacht“, sagte Gustav, als er mit seiner Tante in einem unbequemen, über die Pflastersteine rumpelnden Fiaker heimfuhr.

„Genau deswegen“, murmelte Vera.

„Du machst ihn nach wie vor für Mamas Tod verantwortlich. Dafür kann er nun wirklich nichts. Dieser Krebs ist die neue Geißel Gottes.“

„Ach, sei lieber still, Gustav. Er hat deine Mutter unglücklich gemacht. Sie wollte nicht mehr leben.

Und das verzeihe ich ihm nie! Da kann er heute noch so freundlich zu mir sein. Ich verabscheue ihn und sein feiges Verhalten damals."

Darauf wusste Gustav keine Antwort. Den Rest der Fahrt schwiegen sie. Jeder hatte mit seinen eigenen Dämonen zu kämpfen.

24

Am nächsten Morgen tauchte Marie Luise, wie immer unangemeldet, in der Wohnung der Karolys auf. Diese blöde Angewohnheit hatte sie von der verstorbenen Kaiserin übernommen, die ebenso gerne Leute mit ihren Besuchen überrascht hatte.

Vera war bereits auf den Beinen und konnte mit Müh und Not verhindern, dass Marie Luise in das Zimmer ihres Halbbruders stürzte.

„Gustav ist indisponiert. Kann ich Ihnen irgendwie helfen?"

Gustav, der durch die schlecht schließende Tür jedes Wort hören konnte, hätte seine Tante am liebsten umarmt.

„Oh Gott, diese Blamage! Nicht auszudenken, was meine Freunde sagen werden. Sie wissen Bescheid, nehme ich an."

Vera ahnte natürlich, wovon die völlig aufgelöste Marie Luise sprach, stellte sich aber unwissend und bot ihr einen Kaffee an.

„Nein danke, ich vertrage seit kurzem keinen Kaffee mehr. Außerdem habe ich keine Zeit. Ich muss sofort weiter. Kann ich nicht wenigstens eine Minute mit ihm sprechen? Eine Minute, nicht länger, ich schwöre es Ihnen! Er muss sich die Sache noch einmal überlegen. Helene wäre bereit, ihm zu vergeben ... Ach, was für ein Durcheinander ... einfach horrible ...“

„So beruhigen Sie sich bitte. Josefa macht Ihnen eine heiße Schokolade und dann erzählen Sie mir alles.“

Die Stimmen wurden leiser. Vera war es offenbar gelungen, Marie Luise in die Küche zu lotsen.

Seine Chancen, sich unbemerkt aus dem Haus schleichen zu können, während seine Halbschwester von seiner Tante in der Küche festgehalten wurde, standen nicht schlecht. Andererseits war Marie Luise unberechenbar. Womöglich würde sie mitten im Gespräch aufspringen und ihn bei seiner Flucht überraschen. Nicht auszudenken!

Gustav blieb still liegen.

Kaum hatte seine aufgebrachte Halbschwester die Wohnung verlassen, klopfte Vera an seine Tür.

„Die Luft ist rein. Du kannst jetzt aufstehen, du Held.“

Gustav wagte sich den restlichen Vormittag nicht außer Haus. Er befürchtete, Marie Luise könnte sich noch in der Nähe aufhalten oder ihn gar vor dem Tor abpassen. Seine Halbschwester war alles andere als dumm. Bestimmt hatte sie überrissen, dass er nicht krank war, sondern sich verleugnen hatte lassen.

Beim Mittagessen ließ er die Spötteleien seiner Tante geduldig über sich ergehen. Zog sich aber bald mit einer Tasse Kaffee in sein Zimmer zurück.

Er fühlte sich müde und abgeschlagen, obwohl er den ganzen Tag nichts getan hatte. Eigentlich hätte er heute Rudi in seinem Büro aufsuchen und fragen wollen, ob es neue Erkenntnisse im Fall Rauensteiner und den anderen beiden Mordfällen gebe. Er war mit seinen eigenen Nachforschungen bisher nicht recht vorangekommen. Kein Wunder, wenn ich dauernd zu Hause hocke und mich meinen Stimmungsschwankungen widme, dachte er in einem Anfall von Selbstkritik.

Vor allem musste er Rudi über den Verdacht des Rabbis, dass es sich bei der Ermordung des Dombaumeisters um ein politisches Attentat gehandelt haben könnte, Mitteilung machen.

Kaum hatte er sich ein Zigarillo angezündet, klopfte es erneut an der Wohnungstür.

„Ich komm ja schon!", rief Josefa. „Sind wir ein Durchhaus?", hörte Gustav sie schimpfen.

„Grüß Gott! Mein Name ist Bernhard. Ich möchte gern Herrn von Karoly sprechen."

Clara! Gustav sprang auf, zog seine Jacke an, befeuchtete seine Finger in der halb leeren Waschschüssel, fuhr sich durchs Haar und eilte ins Vorzimmer. An der Tür stieß er mit Josefa zusammen.

„Es ist wenig schicklich, wenn Fräuleins einen fremden Mann zu Hause besuchen", flüsterte sie ihm ins Ohr.

„Da muss ich dir beipflichten, mein Schatz", spottete Gustav, gab seinem alten Kindermädchen einen Kuss auf die Wange und sagte zu Clara, die auf der Schwelle der Eingangstür stand: „Ich freue mich, Sie zu sehen. Bitte kommen Sie herein. Verzeihen Sie, dass Sie draußen warten mussten. Unsere liebe Josefa ist manchmal ein bisschen verwirrt. Ich habe so gut wie nie Damenbesuch, wenn Sie verstehen, was ich meine", trat Gustav von einem Fettnäpfchen ins andere.

Sowohl Josefa als auch Clara blickten ihn erstaunt an.

Clara trug ein einfaches schwarzes Kleid mit einem Stehkragen. Ihr Haar war zerzaust und sie wirkte ungewöhnlich blass.

Vera hieß den neuen Gast herzlich willkommen.

„Verzeihen Sie, dass ich Sie so überfalle. Wenn ich ungelegen komme ..."

„Nein, nein. Ich freue mich sehr, dass Sie uns besuchen. Gustav hat in letzter Zeit oft von Ihnen gesprochen."

„Ich brauche dringend seine Hilfe."

„Soll ich Sie mit ihm allein lassen?"

„Nein, nein, ich will nur ..."

„Beruhige dich, trink zuerst deinen Kaffee", sagte Gustav.

„Tut mir leid wegen neulich", flüsterte Clara.

„Nicht der Rede wert", murmelte Gustav verlegen.

„Wir haben keine Zeit zu verlieren. Joana ist nicht mehr aufgetaucht. Ich glaube aber zu wissen, wo sie sich versteckt hat. Ich habe einen geheimen Gang im Keller des Heimes entdeckt. Der führt garantiert hinüber in den Steffl. Heute früh fehlten Lebensmittel und Milch in der Küche. Ich vermute, dass sie sich in der Nacht zurück ins Heim geschlichen und sich mit allem Nötigen versorgt hat. Die Kleine ist hochschwanger und die hygienischen Zustände unter dem Dom könnten ihr und dem Kind in ihrem Bauch großen Schaden zufügen. Ich wollte sofort nach ihr suchen, aber ehrlich gesagt habe ich mich allein nicht hinuntergetraut. Man kann sich in diesen geheimen Gängen so leicht verirren, deshalb dachte ich ..."

„Ich komme mit", unterbrach Vera sie.

„Das kommt überhaupt nicht infrage", sagte Gustav. „Du würdest dort unten nicht genügend Luft kriegen. Du bleibst besser hier und verständigst Rudi. Sag ihm, dass Clara und ich in den Katakomben nach dem vermissten Mädchen suchen."

Clara hatte ihren Kaffee noch nicht ausgetrunken, als Gustav sie schon zum Aufbruch drängte.

„Hetz die junge Dame nicht so", rügte Josefa ihn. Anscheinend hatte sie ihr anfängliches Urteil über Clara revidiert.

„Er hat ja Recht, jede Minute zählt", sagte Clara.

Als sie im Heim anlangten, mussten sie feststellen, dass die Kellertür mittlerweile mit Brettern zugenagelt worden war.

„Wer hat das gemacht? Es wusste doch keiner, dass ich diesen geheimen Gang entdeckt habe. Oh mein Gott, jetzt kann die Kleine nicht mehr zurückkommen. Sie wird verhungern. Wir müssen in den Steffl und dort einen Weg hinunterfinden."

„Hast du, außer mit mir, mit irgendjemandem über diesen Geheimgang gesprochen?"

Sie zögerte.

„Ich habe mit niemandem über meinen Verdacht, dass sich Joana dort unten befinden könnte, geredet, habe gestern allerdings die Schwester Oberin gefragt, ob das Kellergewölbe trocken sei und ich meine Unterlagen für den Unterricht dort lagern könne. Ich habe kein eigenes Büro im Heim. Sie erwähnte daraufhin, dass es im Laufe der letzten Jahre öfters zu Wassereinbrüchen im Keller gekommen sei, und sie mir deshalb nicht raten würde, wichtige Sachen dort aufzubewahren ..."

Clara hielt kurz inne. „Denkst du im Ernst, sie könnte mit dem Verschwinden der Mädchen etwas zu tun haben? Sie ist eine sehr fromme Frau ..."

„Das mag ja sein. Obwohl Doktor Maierberg mir erzählt hat, dass sie eine äußerst lukrative Adoptionswirtschaft mit den Kindern eurer Zöglinge betreibt."

Clara schaute ihn entsetzt an.

„Ich gebe nur wieder, was er behauptet hat."

„Das ist nicht wahr! Ich begreife nicht, wie er so etwas sagen konnte. Ja, Schwester Mathilde gibt manchmal Kinder unserer Insassinnen zur Adoption frei, wenn die Mütter einverstanden sind. Sie möchte halt den armen Würmchen ein besseres Leben ermöglichen. Es geht ihr aber bei Gott nicht um Geld!"

„Egal. Das ist momentan nicht unser Problem. – Könnte es sein, dass auch andere Schwestern oder Heiminsassinnen über den Geheimgang zum Dom Bescheid wissen?"

„Ich habe den Gang mit keinem Wort erwähnt."

„Trotzdem. An deiner Stelle würde ich niemandem in diesem Haus trauen. Nicht einmal dem Arzt." Gustav hatte sich den letzten Satz einfach nicht verkneifen können. Seit seinem Gespräch mit Doktor Maierberg im Café Schwarzenberg war er nicht mehr nur eifersüchtig auf den Mann, sondern traute diesem Menschen wegen seiner deutschnationalen Ansichten jede Schandtat zu.

„Doktor Maierberg ist auf unserer Seite", versicherte Clara ihm sofort. „Er ist sehr sozial eingestellt, glaub mir."

Ein sozialer Nationaler – wie passt denn das zusammen, fragte sich Gustav.

Als sie sich auf den Weg zum Dom machten, ergriff Clara seine Hand. In Gustav sträubte sich innerlich alles gegen ihre Vertrautheit, aber er entzog ihr seine Hand natürlich nicht. Ihre freundschaftliche Umgangsweise mit ihm war einfach nur schmerzlich für ihn, da er sich nach wie vor einbildete, sie zu lieben.

„Auch im Keller unseres Hauses befindet sich ein unterirdischer Gang, der zu den Katakomben im Stephansdom führt", sagte Clara. „Er wurde vor vielen Jahren zugemauert. Mein Vater behauptet, dass fast die gesamte Altstadt untertunnelt ist."

„Von diesem großmaschigen Tunnelnetz habe ich gehört. Doch das hilft uns jetzt nicht weiter. Wir sollten lieber schauen, dass wir in der Kirche einen Zugang zu den Katakomben finden. Denn der Abgang draußen ist sicher versperrt."

Der Himmel hatte sich verdüstert. Dunkle Wolkenberge kündigten erneuten Schneefall an. Als sie sich dem Dom näherten, sagte Gustav: „Irgendwie ist es hier unheimlich."

„Du meinst wegen all der steinernen Fratzen? Die sollen nur das Böse abwehren." Sie deutete auf die dämonisch aussehenden Tiergestalten an der Fassade des Doms. „Und das dort oben sind Wasserspeier. Das Regenwasser vom Dach wird über diese Tiermäuler abgeleitet. Keine schlechte Idee, oder?"

„Nein. Trotzdem sehen sie furchterregend aus."

„Die Menschen im Mittelalter dachten, das Böse komme vom Westen, wo die Sonne untergeht, und versuchten eben, die dunklen Mächte mit Dämonen und Bestien zu vertreiben."

„Gehen wir hinein. Vielleicht finden wir einen Mesner oder sonst jemanden, der uns hinunterlässt."

Bei Kerzenlicht streiften sie durch die Kirche. Einige wenige Gläubige knieten in den Bänken und waren ins Gebet vertieft. Ein Beichtstuhl wurde rege in Anspruch genommen.

Clara schien sich im Stephansdom gut auszukennen.

„Auch hier herinnen wimmelt es nur so von in Stein gehauenen Tieren und Dämonen", flüsterte sie. „Der Hahn wird zum Beispiel als Wächter des Teufels bezeichnet, da dieser nur bis zum ersten Hahnenschrei seine bösen Taten vollbringen kann."

„Bei den Kelten stand der Hahn für Liebe, Lebenslust, Fruchtbarkeit und andererseits für Triebhaftigkeit und männliche Kraft. Man sagt im Volksmund ja auch: Ein fleißiger Hahn wird nicht fett!", warf Gustav ein.

Trotz der Dunkelheit bemerkte er, dass er sie mit seinen Worten in Verlegenheit gebracht hatte.

„Der Löwe symbolisiert das Böse", sagte er rasch. „So viel ist mir klar."

„Und ist gleichzeitig ein Symbol der Auferstehung." Clara strich einem der zähnefletschenden Ungeheuer übers Haupt.

Würde sie doch nur mich einmal so liebevoll streicheln, wünschte sich Gustav.

Vertieft in ihren kleinen Wettstreit, was die mythologische Bedeutung der Tiere betraf, schienen beide auf den eigentlichen Grund, warum sie hier waren, vergessen zu haben.

„Der Hund war schon bei den alten Griechen der Wächter der Unterwelt, denk an Zerberus", prahlte Gustav ein bisschen mit seiner humanistischen Bildung. „Aber was bedeutet der Drache? Das Böse schlechthin?“

„So könnte man sagen. Er verkörpert den Teufel, weil er mit der Schlange gleichgesetzt wird. Der Affe hingegen steht für Lüsternheit und List in der christlichen Tiersymbolik.“

„Da schau her. Das hätte ich nicht gedacht. Die sehen ja alle recht lieb aus.“ Gustav tätschelte das Köpfchen eines steinernen Äffchens.

„Im und am Dom gibt es auch mehr als fünfzig Totenköpfe als Hinweis auf unsere Sterblichkeit und die Vergänglichkeit des irdischen Seins“, sagte Clara.

„Memento mori – erinnere dich, dass du sterblich bist.“

„Diese vielen Totenköpfe sollten dem einfachen Volk Angst einjagen. Ängstliche Menschen lassen sich leichter beherrschen. Wusstest du, dass bis 1830 an jedem Karfreitag um sieben Uhr morgens Judenverbrennen vor dem Steffl angesagt war? Die braven Katholiken zündeten zum Glück nur eine Puppe aus Stroh an. Den gefallenen Mädchen ging es damals schlechter. Unter Kaiserin Maria Theresia wurden die Prostituierten, die von der Keuschheitskommission erwischt wurden, bis aufs Hemd entkleidet und so zum Dom geführt. Dort wurden sie in Säcke gesteckt. Die Säcke wurden unter dem Kinn zugebunden und der Henker schnitt ihnen die Haare bis an die Kopfhaut ab, bestrich dann ihre kahlen Schädel mit Teer und stellte sie vor den johlenden Zuschauern an den Pranger vor dem Hauptportal. Später wurden sie mit Beschimpfungen und Fußtritten aus der

Stadt gejagt oder sogar ausgepeitscht, wenn sie ihre Kunden angesteckt hatten."

Bei ihren letzten Worten war Gustav zusammengezuckt. Seit seiner Jugend fürchtete er sich vor Ansteckung mit einer Geschlechtskrankheit. Deshalb ließ er sich auch nie mit Prostituierten ein. Sogleich musste er wieder an das vermisste Mädchen denken. Er fasste Clara am Ellbogen und drängte sie Richtung Altar.

„Schauen wir, ob in der Sakristei jemand ist? Bestimmt hat nicht nur der Mesner einen Schlüssel zu den unterirdischen Gewölben, sondern auch der Pfarrer und andere Kirchenleute."

„Wir sollten vorher eine Kerze bei der Schutzmantelmadonna anzünden. Sie ist schließlich zuständig für alle Mütter und ihre Kinder. Gezählte zwölf Gschrappen befinden sich unter ihrem Mantel." Clara sagte es spöttisch. Ihr Blick verriet, dass sie der Mut zu verlassen drohte.

Gustav kannte nur die Dienstbotenmadonna. Als er ein kleiner Junge war, hatte Josefa sie ihm einmal gezeigt. Diese Statue galt als Zufluchtsstätte für alle geplagten Dienstmädchen Wiens. Josefa war manchmal mit ihm zur Sonntagsmesse im Dom gegangen. Hin und wieder waren auch seine Großeltern mitgekommen. Seine Mutter und Vera waren keine Kirchengängerinnen, hatten nur Orgelkonzerte im Dom besucht.

„Ich fürchte ehrlich gesagt, dass uns sowieso keiner hinunterlassen wird. Angeblich herrscht dort unten ein unbeschreibliches Chaos", sagte Clara kleinlaut.

„Keine Angst, wir werden es schon schaffen. Auf jeden Fall nehmen wir ein paar Kerzen mit."

Gustav warf einen Heller in den Opferstock, steckte zwei Kerzen in seine Manteltasche, ergriff Claras Hand und verließ mit ihr den Dom.

25

Der Seiteneingang zu den Katakomben beim Fiakerstandplatz, unweit des Nordturms, war durch eine verschlossene Gittertür gesichert. Das war Gustav letztens, als er mit Rudi rund um den Dom spaziert war, aufgefallen.

Er schnappte sich ein Stück Draht von der Baustelle am Nordturm und öffnete damit geschickt das einfache Schloss.

Dann zündete er die Kerzen an, reichte Clara eine und ging voran.

„Anscheinend hat man früher hier Leute begraben.“ Er deutete auf verwitterte Särge in einer Mauernische.

„Im Mittelalter hat es rund um den Dom einen Friedhof gegeben. Mitte des 18. Jahrhunderts haben sie diesen unter den Dom verlegt. Heute wird natürlich niemand mehr hier unten begraben.“ Ihre Stimme verriet, dass sie immer noch Angst hatte.

Vorsichtig stiegen sie eine kurze eiserne Treppe hinunter in ein enges Gewölbe. Eine zweite, sehr steile Steinstiege führte weiter hinab in die Stadt der Toten.

„Die Leichen hier zu bestatten, muss extrem umständlich gewesen sein“, sagte Gustav.

„Sie wussten sich zu helfen, haben die eingesegneten Särge über eine Sargrutsche runtergleiten lassen. Die Holzsärge haben sie vorher eingeseift, damit sie besser rutschen.“

Im oberen Stockwerk sah es relativ ordentlich aus, soweit sie das in dem spärlichen Licht, das ihre Kerzen spendeten, feststellen konnten. Hinter vergitterten Maueröffnungen lagen aufeinandergestapelte Särge.

„Da hat schon jemand aufgeräumt“, sagte Clara erleichtert.

„Diese Nekropole unter dem Dom fasziniert nicht nur die Wiener, sondern Besucher aus aller Welt“, begann nun Gustav mit seinem Wissen anzugeben. „Katakomben-Führungen kamen anlässlich der Weltausstellung 1873 in Mode. Mein Großvater wollte mich damals hierherschleppen. Ich habe mich geweigert, hatte als Kind Angst vor den Toten. Diese Gruselführungen sind bis heute sehr beliebt. Die Menschen sind nun mal neugierig. Der Anblick so vieler Leichen versetzt ihnen sicherlich ein angenehmes Schaudern. Und der Mesner verdient sich ein paar Heller dazu. Damit ist allen gedient. Angeblich sind mindestens elftausend Menschen unterm Steffl begraben.“

„Lass uns bitte weitergehen.“

„Weißt du eigentlich, warum all diese Knochen aufgehoben werden?“

„Ich denke, die Knochen müssen bis zum Jüngsten Gericht aufbewahrt werden, weil man sie zur Wiederauferstehung braucht.“

„Kein sehr angenehmer Gedanke. Stell dir vor, man stirbt im hohen Alter, wenn einem eh schon alle Knochen wehtun, und wird dann aus diesen morschen Gebeinen wieder zusammengesetzt ...“

Mit diesem Scherz entlockte er Clara ein Lächeln.

Unter den offiziellen Katakomben gab es eine zweite Ebene und vermutlich noch einige mehr, die zum Teil zugeschüttet worden waren. Durch ein Loch im Boden gelangten sie auf diese zweite unterirdische Ebene.

Gustav kletterte voran, packte Clara um die Mitte und hob sie hinunter. Die körperliche Nähe zwischen ihnen erregte ihn.

„Bin ich dir eh nicht zu schwer?“, missdeutete Clara sein hörbares Atmen.

Die Flammen ihrer Kerzen flackerten nervös, drohten jeden Augenblick zu erlöschen. Die Luft war dünn und modrig feucht.

Es herrschte ein fürchterliches Durcheinander von teilweise recht gut erhaltenen Leichen und blanken Gebeinen.

Sie bahnten sich den Weg durch Skelette und Totenschädel und stiegen weiter hinab in eine Art Gruft.

Beim Anblick der halbverwesten Mumien, die einst wohlkonserviert gewesen, aber durch die ständige Feuchtigkeit in den letzten Jahren zerstört worden waren, wurde Gustav beinahe übel. Verzweifelt schnappte er nach Luft.

„Ich kann mir nicht vorstellen, dass sich Joana hier versteckt hat. Sie würde viel zu viel Angst vor all diesen Skeletten haben. Die Mädchen sind sehr abergläubisch. Und ehrlich gesagt ist selbst mir ein bisschen mulmig zumute“, flüsterte Clara, obwohl außer Gustav und den Toten keiner sie hören konnte.

Hinter Gitterstäben häufte sich ein riesiger Berg von Knochen auf.

„Sind das die Pesttoten?“, fragte Clara.

Auf einmal belästigte ein scheußlicher Gestank Gustavs empfindliche Nase.

Clara schien die süßliche Fäulnis ebenfalls zu riechen. „Diese uralten Leichen können doch nicht mehr so stinken", sagte sie und beleuchtete mit der Flamme ihrer Kerze den Leichenberg.

„Oh nein!", rief sie. „Die armen kleinen Würmer!"

Zögernd hielt Gustav seine Kerze näher an das Gitter.

Was er nun zu sehen bekam, überstieg die grauenhaftesten Visionen, die er je gehabt hatte. Zwischen den alten Skeletten lagen vereinzelt die Leichen von Neugeborenen. Die Körper waren so winzig, dass man sie durch die Gitterstäbe hindurchschieben hatte können.

„Vielleicht sind das die Totgeburten unserer Heiminsassinnen? Soviel ich weiß, darf man laut Gesetz der katholischen Kirche uneheliche Kinder nicht in geweihter Erde begraben. Das hier ist geweihte Erde, war ja einst ein ... eine Art Friedhof ...", stammelte Clara.

„Und wer hat sie verbotenerweise hier unten bestattet? Eine der Nonnen oder gar die Schwester Oberin?"

Die hinter dem vergitterten Karner kreuz und quer liegenden Totenschädel und Gebeine begannen plötzlich vor Gustavs Augen mit den Säuglingen zu tanzen. In seinem Kopf drehte sich alles. Die schlechte Luft machte die Sache nicht besser. Aus den Knochen wurden fleischige kopflose Körper, die ihre Arme und Beine herumschwangen und die seltsamsten Drehungen, ja sogar Pirouetten, vollführten. Der Tanz der Toten wurde immer wilder. Die aneinanderschlagenden Knochen gaben den Rhythmus vor. Die Tanzenden begannen zu schrumpfen, wurden kleiner und kleiner. Und auf einmal tanzte ein Zwergen-Ballett vor ihm auf. Dieser grauenvolle Anblick gab ihm den Rest. Ihm schwanden die Sinne und er kippte um.

Als er wieder zu sich kam, vernahm er einen Schrei.

Claras Gesicht war seinem ganz nahe. Sie riecht gut, dachte er. Dann erst bemerkte er, dass sie ihm mit ihrem parfümierten Taschentuch Luft zufächelte.

Er murmelte etwas von einem Totentanz. Clara konnte ihn kaum verstehen.

„Nichts wie raus hier“, sagte sie.

Gustav war es überaus peinlich, dass er in Ohnmacht gefallen war. Was gäbe ich jetzt für ein Schlückchen Cognac, dachte er, als er sich mit Claras Hilfe aufrappelte.

„Ehe wir die Geheimgänge nicht gefunden haben, verlasse ich diese Totenstadt nicht. Wenn sich deine Joana hierher geflüchtet hat, versteckt sie sich eher in einem der Gänge und nicht bei den Leichen der Kinder und Pesttoten.“

„Ich habe die Gänge bereits entdeckt. Der dort drüben führt rüber zum Zwettlhof, glaube ich. Und von dort kommt man durch den Keller in unser Heim.“

„Und die anderen Gänge?“

„Oben bei der Sargrutsche habe ich einen zugemauerten Torbogen gesehen, durch den man wahrscheinlich einst zum Deutschordenshaus gelangte.“

„Als ich vorhin aufwachte, hab ich mir eingebildet, jemanden schreien gehört zu haben.“

„Das war ich. Während du ohnmächtig warst, habe ich mehrmals Joanas Namen gerufen. Sie ist nicht hier. Sonst hätte sie reagiert. Sie kennt meine Stimme und sie vertraut mir."

„Lass uns trotzdem lieber nachsehen. Vielleicht ist die Kleine zu schwach, um zu antworten."

Als sie den schmalen Tunnel betraten, wurde der Sauerstoff noch knapper. Gustavs Kerze erlosch. Umgeben von vollkommener Schwärze bekam es auch er mit der Angst zu tun, blieb stehen, versuchte sich zu orientieren und befürchtete, nie mehr aus diesem schwarzen Tunnel herauszufinden. Wie lange würde es dauern, bis sie jemand rettete? Hoffentlich hatte Vera Rudi erreicht.

Vor seinem inneren Auge tauchten zwei bis aufs Skelett abgemagerte Gestalten auf. Die halb vertrockneten Schädel trugen eindeutig Claras und seine Züge.

Er riss sich zusammen, kramte in seinen Hosentaschen nach den Streichhölzern.

Plötzlich schrie Clara, die ein paar Meter hinter ihm war, laut auf.

„Was ist passiert?"

„Etwas Weiches hat meine Beine gestreift!"

Gustav wurde endlich fündig, zündete seine Kerze wieder an und leuchtete damit auf den Boden. Die Flamme war sehr dürftig und drohte jeden Moment auszugehen.

„Keine Angst, das war nur eine Ratte", sagte er.

Clara schrie noch lauter.

„Hast du Angst vor Ratten?"

Sie nickte und klammerte sich an ihn.

„Die fürchten sich eher vor uns", versuchte Gustav sie zu beruhigen.

„Pst!“

„Die Ratte hat längst das Weite gesucht.“

„Sei still!“

Leise, schlurfende Geräusche, ein kaum hörbares Rascheln, dem unheimliche Laute folgten.

Gustav leuchtete in den Gang hinein. Heißes Wachs tropfte auf seine Finger. Er unterdrückte einen Schmerzensschrei.

Im Licht der beiden mickrigen Flammen tauchte etwas Rundes, Unförmiges auf. Ein haariges Wesen kroch auf allen vieren auf sie zu. Im ersten Moment konnte Gustav nicht erkennen, ob es sich um ein Tier oder einen Menschen handelte.

„Joana! Um Himmels willen!“ Clara stürzte zu dem Mädchen und wollte es hochheben.

„Nein, warte, ich mach das schon. Halte du die Kerzen.“ Gustav nahm die Kleine auf seine Arme und folgte Clara, die mit den flackernden Lichtern voranging.

Kaum hatten sie den Raum mit den Pesttoten erreicht, stieg ihnen wieder der süße Geruch des Todes in die Nase.

Gustav schob Joana rasch durch das Loch hinauf in das obere Gewölbe. Erst jetzt bemerkte er ihren dicken Bauch. Die Kleine war trotzdem leicht wie eine Feder. Clara machte er die Räuberleiter. Er fürchtete, inzwischen zu schwach zu sein, um auch sie hinaufzuhieven.

Bevor sie das unterirdische Wien verließen, fühlte Clara den Puls des Mädchens, das die ganze Zeit über keinen Laut von sich gegeben hatte. „Kaum mehr was zu spüren“, sagte sie. „Soll ich nicht lieber Doktor Maierberg verständigen? Es könnte ihren Tod bedeuten, wenn wir sie hinaus in die Kälte bringen.“

Joana fing leise zu wimmern an. „Nein, nein ...“, viel mehr konnte Gustav nicht verstehen.

„Warum denn nicht? Er wird dir helfen.“

„Ich will mein Kind ...“, jammerte die Kleine.

„Ist ja gut, Joana. Der Doktor wird auch deinem Kind helfen.“

Der Schrei, der nun dem Mund des Mädchens entwich, hatte etwas Unmenschliches.

Gustav erschauderte. „Vergiss den Maierberg. Sie fürchtet sich offenbar vor ihm. Wir bringen sie zu mir nach Hause. Meine Tante und Josefa werden wissen, was zu tun ist. Notfalls kann ich unseren Hausarzt verständigen.“

Gustav zog seinen Mantel aus, wickelte die zitternde Joana darin ein und nahm sie wieder auf die Arme.

An der frischen Luft begann er leicht zu taumeln. Er fand, dass er sich keinen zweiten Schwächeanfall erlauben konnte.

Zum Glück wartete ein Fiaker am Standplatz.

Gustav ließ Clara zuerst einsteigen, dann reichte er ihr das schwere Bündel.

Er setzte sich auf die Bank gegenüber.

„Wasser“, stöhnte Joana.

Gustav beugte sich aus dem Fenster und bat den Kutscher, bei der nächsten offenen Wirtschaft anzuhalten.

„Das Kaffeehaus drüben hat offen.“ Der Vermummte deutete auf ein beleuchtetes Lokal gegenüber dem Dom.

„Hol mich dort ab“, befahl Gustav dem Kutscher und eilte in Hemd und Weste über den zugigen Platz.

Er besorgte Tee für Joana und Clara und für sich selbst eine Flasche Cognac. Auch Clara stärkte sich auf dem Weg zu den Hofstallungen mit einem Schluck aus seiner Flasche.

Gustav gingen die Leichen der Neugeborenen nicht aus dem Sinn. Er würde den Gerichtsmediziner Doktor Abendroth bitten, sie sich genauer anzusehen.

Vor Joana wollte er die Leichen nicht erwähnen. Indes stand für ihn absolut nicht fest, dass diese Kinder bereits tot geboren worden waren.

26

Vera und Josefa kamen sofort herbeigeeilt, als sie Stimmen im Vorzimmer hörten.

Gustav brauchte nicht viel zu erklären. Beim Anblick des bleichen und völlig verdreckten Mädchens bat Vera die alte Haushälterin, die Frittatensuppe von heute Mittag aufzuwärmen und Wasser für ein Bad auf dem Herd heiß zu machen.

„Was möchtet ihr trinken?“, fragte sie Clara und Gustav.

„Kaffee bitte“, sagte Gustav.

Erst nachdem Joana einen halben Teller Suppe gegessen hatte, begann Clara ihr Fragen zu stellen.

Das Mädchen wirkte völlig verängstigt, blickte vor allem Gustav mit ihren großen dunklen Augen misstrauisch an.

„Er ist unser Freund“, beteuerte Clara, der diese Blicke nicht entgangen waren.

„Wer hat dich nach Wien gebracht?“, fragte Gustav mit sanfter Stimme.

„Ein Mönch. Er hat versprochen, dass er uns in ein Kloster bringt. Und dass wir dort Essen und neue Kleider bekommen.“

„Wie hieß dieser Mann?“

„Pater Alphons.“

„Hat er deutsch gesprochen?“

„Ja, und er hat auch tschechisch und ungarisch reden können. Am Anfang war er sehr freundlich zu uns. In Wien war er dann nicht mehr so nett. Er hat uns in einem schmutzigen Haus gefangen gehalten.“ Sie begann heftig zu schluchzen.

„Lass das Kind in Ruhe, Gustl“, befahl Vera.

Clara umarmte Joana und sprach leise auf sie ein.

Nach einer Weile redete das Mädchen weiter.

„Viele Männer haben uns dort besucht. Wir haben uns vor ihnen ausziehen müssen. Magdalena und ich haben uns nicht ausziehen wollen. Da haben sie uns geschlagen und noch viel Schlimmeres mit uns gemacht. Später haben sie uns in das Heim gebracht. Dort ist es mir besser gegangen. Ich hab was zu essen gekriegt und nur ein bisschen in der Küche arbeiten müssen. Abwaschen, putzen und so.“

„Warum bist du dann weggelaufen und hast dich in den Katakomben versteckt? Du weißt, dass du bald niederkommen wirst. Wolltest du dich und dein Kind umbringen?“, fragte Gustav.

Joana zitterte nach wie vor, obwohl Josefa im Ofen ein paar dicke Holzscheiter nachgelegt hatte. Gustav fand es fast zu warm in der Küche.

„Ich hab Angst gehabt, dass er mich holt“, schluchzte sie. „Er hat immer Schwangere haben wollen.“

„Wer?“, fragte Gustav.
„Der Dicke.“
„Weißt du seinen Namen?“
Sie schüttelte den Kopf. „Ein Mann mit einem dicken Bauch halt. Er hat uns oft im Heim besucht und uns Schokolade mitgebracht. Aber ich hab mich vor ihm gefürchtet. Magdalena hat mir gesagt, dass er sie und die anderen Mädchen gezwungen hat, unanständige Sachen zu machen. Er hat sie auch gefesselt und gewürgt. Sie hat oft geblutet, wenn sie in der Früh heimkam. Magdalena hat mich immer unter ihrem Bett versteckt, wenn der böse Mann aufgekreuzt ist, um sie zu holen. Und dann ist sie eines Tages nicht mehr zurückgekommen.“ Sie begann wieder zu weinen.

Clara drückte Joana fest an sich und schaute Gustav traurig an. Auch Vera und Josefa hatten Tränen in den Augen.

„Und du glaubst, dass dieser Mann Magdalena umgebracht hat?“, fragte Gustav leise.
„Nein, das war der andere“, schluchzte Joana.
„Welcher andere?“
„Na der, der unsere Kinder umbringt. Ich will mein Kind behalten! Deshalb bin ich ja davongelaufen.“
„Moment mal. Du meinst, jemand bringt eure Kinder um?“
„Ja. Magdalena hat deswegen zur Polizei gehen wollen, und jetzt ist sie tot. Und mich und mein Kind wird er auch umbringen“, jammerte Joana.
„Von wem sprichst du, Joana?“ Claras Stimme war fast am Kippen.
„Der Doktor ...“
„Wie bitte?“ Clara schrie sie beinahe an.

„Bitte beruhige dich, Clara, lass sie ausreden", beschwichtigte Gustav sie. „Trink deinen Kaffee, bevor er kalt wird", sagte er zu dem Mädchen.

Auf der Oberfläche ihres Milchkaffees hatte sich bereits eine Haut gebildet. Joana schien das nichts auszumachen. Sie nahm einen großen Schluck und blickte dabei Clara verstohlen an.

„Meinst du den Doktor Maierberg? Er hilft euch doch, eure Kinder auf die Welt zu bringen", warf Gustav ein.

„Nein, er bringt sie um. Gleich nach der Geburt oder schon vorher."

„Joana, hör mir gut zu. Behauptest du im Ernst, dass der Doktor die Neugeborenen ermordet?" Clara hatte Joana an den Schultern gepackt und schüttelte sie.

Ein verzweifeltes Schluchzen war die einzige Reaktion.

„Lassen Sie das Kind in Frieden, Fräulein Bernhard", mischte sich nun Vera ein.

Gustav warf einen Blick auf Clara und sah, wie sie rot anlief und ihre auf der Tischplatte ruhenden Hände zu Fäusten ballte. „Ich werde ihn töten", stieß sie hervor. Ihre dunklen Augen funkelten böse.

„Nein, das wirst du nicht", sagte Gustav. „Überlass ihn Rudi und mir."

Joana hatte sich etwas beruhigt und sah nun Vera vertrauensvoll an.

„Hat Doktor Maierberg deine Freundin umgebracht?", fragte Vera.

„Ich weiß nicht. Ich hab nur gesehen, wie er den anderen nach der Geburt die Kinder weggenommen hat. Und sie haben gelebt, geschrien und gestrampelt. Am nächsten Tag hat es dann immer geheißen, dass sie tot auf die Welt gekommen sind."

„Du musst sofort Rudi verständigen", sagte Vera zu Gustav.

„Es ist spät."

„Es ist erst zweiundzwanzig Uhr. Rudi ist um diese Zeit garantiert noch wach."

„Wir haben nur die Aussage von diesem Kind. Glaubst du im Ernst, ihre Worte werden ausreichen, um den Arzt zu überführen? Ich fürchte, wir brauchen mehr Beweise, um ihn zur Rechenschaft ziehen zu können. Wir müssen Pater Alphons finden. Ich habe einen gewissen Verdacht, möchte aber zuerst mit Rudi reden. Glaubst du nicht, wir sollten Joana heute Nacht bei uns unterbringen? Sie könnte auf dem Sofa in deinem Zimmer schlafen."

„Ja, natürlich. Und du verständigst morgen früh sofort Rudi. – Clara, möchten Sie auch bei uns übernachten? Ich könnte Ihnen das Kanapee in meinem Ankleidezimmer anbieten."

Clara hatte seit ihrem Ausbruch kein Wort mehr gesprochen. Reglos saß sie da, die Hände auf der Tischplatte, das Gesicht starr wie eine Maske.

„Nein, danke." Sie stand auf.

„Ich besorge dir einen Fiaker", sagte Gustav und ging mit ihr hinunter in die Stallungen.

„Darf ich dich nach Hause bringen?", fragte er.

„Nein, ich möchte allein sein. Ich muss nachdenken. Wir sehen uns morgen in der Polizeidirektion."

Gustav half ihr in die Kutsche und murmelte: „Nimm es nicht so schwer, Clara. Wer weiß, ob Joana die Wahrheit gesagt hat. Schwangere haben oft verrückte Fantasien."

Ich glaub es nicht, hab ich das wirklich gesagt?, fragte sich Gustav, als er allein über den finsteren Hof zurück zu seiner Wohnung ging. Natürlich hatte dieser deutschnational gesinnte Doktor Maierberg die Kinder auf dem Gewissen! Hatte er sich nicht letztens im Café Schwarzenberg über unwertes Leben und unmoralische Geschöpfe ausgelassen?

Gustav machte stante pede kehrt, lief zurück in die Ställe, weckte einen Kutscher, der auf dem Bock eingenickt war, und schrie ihn an: „In die Vorlaufstraße, Ecke Marc-Aurel-Straße. Und so schnell wie möglich, wenn ich bitten darf!"

Der Mann zuckte zusammen und riss an den Zügeln. Seine Gäule warfen die Köpfe zurück und scharrten mit den Hufen über das Kopfsteinpflaster. Das Klirren des Zaumzeugs durchbrach die nächtliche Stille in den k.k. Hofstallungen.

27

Gustav machte sich bittere Vorwürfe, dass er Clara allein nach Hause fahren hatte lassen. Sie war unter Schock gestanden. Die Arme hatte Maierberg sehr geschätzt, wenn nicht gar geliebt, und musste nun damit zurechtkommen, dass er womöglich ein Kindermörder war.

Er wollte sich vergewissern, dass sie gut heimgekommen war, und sie zu trösten versuchen. Paul Bernhard würde ihm einen so späten Besuch nicht übelnehmen. Er war ein Bohemien und saß vielleicht ohnehin noch im Kaffeehaus.

Der Schriftsteller war jedoch zu Hause, als Gustav an die Tür klopfte.

Unter seinen rot geäderten Augen hingen dicke Tränensäcke. Er schien alkoholisiert zu sein, sprach langsam und stolperte über gewisse Silben mit „l“. Außerdem verströmte er eine Wolke von Gin und Tabakduft und hatte sich offensichtlich seit Tagen nicht rasiert.

Gustav schilderte ihm die entsetzliche Geschichte in Kurzfassung.

Paul fragte sich, warum ihm seine Tochter nicht längst von diesen schauderhaften Vorkommnissen in dem Heim erzählt hatte.

Gustav glaubte die Antwort zu kennen. Claras Vater war ein egozentrischer Künstler, der sich im Grunde nur für sich selbst interessierte.

Er äußerte den Verdacht, dass Clara diesen Arzt womöglich heute noch zur Rede stellen wollte. Paul Bernhard teilte seine Meinung.

Sie fanden die Adresse von Doktor Maierberg in Claras Notizbuch.

Zu Fuß eilten sie in die Kleeblattgasse, unweit der Tuchlauben.

Unter dem granitfarbenen Himmel mit beißend kaltem Wind und einem ständigen leichten Schneefall kam ihnen die Stadt fast unwirklich vor.

Paul Bernhard schenkte der märchenhaften Kulisse kaum Beachtung. Mit gesenktem Haupt stapfte er voran. Gustav hatte Mühe, mit ihm Schritt zu halten.

Das Eingangstor des halb verfallenen Renaissance-Hauses in der Kleeblattgasse war geschlossen.

Paul Bernhard war ein kräftiger Mann. Er nahm ein paar Meter Anlauf, drückte das morsche Haustor mit seiner rechten Schulter ein und lief hinauf in den zweiten Stock. Gustav folgte ihm, so schnell er konnte.

Hinter den vergitterten Gangfenstern von Doktor Maierbergs Wohnung brannte kein Licht.

Die obere Hälfte der Wohnungstür war aus Milchglas.

Paul zog seine dicke Jacke aus, wickelte sie um seine Hand, schlug das Fenster ein und öffnete die Tür von innen.

Gustav, der das Schlimmste befürchtete, atmete tief und schnell durch die Nase ein, hielt die Luft ein paar Sekunden an und atmete langsam durch den Mund aus – so wie es ihm Dorothea einst beigebracht hatte für Momente, in denen er sehr angespannt war. Dann erst betrat er die Wohnung.

Durch die Türritze am Ende des langgestreckten Vorzimmers drang ein schwacher Lichtschein.

Paul riss die Tür auf.

In einem durchaus heimelig anmutenden Wohnzimmer saß Doktor Maierberg an einem Schreibtisch. Er hielt eine Feder in der Hand. Vor ihm lag ein halb beschriebenes Blatt Papier. Blut tropfte von seiner Schulter auf das weiße Blatt. Auch sein Hemd war blutbefleckt. Er zuckte zusammen, als die beiden Männer hereinstürzten.

Vor dem Schreibtisch stand Clara. Sie hielt einen Revolver in der Hand. Die Mündung der Waffe war auf Maierbergs Brust gerichtet.

Claras Gesicht war blutverschmiert. Über ihrem linken Auge klaffte eine etwa vier Zentimeter große Wunde. Die Hand, in der sie den Revolver hielt, zitterte.

„Gut, dass ihr endlich da seid“, empfing sie ihren Vater und Gustav. „Er hat mich mit einem Kerzenleuchter erwischt. Mir brummt der Kopf.“

Sie reichte den Revolver ihrem Vater.

„Das ist ja meiner“, sagte er verblüfft.

„Welcher sollte es sonst sein?“, fragte sie mit einem gequälten Lächeln. „Ich habe ihn mir heute früh, bevor Gustav und ich in die Katakomben gingen, ausgeborgt. Dieser Kerl hätte mir trotzdem fast den Garaus bereitet. Anscheinend hat er mir angesehen, dass ich ihm auf die Schliche gekommen bin. Zuerst hat er mich hereingebeten, dann hat er mich, bevor ich noch ein Wort sagen konnte, von hinten niedergeschlagen. Er hat nicht damit gerechnet, dass ich bewaffnet sein könnte, denn er hat es nicht der Mühe wert gefunden, mich zu fesseln. Tja, Frauen sollte man besser nicht unterschätzen, Herr Doktor. – Als ich wieder zu mir gekommen bin, habe ich den Revolver aus meiner Jackentasche genommen und ihn gezwungen, ein schriftliches Geständnis zu verfassen. Ich musste einen Schuss abgeben, bevor er dazu bereit war. Die Kugel hat ihn nur an der Schulter erwischt.“

Gustav registrierte, dass Clara sehr blass war. Er fürchtete, sie würde jeden Moment zusammenbrechen.

„Setz dich bitte hin“, sagte er.

Der Arzt hatte bisher keinen Mucks von sich gegeben, starrte Gustav und Claras Vater nur nach wie vor mit weit aufgerissenen Augen an.

„Soll ich ihn erschießen?“, fragte Paul Bernhard Die Frage klang so lapidar, wie wenn er gefragt hätte, ob er ein Glas Wasser haben könne.

„Bitte nicht, Herr Bernhard. Wir brauchen ihn lebend“, sagte Gustav nüchtern.

„Dieses Schwein hat meine Tochter niedergeschlagen.“

„Bitte beruhige dich, Papa“, erklang es aus dem Fauteuil hinter ihnen.

„Ich will mich nicht beruhigen.“ Paul Bernhard gab den Revolver an Gustav weiter und versetzte Maierberg einen Faustschlag unters Kinn.

Der Doktor klappte zusammen, rutschte von seinem Schreibtischsessel.

Als er sich hochrappelte, murmelte er: „Das Weib ist der Ursprung der Sünde. Sie trägt die Sünde unter ihrer Schnürbrust versteckt.“

„Behauptete schon Abraham a Santa Clara, dieser alte Frauen- und Judenhasser“, sagte Paul Bernhard und traf Anstalten, sich erneut auf den Arzt zu stürzen.

Gustav hielt ihn zurück. Der Hüne entwand sich seinem Griff und begann in der Wohnung alles kurz und klein zu schlagen. Sowohl Gustav als auch Clara bemühten sich, ihn zur Vernunft zu bringen. In dem allgemeinen Wirrwarr gelang es Doktor Maierberg, die Flucht zu ergreifen.

Gustav rannte ihm nach, blieb mit einem Ärmel seines Mantels am Beginn des Stiegengeländers hängen und fiel hin. Als er wieder hochkam, hatte Maierberg längst das Haus verlassen und war in den engen dunklen Gassen der Stadt untergetaucht.

Fluchend humpelte Gustav zurück in die Wohnung. Seine gesamte rechte Seite tat ihm weh und seine linke Schulter, die unter den Huf des Fiakergauls geraten war, brannte höllisch. Doch das war alles halb so schlimm. Er machte sich bittere Vorwürfe, weil er wieder einmal versagt hatte.

„Er ist mir entwischt, wird aber nicht weit kommen. Mein Freund, der Polizei-Oberkommissär, wird ihn finden“, beteuerte er voller Scham.

Die Bernhards sahen das offensichtlich anders, behandelten ihn wie einen Helden.

Clara half ihm in den Fauteuil, in dem sie gerade noch gesessen war. Und ihr Vater klopfte ihm auf die Schulter und sagte: „Ruhen Sie sich aus, mein tapferer Freund. Dieser Verbrecher wird uns nicht entkommen. Ich werde alle meine Bekannten alarmieren. Ganz Wien wird auf ihn Jagd machen.“

Noch in derselben Nacht ließ sich Gustav zu seinem Freund Rudi bringen. Er holte ihn buchstäblich aus dem Bett.

Der Polizei-Oberkommissär nahm es ihm nicht übel, zog sich rasch an, während Gustav ihm in aller Kürze Bericht erstattete.

Gemeinsam fuhren sie zur Polizeidirektion. Rudi gab per Telegraf einen Fahndungsbefehl nach Maierberg an alle Polizeidienststellen des Reiches aus. Danach beruhigte er seinen Freund: „Morgen früh, bevor du deinen ersten Kaffee trinkst, wird dieser Mensch hinter Schloss und Riegel sein, das schwöre ich dir.“

28

Rudi konnte sein Versprechen nicht einhalten. Die Fahndung nach Doktor Maierberg lief auch am nächsten Tag auf Hochtouren.

Als Gustav seinen Freund am späten Nachmittag in der Polizeidirektion aufsuchte, begegnete er auf dem Gang dem Polizeiagenten Bröselmeier, der gerade einen Mann mit blutigem Gesicht abführte.

Er erkannte in dem Häftling, trotz der zerkratzten Wangen und der blutenden Nase, den Mann, der damals bei seiner Visite im Erzbischöflichen Palais in das Büro des Diakons gestürzt war. Und plötzlich fiel ihm auch ein, wo er ihm früher schon einmal begegnet war.

Er klopfte an die Tür von Rudis Büro und bat um eine kurze Unterredung.

Rudi musste eingestehen, dass die Polizeiagenten den Kindermörder noch immer nicht verhaftet hatten. Aber er hatte gute Nachrichten, was den Todessturz des Dombaumeisters und die Ermordung des Glöckners betraf.

„Der Türmer war ein Freund des Glöckners. Er hat heute Morgen freiwillig eine Aussage gemacht. Der Mann war dermaßen geschockt über den angeblichen Selbstmord seines Freundes, dass er die letzten Tage betrunken im Bett verbracht hat. Heute hat er sich dazu aufgerafft, zu mir zu kommen, denn er wollte auf keinen Fall, dass man Cosimo für den Tod des Dombaumeisters verantwortlich macht. Er hat ausgesagt, dass der Glöckner beobachtet hatte, wie zwei Männer dem Rauensteiner in der Silvesternacht hinauf auf den Nordturm gefolgt sind. Von der Stiege, die hinauf zur Halben führt, hat er mitangesehen, wie sie ihn niedergeschlagen und über das Geländer geworfen haben."

„Das wissen wir bereits alles", unterbrach Gustav ihn.

„Hör zu. Cosimo hat uns gegenüber dauernd vom Teufel und einem gefallenen Engel geschwafelt, dem Türmer hat er die beiden Männer recht gut beschrieben. Der Türmer hat die beiden ebenfalls gesehen, als er in der Silvesternacht zu Cosimo hinübergehen wollte. Auf Cosimos Beschreibung hin ist ihm eingefallen, dass ihm der eine, der sein linkes Bein nachzog, bekannt vorgekommen war. Er behauptete, dass es sich um einen Mann namens Alphons Meister handelte. Dieser hübsche Kerl war ihm schon früher aufgefallen, weil er manchmal Mönchsgewand und manchmal zivil trug, wenn er im Dom oder in der Erzdiözese herumstreifte. Ich habe sofort eine Fahndung nach Alphons Meister ausgegeben. Der Verdächtige wurde kurze Zeit später vom Polizeiagenten Bröselmeier in seiner Wohnung verhaftet und in die Polizeidirektion gebracht. Ich musste ihm ziemlich zusetzen und ehrlich gesagt habe ich dem Bröselmeier sogar ausnahmsweise erlaubt, physisch ein bisschen Druck auszuüben ...“

Gustav hatte für Brutalität absolut nichts übrig und war entsetzt über die Worte seines Freundes.

„Er sitzt jetzt in einer Zelle und flennt“, fuhr Rudi fort. „Der Mann sieht, oder besser gesagt, sah vor Bröselmeiers Spezialbehandlung tatsächlich aus wie ein in Stein gemeißelter Engel. Kein Wunder, dass ihn Cosimo für einen Gehilfen des Satans gehalten hat.“

„Und hat er dir auch verraten, wer der zweite Täter war?“

„Nein. Er hat nur gestanden, dass er mit dem Dombaumeister wegen finanzieller Angelegenheiten in Streit geraten und es zu Handgreiflichkeiten gekommen wäre, bei denen der Rauensteiner dann das Gleichgewicht verloren habe und über das Geländer gestürzt sei."

„Und diesen Schwachsinn hast du ihm abgekauft?"

„Nein. Wir lassen ihn jetzt ein bisschen schmoren und dann nehme ich ihn mir noch einmal vor."

„Da will ich dabei sein."

„Das ist unmöglich. Bei Verhören dürfen, wie du weißt, nur Polizeibeamte anwesend sein."

„Alphons Meister war Feldwebel bei meinem Regiment und der beste Freund von Ferdinand von Schöner. Die beiden Gauner haben damals in Lemberg gemeinsam den Schwarzhandel mit dem für die Armee vorgesehenen Proviant aufgezogen. Als ich vor kurzem den Bischofssekretär aufsuchte, habe ich Alphons wutentbrannt aus seinem Büro stürmen gesehen. Die beiden hatten sich in die Haare gekriegt. Warum, habe ich nicht mitbekommen. Die stecken auf jeden Fall unter einer Decke. Da kannst du Gift drauf nehmen."

Rudi war der Gedanke, den Bischofssekretär höchstpersönlich vorladen zu müssen, sichtlich unangenehm.

Gustav legte noch ein Schäuferl nach: „Ich bin der Überzeugung, dass du mit deinem ursprünglichen Verdacht, alle drei Morde seien von denselben Tätern verübt worden, richtig gelegen bist. Lass Joana, das Mädchen, das Clara und ich gestern gerettet haben, holen. Sie wird Alphons garantiert als den Pater identifizieren, der sie nach Wien verschleppt hat. Aber ein Alphons Meister ist nicht allein dazu fähig, so einen Menschenhandel im großen Stil aufzuziehen. Ein alter Rabbi hat mir übrigens nahegelegt, mich in den Kreisen der katholischen Kirche nach den Anführern der Menschenschmuggler umzusehen. Ich kenne diese beiden Gauner, wie gesagt, seit meiner Militärzeit. Der Feldwebel ist die Niedertracht in Person und ein brutaler Hund, ich traue ihm jederzeit einen Mord zu. Doch hinter all diesen Verbrechen steckt ein viel mächtigerer Mann. Glaub mir!"

„Das leuchtet mir ja ein ..."

„Nimm dir dieses Schwein noch mal vor und konfrontiere ihn mit unserem Verdacht, dass der Schöner sein Auftraggeber war. Ich warte im Kaffeehaus gegenüber. Lass mich holen, wenn du mit ihm fertig bist."

„Warte, ich habe eine Idee. Komm mit runter zum Verhörraum. Du musst allerdings draußen am Gang bleiben."

Als Polizeiagent Bröselmeier den falschen Pater brachte, musterte er Gustav mit misstrauischem Blick.

Gustav musste lächeln, als er bemerkte, dass kurz danach die Oberlichte des Verhörraums geöffnet wurde und er jedes Wort am Gang draußen mithören konnte.

Alphons Meister, oder Pater Alphons, wie er sich in den Kronländern genannt hatte, sang, nach kurzer Trotzphase, wie ein Lercherl. Rudi hatte ihm mit der Todesstrafe gedroht und versprochen, sich dafür einzusetzen, dass er nur lebenslänglich hinter Gitter müsse, wenn er ein umfassendes Geständnis abliefern würde.

„Der Rauensteiner war einer der Hauptabnehmer für diese schwangeren Menscher", sagte Meister. „Er hat bald herausgefunden, dass der

Ferdi hinter dem ganzen Geschäft steckt. Da er die Freimaurergelder unterschlagen hat und auch sonst bei allen möglichen Leuten Schulden gehabt hat, ist er auf die blöde Idee gekommen, den Ferdi zu erpressen. Der hat sich daraufhin mit ihm in der Silvesternacht auf dem Nordturm verabredet. Er hat dem Rauensteiner versprochen, die geforderte Summe mitzubringen. Anstatt Geld hat er mich mitgebracht ..."

„Und ihr habt ihn dann gemeinsam ins Jenseits befördert", sagte Rudi.

Alphons Meister murmelte etwas, das Gustav nicht verstehen konnte.

„Ich will ein lautes und deutliches ‚Ja' hören!", fauchte Rudi den Verdächtigen an.

Gustav vernahm ein Poltern, dem ein leises Wimmern und ein noch leiseres „Ja" folgten.

„Steh auf! Stell dich nicht so an!", brüllte Rudi.

Alphons Meister, der gefürchtete Feldwebel des k.u.k. Infanterie-Regiments Nr. 4, schien ein Häufchen Elend zu sein. Stammelnd gestand er, auch den Glöckner ermordet zu haben. Er hatte Rudi und Gustav belauscht, als sie mit Cosimo am Eingang des Doms gesprochen hatten. Daraufhin hatte er die beiden Burschen angestiftet, Gustav zusammenzuschlagen. Mit Gustavs Unfall auf der Lastenstraße schien er nichts zu tun gehabt zu haben. Egal, wie oft ihn Bröselmeiers Faust traf, er bestritt hartnäckig, Gustav angefahren zu haben.

Zu guter Letzt schob der Feldwebel die ganze Schuld dem Diakon und einem anderen Mann in die Schuhe. „Ich habe nur getan, was die beiden feinen Herren mir befohlen haben."

„Du sprichst in der Mehrzahl. Wer ist dieser andere feine Herr?“

„Der Doktor“, stammelte Alphons.

„Doktor Maierberg?“, fragte Rudi.

Das „Ja“ war draußen am Gang kaum hörbar.

„Dietmar war mit uns gemeinsam im Priesterseminar. Er war schon damals ein Spinner, hat sich lieber mit seinen Totenschädeln unterhalten als mit uns. Nach der Schule haben wir uns aus den Augen verloren. Ferdi und ich gingen zum Militär, er studierte Medizin. Ferdi hat ihn vor einem Jahr zufällig auf der Straße getroffen und ihm die Stelle als Arzt in dem Heim in der Rotenturmstraße verschafft. Dietmar hat dann dafür gesorgt, dass diese kleinen Hübschlerinnen bald wieder arbeiten konnten.“

„Du willst sagen, er hat sie gezwungen abzutreiben?“

Gustav spürte den Kaffee, den er in der Früh getrunken hatte, hochkommen.

„Hast du Magdalena im Donaukanal ertränkt?“, hörte er Rudi wie aus weiter Ferne fragen.

„Welche Magdalena?“

Das Klatschen einer Ohrfeige war deutlich vernehmbar.

„Mir ist nichts anderes übrig geblieben. Sie ist abgehauen, hat zur Polizei gehen und den Doktor anschwärzen wollen. Er hat mir befohlen, sie unschädlich zu machen. Und das habe ich getan. Ich habe nur seine Befehle befolgt ...“

Rudi ließ Alphons Meister in eine Zelle bringen und schickte zwei Polizeiagenten los, um Ferdinand von Schöner festzunehmen. Dann bat er Gustav hinauf in sein Büro.

„Drei Morde, drei Täter. Erinnerst du dich, was ich dir bei unserem Rundgang durch den Steffl über die Bedeutung der Zahl Drei erzählt habe?", begann Gustav.

„Willst du damit etwa behaupten, dass doch die Freimaurer hinter all diesen abscheulichen Verbrechen stecken?", fragte Rudi.

„Gott bewahre! Du bist echt gemein. Ich wollte dich nur darauf hinweisen, dass es kein Zufall sein kann, dass ausgerechnet im Stephansdom ..."

„Hör auf mit dem Quatsch! Ich muss einen, nein, mehrere Mörder überführen und habe keine Zeit für deine absurden Theorien. – Möchtest du beim Verhör des Bischofssekretärs wieder dabei sein?"

„Selbstverständlich."

Eine gute Stunde später traf der Bischofssekretär in Begleitung der beiden Agenten in der Polizeidirektion ein.

Rudi hatte es ziemlich eilig, ihn von Bröselmeier in den Verhörraum bringen zu lassen. Er befürchtete, die Verhaftung des Bischofssekretärs könnte womöglich einige mächtige Leute auf den Plan rufen, die das Verhör erschweren oder sogar verunmöglichen würden.

Gustav nahm seinen Platz am Gang ein und steckte sich ein Zigarillo an.

Ferdinand von Schöner leugnete vorerst hartnäckig, mit den Morden etwas zu tun gehabt zu haben. Er plusterte sich auf, drohte Rudi mit Konsequenzen, prahlte mit seinen guten Beziehungen zu den Kirchenfürsten.

Rudi ließ ihn reden, bis er fast heiser war. Dann wurde sein Ton schärfer und auf einmal vernahm

Gustav undefinierbare Geräusche, denen Schmerzensschreie folgten. Danach herrschte Schweigen.

Die Laute, die der Bischofssekretär nach einer Weile von sich gab, waren nicht mehr klar verständlich. Der Bröselmeier schien nicht zimperlich gewesen zu sein.

Ferdinand gab zu, von den üblen Machenschaften seines Kameraden Alphons Meister gewusst zu haben. Beteuerte jedoch, dass sein früherer Freund diesen Mädchenhandel allein beziehungsweise mit Hilfe einheimischer Banden in den Kronländern aufgezogen hatte. Den Mord am Dombaumeister versuchte er ebenfalls seinem Komplizen in die Schuhe zu schieben.

Als Rudi ihn nach seiner Verbindung zu Doktor Maierberg fragte, verfiel er in Schweigen. Sein Schweigen hielt nicht lange an. Gustav hörte, wie Rudi den Polizeiagenten Bröselmeier aufforderte, dem verstockten Delinquenten Manieren beizubringen.

Der Bischofssekretär beschuldigte nun kurzerhand den Doktor, hinter den Verbrechen zu stecken. Er behauptete, Maierberg habe Alphons beauftragt, den Dombaumeister zu beseitigen, weil dieser gedroht hatte, den Mädchenschmuggelring und die Vorgänge im Heim auffliegen zu lassen. „Der Maierberg hat nämlich laufend Abtreibungen vorgenommen und medizinische Versuche an diesen sündigen Geschöpfen durchgeführt."

„Sie meinen, er hat sie sterilisiert", warf Rudi ein.

„Jedenfalls können einige jetzt keine Kinder mehr bekommen", sagte Schöner.

„Sie wussten also von all diesen schändlichen Taten und haben sie stillschweigend geduldet. Das reicht für ein paar Jahre Haft. – Führen Sie ihn ab, Bröselmeier! Der Herr Diakon bekommt eine Einzelzelle."

„Keine Angst, ich knöpfe ihn mir morgen noch einmal vor. Wir werden ein Geständnis von ihm kriegen, das garantiere ich dir. Ich habe alle Zeit der Welt", sagte Rudi zu Gustav: „Du kannst dir schon deine fünfhundert Gulden von deinem hochwohlgeborenen Logenbruder abholen – hast sie dir wahrlich verdient. Ohne deine Hilfe hätte ich den Fall nicht so rasch aufgeklärt."

„Das Geld ist mir egal. Ich will, dass ihr diesen mörderischen Arzt dingfest macht. Er ist mindestens so schuldig wie der scheinheilige Pfaffe und sein Kumpan. Nein, er ist ein viel übleres Subjekt. Denk an all die toten Kinder!"

„Wir werden ihn kriegen. Vertrau mir. Wir haben eine Spur. Er hat heute früh den Zug nach Prag genommen. Unsere Kollegen dort werden ihm einen gebührlichen Empfang bereiten."

Epilog

14. Februar 1900, Valentinstag

Doktor Maierberg war bei seiner Ankunft in Prag verhaftet und zurück nach Wien transportiert worden. Er saß hinter Gittern und wartete ebenso auf seinen Prozess wie der Bischofssekretär und sein Handlanger Alphons Meister.

Gustav war mit seiner Rasur beschäftigt, als der Briefträger in aller Herrgottsfrüh an die Wohnungstür klopfte. Mit eingeseiftem Kinn eilte er ins Vorzimmer.

Vera nahm die Post selbst entgegen, da Josefa Semmeln holen war.

„Zwei Briefe, einer ist von Clara, der andere von Dorothea. Sie haben an uns beide geschrieben. Ich werde sie dir vorlesen. Welchen soll ich zuerst öffnen?", fragte sie.

„Den von Clara", antwortete Gustav. Er fürchtete sich vor dem Inhalt von Dorotheas Brief. Bestimmt würde sie von ihren Hochzeitsplänen berichten.

„Oh, in Claras Kuvert stecken fünfzig Gulden. Die sind wohl für dich", sagte Vera und las ihm dann vor, was Clara geschrieben hatte:

Liebe Vera von Karoly, lieber Gustav,

nach diesen furchtbaren Ereignissen überlege ich ernsthaft, meine Stelle in dem Heim für gefallene Mädchen aufzugeben. Mein Vater hat darauf bestanden, dass ich mir zumindest ein paar Wochen freinehme, mich suspendieren lasse. Er möchte mit mir den Karneval in Venedig besuchen. Ich weiß nicht, wie lange wir unterwegs sein werden, da er anscheinend einen längeren Aufenthalt in Italien plant.

Joana hat einem gesunden Buben das Leben geschenkt. Sie möchte ihn Gustav nennen und bittet Dich herzlich, sein Taufpate zu werden. Leider werde ich bei der Taufe voraussichtlich nicht dabei sein können. Ich hoffe sehr, lieber Gustav, dass Du ihrer Bitte nachkommen wirst.

Ich verbleibe mit herzlichen Grüßen

Clara

P.S. Anbei Dein Honorar, lieber Gustav, mit einem großen Dankeschön!

„Mir bleibt wirklich nichts erspart“, murmelte Gustav, um seine Rührung zu überspielen. „Das Geld schicke ich ihr natürlich zurück. Sie wird es in Italien gut brauchen können.“

„Wie du meinst. Aber das Angebot, Taufpate zu werden, musst du annehmen.“

Gustav nickte ergeben.

„Und nun schauen wir, wie es unserer lieben Dorothea geht. Mit den fünfzig Gulden könnten wir uns übrigens die Reise nach Zürich zu ihrer Hochzeit leisten.“

Liebe Vera, lieber Gustav,

ich muss Euch mitteilen, dass mich mein Verlobter schwer enttäuscht hat. Ich habe festgestellt, dass er ein großer Egoist ist und keinerlei Verständnis für meine beruflichen Ambitionen zeigt. Er hat es sogar zu verhindern gewusst, dass ich am Burghölzli, der psychiatrischen Universitätsklinik in Zürich, ein Praktikum machen kann. Er möchte, dass ich nach unserer Heirat zu Hause bleibe und unsere Kinder aufziehe. Könnt Ihr Euch das vorstellen? Wie sehr habe ich mich in dem Mann getäuscht. Natürlich habe ich nach diesem Verrat meine Verlobung mit ihm sofort gelöst. Im Juni habe ich mein letztes Rigorosum. Danach würde ich gern nach Wien zurückkehren und bei Doktor Freud eine Lehranalyse machen. Denkt Ihr, ich könnte ab nächstem Sommer wieder bei Euch wohnen?

Ich umarme Euch beide und grüße Euch herzlich
Eure Dorothea

„Die eine kommt, die andere geht“, sagte Vera.

Gustav strahlte wie ein Kind.

„Freu dich nicht zu früh. So eine Lehranalyse kann Jahre dauern. Du wirst noch ein Weilchen auf sie warten müssen.“